一位中國報人眼中的大時代

眼中的大時代——郭根文集

郭根・著／散木・編

前言

2011年是先父的百年誕辰。

我決定為他辦一件事，即把他一生主要的文字，以及影像，或者說是他一生「雪泥鴻爪」的痕跡，編一個集子存世。讀者看到的這個本子，是其中的一部分。

先父是報人，當年他的許多同道現在都有了回顧式的集子，如徐盈、陳凡、曾敏之等等，更不用說徐鑄成等更加著名的報人了。先父過去的幾個新聞報導（有的或者可以歸為「報告文學」之列）集子，如《烽煙萬里》、《北平三年》，存世已無多，這次由我筆錄印出，以為文獻輯存。當然，它的歷史意義，對家族或現代中國（新聞史）而言，都是勿庸置疑的了。

為了方便讀者在閱讀前對先父有所瞭解，由我給他擬寫了一個「名片」如下：

郭根（1911-1981），又名良才，筆名木耳、焦尾琴，山西定襄人。早年讀書於北京師大附中，熱愛文學和寫作，思想進步。1931年考入青島國立山東大學外文系，期間參加了北方左聯、反帝大同盟等活動。1935年在綏遠一中任教，曾發起組織綏遠文藝界抗敵後援會，主編進步文藝刊物《燕然》。1937年抗戰爆發後，由塞北而南下，在上海撰寫出版了報告文學《烽煙萬里》，風行一時。此後他在「孤島」上海和江西敵後從事進步文化工作，後由岳母湯修慧（邵飄萍遺孀）介紹至香港《大公報》工作。1942年香港淪陷後，赴桂林任《大公報》桂林版要聞編輯。1944年桂林失守後，又赴後方重慶任《大公晚報》編輯，後以編輯方針和言論與主持報館者發生分歧，被解職。1945年，赴西安任《益世報》總編，抗戰勝利後，應邀赴上海任《文匯報》總編，不久又赴北平，任該報駐華北特派員，同時又主編《真理晚報》、《知識與生活》等報刊，並兼

任北平《益世報》總編，有代表作《北平三年》。1949年後，相繼擔任《人民日報》資料室副主任、《文匯報》副總編、山東大學中文系副教授、人民出版社編輯、山西師範學院（後為山西大學）中文系副教授。著有《百年史話》、《雲崗散記》、《一代報人邵飄萍》等。

為先父出版一部文集的念頭是早就有了的，在他百年之際，終於得以如願，相信先父在地下也會高興一下吧。這裏，要特別感謝的，是促成此事成功的「青島薛原」（這也是他的「博客」名稱），以及慷慨應允的臺灣秀威資訊科技有限公司和蔡登山君。

在先父的百年，願他安祥。

散木

目次

北平三年──從慘勝到解放的一段旅程
【上集】

【下集】

烽煙萬里──由塞北到孤島

《烽煙萬里》係1939年3月由「大中出版社」出版,上海美商好華圖書公司發行,香港世界書局、金華光明書局、香港會文堂書局經售。

前記

　　在「七七」蘆溝橋的炮聲裏，我開始踏上了流亡的路。

　　我衝出了烽火漫天的北平城，我嘗受了塞外勝利的狂歡，也經歷了太原的最後掙扎，我目睹了長沙的三個不同的姿態，也曾投身在新武漢的懷抱。鄭州的苦難，信陽的驚慌，粵漢道中的焦急，廣州城裏的恐怖，永遠刻在我記憶的深處。

　　在烽火連天的第一年裏，我居然從極北的塞外輾轉而到極南的百粵，把龐大的祖國作了一番縱的巡禮，在我渺小的生命裏，我要算它是一件奇跡的。而今，我要把「流亡」作一總結時，便把這些行跡記下來，我無意紀念我個人，我紀念著祖國。

1939年2月

蘆溝橋一星火

北平在七月天。北海的茶座裏有著陣陣的荷香，南海游泳池裏蕩漾著翠綠的波痕，滿城大街小巷裏，酸梅湯汽水的叫賣聲會穿過了濃密的槐蔭透入深深的庭院。故都正在初夏習習的南風裏陶醉著。然而蘆溝橋的炮聲竟猛不防傳了進來，古城的沉夢從此粉碎了。

可是在當時炮聲初起時——距現在是整整的一年了——北平的人們卻絕沒想到這一星星之火會燃起了全面抗戰的火焰。的確，自從九一八事變以來，天津演過多少次巷戰，即北平也曾有過一兩次的武劇——白堅武所發的炮彈曾經在北平繁華區域爆炸過，什麼「香河事變」，什麼「冀東獨立」以及半年前「豐台之馬」的糾紛等等，都也平平安安的渡過。因而這次蘆溝橋的「演習」，雖然號外的聲音滿街喊，北平的人們卻並未加以嚴重的考慮。這與其說他們是有什麼臨變勿驚的偉大沉著，卻莫若說是司空見慣的緣故。而且由「七七」到「七二八」這廿天當中，北平的城門關了又開開了又關，滿街的沙袋堆了又撤撤了又堆的，更使人覺著事態已陷在討價還價的步驟中。「蘆溝橋的兵」會如「豐台之馬」一樣地和平解決的，大家都這樣相信著。

然而一部分感官敏銳的人們卻嗅出了不同的味道。最高領袖在廬山的聲明，南苑廿九軍下級官兵的摩拳擦掌，馮治安將軍在會議席上的怒吼以及自命北平地方領袖的靦腆的要求——把北平劃為「和平之城」，這一連串的事實遂使七月廿日以後的北平漸漸不安起來。平漢北寧都已停車，現時北平的唯一出路只有平綏了。西直門的車站上擠滿了西行的人。我自己因為任職綏遠，又適逢暑假將滿，便也隨著諡為「走為上著」的人們踏上了平綏快車，開始了第一步的「流亡」，但那時並沒意識到流亡，也沒想到僅僅四五天後美麗的古城竟自褪色了。直至「八一三」後才隨著全面抗戰的展開展開了我個人新的生活，我踏上了萬里行的路程。如果蘆溝橋的炮聲是全面抗戰的序曲，平綏道上就是我個人流亡的開端了。

綏遠，當旗開得勝的時候

　　百靈廟凱旋之後，半年來綏遠成為國防前線上最堅固的堡壘。濃郁的抗敵氛圍從傅主席為中心發散出來迷漫了整個的塞上。遠方嗅覺敏銳的青年紛紛聞香而來，在傅主席麾下投效的志士不斷地出入於省府之門。尤其當呂驥先生來臨以後，救亡的歌聲充滿了綏垣的大街小巷。我們不要忘了，那時華北各地方當局認為這種歌聲是犯罪的，一聲「打回老家去」就有帶上紅帽子的危險。即在綏遠，那時街上的行人可以自由地唱了，而受軍訓的學生卻還沒有這種權利，教官只許他們唱「衝，衝破山海關」，在我們局外人看來這兩句話卻並沒有什麼意義上的分別！那時還有「新安小學旅行團」正深入綏遠鄉間向老百姓灌輸民族意識。他們幾十個十三四歲的孩子從江南的故鄉跑到苦澀的塞外，默默地深入民間作著無報酬的工作。我相信今日塞上游擊隊的聲勢浩大總有幾分是他們的收穫。然而在當時當他們下種子時，我卻聽到有人這樣的批評著：「新安是我的故鄉，我知道決沒有這樣一個學校，他們是×××派來的！」然當「八一三」滬戰一起，這些人都封閉了他們的口！

　　七月廿八日清算了北平二十來天尷尬的局面，和平的迷夢撕得粉粉亂碎，廿九軍的殘部退出北平，平漢正面僵持在長辛店一帶。這時綏遠的人們感到窒息般的焦急，當晚間民眾教育館的收音機透出「……佟麟閣，趙登禹……以慰忠魂而勵來茲」的訊息時，報告員沉重的語調，悲痛的音色……在機旁黑壓壓的聽眾那個不是在睫毛邊滾出圓滴滴的淚珠！我怎樣也忘不了當廣播完畢大家走上黑沉沉靜寂的歸途時，一個青年學生突然啞聲地喊道：「媽的！早不準備，把軍隊集中在營盤裏叫人家痛炸！」這聲音震撼了每個同行者的心，我看見他眼裏的光芒。後來綏垣淪陷時，他參加了馬占山將軍的部隊，他今日該在大青山邊跳躍著吧。

　　綏遠的民眾要怒吼起來了，醞釀多日的「綏遠民眾民眾抗敵救亡會」在幾個青年熱忱的努力下終於得到官方的許可在「九一八紀念堂」舉行了成立大會。會場裏沒有詞令婉轉的演說，也沒有博士論文般的長篇闊論，

有著是粗獷的呼聲，「我沒有什麼話說，我們幹吧！」「幹吧！」多少人的聲音合成一聲巨響，塞外終古的沉寂現在是被打破了。大會主要的議案是「請求卅五軍出兵綏東直搗敵人之後」，可是這議決案還未進行的時候，傅主席已飛往太原了。

傅氏受任平綏路總指揮，全面抗戰在許多人焦急、懷疑、失望的情緒中終於展開了。綏遠成為最前線的重鎮。興奮、狂熱，同時也有憂慮、恐怖，綏垣陷在異常的激動中。果然，由綏東進攻敵人後方的命令已在不聲不響中進行了，卅五軍及門炳岳軍向商都猛衝，劉汝明軍擔任進攻張北，湯恩伯軍浩浩蕩蕩開向南口。

可是這些消息直至報紙用頭號大字標出「克復商都」時才傳遍了整個綏垣。傅、門兩軍以迅雷不及掩耳的手段克攻商都——匪偽的老巢，再乘勝連下嘉卜寺、康保、寶昌、察北七縣至是已克其四。抗戰戰幕初掀，我軍旗開得勝馬到成功，消息傳來，大街小巷救亡壁報的跟前擠滿了一張張歡笑的容顏，救亡會的演講隊把火樣的字句烙在聽眾的心裏，女生隊能進入窮家寒舍從顫動的枯乾的手裏接受著幾個辛苦的錢，「拿去給傷兵用吧，可惜我們沒多的錢！」僅有的三個中學都一致停了課，學生們不但把自己的宿舍和教室讓給傷兵，還自動的為傷兵整日的服務。可是青年們正奮力這樣工作著時，省府卻在報紙上刊登了成立「綏遠民眾抗敵救國會」的公告，並以這個理由「救亡會」解散。這時傅主席身在前線，省府一切全由秘書長曾厚載全權執行，而曾某卻在這時還忘不了他「紹興師爺」的本色。結果是「救亡會」的領袖被請去做了「救國會」的一個空頭「委員」，「救亡會」即在救亡人們的反對解散聲中以不了而了之。同時在那期間還能聽到負著平綏路宣傳宣傳工作大責的黨部特派員的妙論，「察北是人家故意放棄的，小子們就高興的不知天高地厚了！」

這些抗戰初期費解的現象一年來隨著鬥爭的演進已漸消滅了，因為官僚們的尾巴在緊急關頭中就會暴露的。後當平綏線崩潰，傅軍轉戰山西未能回師綏遠時，敵人猶在數百里之外，省府便已遷往府穀了。綏遠的殘局虧著馬占山將軍一手支撐起來。「不幹的滾了開去！」彷彿誰這樣說過。

偷過大同

　　寶昌攻克後，沽源、張北克復的消息卻經過了多日也不見報紙披露，人心在焦急中感到些難言的不安。到了八月廿日左右平綏車不通張垣的消息竟至傳來。原來劉汝明沒有守約進取張北，以致敵人得有餘暇由多倫進兵張北一鼓而下張垣，一轉手之間局勢倒轉，不但傅、門兩軍前功盡棄，南口的湯軍絕了後路，而平綏線竟因之整個崩潰。劉汝明承繼了軍閥的劣根性，想在敵人狡獪的面前保存實力，卻不料當他為敵人盡了義務以後，敵人竟以千磅的炸彈作為酬禮，當劉師退往蔚縣時受了最猛烈的轟炸，幾至全軍覆沒。

　　張垣以後，繼之以柴溝堡、天鎮、陽高紛紛失守。綏垣初期粉紅色的氛圍現在是吹散了，黑雲低壓在每個人的心頭。前兩天還想著下多倫取承德入古北與南口湯軍夾擊北平，而現在卻聽說閻主任已決意退守雁門，整個的綏遠以及雁北都要拋棄了。青年人的悲憤，老年人的憂慮，隨著從遠方沙漠中吹過來的塞外秋風籠罩了整個的綏垣，景象是那樣的淒涼。

　　即在這樣的情態下，有一天突然警報響了。這是塞外的人們有生以來第一次的經歷。人們瘋狂了，滿街的號叫，哭喊，有的從郊外樹林中跑回來爬進地窖，有的進了地窖又爬出來奔向郊外，因為他們已聽說過在豐鎮有一顆炸彈正巧落在地窖上，活活葬送了二百多，同時也聽說在大同的郊外敵機專炸樹林，因為在樹林裏會藏有埋伏。敵機在第一次來，幸而沒有拋彈，只是偵察一周，但是這一次的騷擾已把綏垣的淒涼變為恐慌。緊接著大同動搖的消息又傳來，大同若失，綏垣就沒有退路了。省府高級官吏以及地方紳士推舉了代表赴前線請求傅主席必要時如何撤退。其實當時貴人們的眷屬已在集體逃亡了，他們不敢走大同，他們騎著騾馬「起早」繞涼城入殺虎口。這條路是土匪的熟道，所以他們想請傅主席派些在前線殺敵的兵來沿途護衛。貴人逃亡的消息刺激著一般人更形恐慌，紛紛冒著險登平綏車上。我們一般外來人，學校既停辦好久，「救國會」允許給我們

的職務又始終未見明令，我們感到沒有再苦候的必要，便在一天黑漆漆的晚上別了兩年來的塞上生涯，踏上東去的兵車。

大同半月來天天自晨至暮遭著嚴重的轟炸。車過豐鎮時天已微明，膽怯的人生怕敵機襲來，便想下車，勉力壓住撲撲亂跳的心，在視窗張望著。所幸車達距大同十五里的最末一站「小孤山」便停住了，因為轟炸時間已到。我們走入附近的鄉村裏，要消磨一個整天。果然車停後不久，合聽見機聲軋軋，遠望大同的頭上像是粉蝶一般的飛機來往穿飛著，轟轟的爆炸彈震撼著每個人的毛孔。夜來了，乘客從各方面走攏來聚集在車站旁的列車上，想著幾十分鐘便可進入大同，卻不料苦候到深夜，等兵車過去無數列後，方慢慢開進大同的站臺。夜裏，大同復活了，白天躲出去的居民紛紛回來，站臺上也有不少接客的店家。站臺上有著是巨大的陷坑，我們看到一個瘋了的傷兵，據說是炸彈正落在他面前，幸而入土未炸，但他的身體雖已倖免，神經卻被轟炸著了。

我們被帶進一家旅店，時間已是深夜兩點，我們必須趕天明以前離開大同，然而主人卻說營業長途汽車已停了許久，如果想走只能向軍用汽車的司機們想法子。我們只得如此，每人把卅元的鈔票遞到司機的手裏，他又把十分之一送給店家。我們被裝進一輛運著麵粉的大卡車裏，我們坐在面袋上，外面再罩上一層極厚的帆布。司機嚴禁我們在裏面出聲，他說如果被軍警發覺，不但我們走不了，他還得進陸軍監獄住他娘十年。於是我們這輛蒙面汽車便開始在大同街上蠕動起來，我們車裏一共裝有十三個人，不幸裏面有一個嬰孩，他每發一次哭聲，司機便反回左手來把帆布罩急敲一下。

是天大的幸運，我們的蒙面汽車竟自安然駛出了大同。當我們敢把頭伸出帆布罩之外的時候，外面已是曉光初透，路旁儘是碧綠的高粱。我們瞞過了敵人的炸彈，瞞過了軍警的耳目，我們竟已偷渡了大同，這座比昭關還要難過的難關！

夜渡雁門關

汽車把我們載到岱嶽鎮，司機說天已放亮，我們必須下車，恐怕沿路警憲發覺。我們苦苦哀求他載我們一直到太原，但他怎樣也不肯。於是我們七八個人便被拋棄在寂寞的田野，靜候著有什麼人來好領我們到鎮上去。約莫有半個鐘頭，我們找到幾個壯健的農夫，挑著我們的行李，我們才能夠踏進這雁門關外最繁華的重鎮。同蒲路在日夜加工急修之下已經展延到這裏，我們在小店裏放下行李，便跑到所謂車站以觀究竟。因為同蒲路興修的故事在刺激著我的好奇心：據說閻主任有一筆很大的款子存在某國銀行裏，不知為了什麼，銀行不肯付還現款，只答應給些鐵路材料，弱小的中國人無可奈何，只得遵命，於是同蒲路便以先天下不足的姿態出現於閉關自守的山西。說它先天不足是因為它全部是些外國人廢貨堆裏所揀出來的年代久遠的古物，說它閉關有守是因為同蒲軌道窄小於國內其他鐵路，既不能與正太聯運，也不能與平綏銜接，據說這是閻主任保守山西的軍事大計。──當同蒲初修的時候，我們當還記得中央屢次的高聲反對吧？又據說同蒲通車頭幾年內所有全部收入均歸閻氏，這叫做償還墊款，不過這恐怕是些齊東野語，我是不肯相信的。

我們到達車站的時候──所謂車站卻不過是一個鐵悶子車廂，真正的車站還在建築之中。我們爬進鐵悶子，見過了站長，他說現在火車還未正式賣票，人民可自由乘車；又說現在軌道已鋪至距大同十五里的地方，一兩天內同蒲就可全部告成，一旦通車，軍運便很便利了。

卻想不到同蒲終於沒有完成，我們的軍運也沒沾它一點光。我們日夕加工建築，卻給敵人盡了義務，敵人坐享了其成。因為在岱嶽的第二天，我們便聽到大同失守了──大同，這晉綏的門戶，中原的屏障！

大同的失守太使人難以相信。我們決不肯相信，然而整個岱嶽是陷在驚惶的漩渦裏了，尤當正午敵機初次發現在岱嶽高空的時候。傷兵搶了差徭局，搶走了幾萬現款，又吞光了全鎮飯館的菜飯。我們既食不能飽，臥也不能安，因為在夜裏傷兵要拚命的打門，幸而我們的門還堅實沒被

打開。我們急著想離開這兒，但是在火車站，在汽車站，我們等了一天也還是徒然。在汽車站，有個流氓，他說只要兩元的代價，便可以保我們登車，他的方法是蹲在離車站較遠的公里旁，那塊地點是凹地，可以掩瞞了在高處的車站的耳目。他向著跑過來的汽車擺手，據他說這是暗號，司機看了就會停車的。可是我們等了半天，汽車也過了幾十輛，卻沒有一輛停下來。——要不是流氓搗鬼，便是前方委實太緊急了。

我們連候了四天，經過多少的奔走，才以六十元的高價（平常只需七八元）雇得一輛轎車，三匹馬拉著我們離開這座吃了驚的重鎮。

在路途上，敵機不斷地在我們頭上飛翔著。每逢聽見機聲時，我們必得下車來躲到路旁的田野裏，我們的馬是白色，所以還得用毯子遮蓋了它的全身。一個軍官樣的人自動地指揮著車輛的進退，因為大路上全是由北向南的車子，前後銜接著像一條一字長蛇陣，他要車子隔開相當距離，免成轟炸的目標，因這同路人的關係，我們長談起來，他說他也是送家眷還鄉，他又說大同現在是座空城，我們兵早退出好幾天了，日本兵還不敢進來，也許真是一個「空城計」也說不定，因為大同實在是退得太出人意外了。

其實，當我後來到太原時才曉得這個「空城計」的真相。李服膺既退出了陽高，便接防了大同，他抱著避免犧牲的精神，和部下約好只要聽見敵人的炮聲響在城邊，便要從速撤退，因為在戰略上我們是要放棄雁北退守雁門。一天工兵正在城外炸毀鐵路橋梁，這轟轟的爆炸聲便駭得城內防軍認為敵人已來，一陣鶴唳風聲，大同就變成一座空城，在起初，敵人確實不敢冒然而入，所以空城計一直有效了七天。可惜的是在這七天裏，我們沒有偷偷入城把如山堆積著的給養過了出來，因為大軍急流勇退時只沒忘了帶走各人的兩條腿。

車行兩日，到達廣武鎮，便已身在雁門的進口了。由廣武到關上，有著三十里長的山道，兩旁盡是綿延不絕的山嶺，每個山頭都具有一座碉堡，具有一夫當關萬夫難入的形勢。在廣武鎮，想不到竟遇到紅軍的先頭部隊，在綏時傳說他們早已深入察北，原來他們在今天才得走到這裏。他們全是步行，一身灰色的軍服，沒有領章符號，認不出誰是升官，誰是士卒，只間或胸前有佩紅星的，也許是指揮員。他們差不多全是廿歲上下的

漢子，還有十三四歲的小兵，真不知怎樣能走了這樣長的路途。在廣武曾遇到幾次敵機，他們都躲在樹蔭裏，敵人並沒發現他們的影子。

爬上雁門的高坡時，天色已經黃昏了。在我們想像中，關上定駐有重兵，至少要盤察嚴密，不料我們抵達關口時，那雁門關老態龍鍾的模樣，竟孤單單地被拋棄在一望無際荒涼的山頭。沒有一個人影，關門大開著，關頭刻有「雁門」兩字，挑動了旅人們吊古的的情緒。我登上關頭，幽暗的關樓裏供著幾座塑像，但我無從認出它們究竟是些誰。我正在思索時，屋角突然飛出一個鴿子來，我吃驚非小，因為荒涼寂靜的關頭只我一人。急急邁出關樓，憑堞四望，只是些山，婉延的山在暮色裏引人遐思。下了關頭，穿出深深的門洞，在關的左旁卻是一座宏大的廟宇，門外沿牆有柵欄一道，裏面鎖著的是層層的石碑，那一定記載著多少古遠的事蹟呵。一個肩鋤的農夫走過廟前，我請問他這廟裏供著的是誰，他卻高聲的用極莊嚴的聲調說道：「李牧將軍！」

的確，李牧在生時，以他的赤膽忠心得到整個代州雁門一帶居民的崇拜，尤其他的慘死更使人懷念不已，時間已邁過二三千年，而他的生命還活在這一帶居民的心裏，當此敵人侵入的時候，基於「亂世思名將」的慣律，我們對於這位邊疆名將怎能不深加思慕呢！「但使龍城飛將在，不教胡馬渡陰山！」我心裏祈禱著，我祈禱我們今日會有第二個李牧威鎮雁門關頭！

雁門關的南面是一個幾乎垂直的斜坡，如瀑布一般地瀉入山底。步行猶有蜀道難之想，要教馬拉著大車一滾而下，真有莫測的艱險。車夫在關上照例請了幾個幫手，在大車的輪前綁了一根粗木，作為「閘」用，如果沒有閘，車輪的速度會壓沒了驟馬，車裏的人也會被擲出數里之外。於是在漆黑的夜裏，我們讓女眷坐在車裏，男的步行，走下這著名的驚險的山坡。下了山坡以後，便是堆堆的小石，間有水流侵漫著。據說要走卅里才能走出這亂石堆，一點也不差：「關前關後六十里」。

夜裏，大車趕出我們前面去了，漫長的山道中只剩下我們兩人。我們起初借著手電筒的光領著我們踏過一塊塊的石頭，到後來電石用盡了，便只有不管一切向前猛衝。腳也許插入石縫，也許踏進沙裏，兩人搶著走，都想搶前一步，因為各人心裏都怕著猛獸會突然跳了出來。我們都不

出聲，一口氣走了卅里的山道，聽見前面有人喊馬叫的雜聲，才長歎了一聲，把緊縮著的心放了開來。

把車馬趕進小店時，小店裏竟滿藏著軍隊，我們便和軍官們住在一起，他們是劉鎮華的部隊，從他們的嘴裏，我們才曉得紅軍已正式改編為八路軍，國共已完全合作。小店裏的白麵要七角錢一斤，這真是驚人的價格。原因是山西當局沒有統制物價，商人們更任意地向客人索取。從這種地方也可看出山西當時的紊亂。

第二日天剛破曉，我們便作速登程，回首一望，雁門關聳立山頭，遮斷了胡天漢地。以這樣驚險的形勢，一定會擋著了敵人的鐵蹄——卻想不到幾天以後，敵人避艱取易，竟由小石口攻入，雁門天險竟無一用。

車過代縣各鄉時，八路軍的宣傳人員正在沿途工作著，每入一鄉便可看見牆壁上竟是他們所寫的標語，「國共合作萬歲」和「聯合英美法蘇」這兩個標語頂多，因為這兩句正可充分表示他們最近對內和對外的主張。一次過某部時，鄉警正沿街敲鑼，高喊「八路軍講演了！」可惜我們不能停車，沒有看著他們究竟怎樣宣傳民眾。傍晚入崞縣城時，又遇著約莫有一師的八路軍，他們穿街而過時，向民眾散發著中共救亡的八項主張，我們也是第一次看到這個重要的宣言。

可笑的是每一鄉村街壁上既有八路軍新塗的標語，卻也有舊日山西當局的佈告，什麼「凡活捉一共匪者賞洋一百元」等等，兩相對照，令人涕笑皆非。時間不過一年，政治局面卻有這樣大的變化，謝謝日本軍閥！

車至原平鎮，這已是同蒲正式賣票的起站。敵機已來光顧兩次，人心已不鎮靜。再南行二十里，便是他日抗戰名地——忻口，在這裏我別了同路友人，回到自己的故鄉——定襄。

奔向太原

　　回到了家鄉。家鄉的一切還是依舊，廿年來是這樣，也許再廿年也還一樣。我常覺得鄉村裏的風俗習慣、街道房舍以至於一草一木都像是終古不變的。一把鋤一把犁，是多少世紀以來求生的傢伙，也許只有把它們機械化了的時候，鄉村才會改變了它的面貌與體質吧。

　　家鄉還是靜悄悄的，雖然敵機出現過幾次，卻沒有肆虐，所以在鄉人的心目中，除過認為它是一個怪物而外，並沒有引起他們任何情緒的激盪。村裏也有「主張公道團」和「犧牲救國同盟會」的下級組織，可是組織只是個空殼。村裏的壯丁大多是團員與會員，他們卻毫沒覺得這些團、這些會與他們自身有什麼關係。不懂山西政治勾當的人一定要納罕地問，這些「公道團」、「犧盟會」（他們是這樣簡稱）是些什麼名堂。我也一樣的納罕，多虧一個熟習晉省政治的朋友給了我一個圓滿的解釋。他劈頭便說，「我可以直截了當地說，這是閻主任機會主義的產物。它們兩個是對立的，同時卻又是統一的。對立是因為『公道團』是『反共』的，『犧盟』卻是『親共』的；統一是由於這兩個組織都以閻主任為最高領袖，為他一手所操縱而運用自如。」我再請他詳盡地作一番伸述，他說，「要提起這兩個組織產生的歷史卻也話長得很。」原來閻主任自從擴大會議失敗，由北平敗回太原以後，便覺得山西省的國民黨黨部頗有些討厭，遂下令封閉。於是多年來山西全省沒有國民黨的組織，而所謂山西省黨部也者，卻在北平成立起來。山西既沒了黨，閻主任便想自己組織個黨，為他作些軍政以外的工作，這樣「公道團」就產生了。廿六年適逢紅軍入晉，「公道團」便盡了它歷史的任務。據說當時太原市上有不少的青年被拖上了屠場，他們的嘴多是密密蒙著的，當然是怕他們洩露了什麼秘密，不會是怕他們像阿Q一樣喊出了「過廿年又是一條好漢」或是「手執鋼鞭將你打……」這些壯膽的語句。就以定襄而論，被殺者即不下數十人之多，裏面卻沒有一個是共產黨，只是些由公路上抓來的過路人而已，他們「通赤有證」的物證是些銅錢或是紅紙、小鏡等。然而縣長竟以鏟共有功，由三等縣升至一等縣。不幸紅軍退走了幾個月，日本人卻

從綏東攻進來，晉綏是一家，這個攻到家門邊上的敵人比紅軍來頭還凶，閻主任有點著慌起來。不錯，水來土掩，兵來將擋，為保山西，我們必須抗日，於是閻主任提出個對策，便提出「社會革命」與「民族革命」的口號。因為這時國內形勢已大變了。

在西安事變後，紅軍已得到合法的存在，而且紅軍又是最堅決抗日的，閻主任更覺得有改變以往作風的必要。「民族革命」的任務要是讓「公道團」擔負起來未免滑稽而且不倫不類，一定起不了任何作用，因為它的中堅分子，只能用之於鎮壓鄉愚的。於是便想出了另外產生一個組織的計畫，這樣「犧盟」便應運而生，在「民族革命」的任務下從事「聯共抗日」的運動。但是產生了「犧盟」卻也不能捏死了「公道團」，因為它還得在「社會革命」的任務下從事於「團結好人，打倒壞人」。這樣「公道團」偏於對內，「犧盟」偏於對外，兩者並行不悖，卻也沒有聽說有什麼摩擦。我的朋友說到這裏，忍俊不禁地笑了。自然他所說的只是抗戰前的情形，抗戰發動後，整個中國都徹頭徹尾地變化了，又豈只山西呢。

在家鄉住著，因為看不到報紙，便一直上混混沌沌，殊不料當中秋甫近的一個傍晚，村裏突然驚惶起來。原因是本縣的幾個要人都把家眷接往太原，例如「犧盟」、「公道團」的總負責者，以及大小地主等等。由他們的口中，才知道長城已破，繁峙已失，崞縣岌岌可危。這樣火線離我們的鄉里已不過五六十里。

朔縣、應縣的屠殺嚇破了人們的膽。敵人挑動蒙人仇恨漢人的心情，他們把「八月十五殺韃子」的傳說深深刺進蒙人的腦裏。他們告蒙人說，漢人在中秋所切的西瓜就是象徵著切蒙人的頭，他們所給你吃的月餅裏面，都含著毒藥。這樣當蒙偽軍殺入雁北的時候，可憐的老百姓想著在敵人面前求活，便忍著淚獻獻殷勤，把最好的食物端在蒙人的臉前。這些最好的食物便就是月餅和西瓜，因為那時正當中秋節的時候。那殘酷的屠殺教我們不敢想像，據一位從死裏逃生出來的朔縣青年談，蒙人攻入朔縣後，便把所有的老百姓用繩子穿起來，一排排立著，任憑他們刀砍或槍殺。蒙人說這是報仇。

在這樣生死關頭，鄉里的青年人尤其是知識份子都紛紛冒著險走上逃亡的路途，我自然也不能例外。我先到縣城裏探聽消息，卻原來縣長和公

安局長早已掛冠而去，所有商鋪都已關門，整個城靜寂的像死去了一般，顯然是靜候著敵人之來。「公道團」和「犧盟」沒有一聲動靜，雖然他們各自喊著具有幾千幾萬的會員，而且「山西全省總動員委員會」已在省城宣告成立，卻沒有人來這裏「動員」。

鄉里不能逃亡的婦孺老弱都準備著深入山裏暫避，靠公路與鐵路近的村子已在紛紛移動。家裏人也勸我入山，我卻以為那不是久遠之計，便在一個「冷落清秋」的破曉，我踏上了一隻殘破的腳踏車，車樑上還帶了一個女性，轉上逃亡的大路。

定襄本來交通極其便利，有火車、汽車，可是火車站上已沒人跡，車子已數日不通，路工也都解散；汽車更是沒有平民的份，公路上風馳電掣的汽車倒盡有千千萬萬，卻只有要人們的眷屬和貴重的行李藏在裏面。

我們離開定襄城沒有一裏，敵機便飛來投擲了第一次的禮品。以後由定襄到忻縣卅里的途中，我們在高粱地裏爬過五次躲避成隊的敵機。到達忻縣汽車站的時候，警報還沒解除，城裏正遭逢著極重的轟炸。

我們想在汽車站等候有什麼汽車來，碰運氣也許能從上去，可是等了半天也沒一點希望，便又跑到火車站看看。三四條軌道上倒掛滿了列車，而且車廂裏都已擠滿了人，可是那一天都說不上，我們便又回到汽車站。剛剛走進站房，突然成群結隊的敵機猛撲過來，轟炸的聲音震撼著站房發顫。我蹲在牆邊，地下和土坑上躺滿了人體。我分明覺得炸彈就在眼前爆發，不自覺地摸摸頭，卻沒有血；這時我身旁的一個下級軍官卻還沒把耳機掛上，繼續與他們長官通話，高聲地喊：「……敵機正在投彈！……」不過，在轟炸猛烈的時候，他好像不知所以然似地，把身子半蹲下來。

轟炸過後，出站一看，一群人從火車站湧過來，一個通訊員告訴我們，火車站遭了嚴重的損失，列車炸爛三車輛，他眼看著同車上的人血肉橫飛，他幸而沒有波及。總計被難的同胞有四十幾個，受傷的更難統計。我看見一對夫婦都在腰部受了傷，互相依靠著蹣跚地走向城去，他們的嬰兒卻丟在野地不管了。其實野地裏的嬰兒不只這一個，因為四圍高粱地裏時時傳來呱呱的啼聲，哀哀無告的小生命在無望地掙扎著。

在夜裏，我們給一個軍官說了千般好話才得爬上火車，可是當車頭開動的時候，單單把我們這輛丟下了。我們又回到汽車站，無辦法的躊躇

著。我們本能乘夜沿著公路走向太原，可是忻縣前四五個村落都正遭了散兵的搶劫，於是單身獨行成了冒險，尤其又偕行著一個女性。即是執法隊駐在的忻縣汽車站，在光天化日之下，我還幾乎遭了洗劫。因為當我在解除了警報、從高粱地鑽出的時候，我的車子卻被一個丘八老爺推走了，幸而前面碰著三四位我的同路人把他攔住，他見我們人多，才放下劫貨，悻悻而去。一位從繁峙逃出來的公務員告我們說：他從繁峙出來，沿路上所看見的儘是些一個模型的散兵：他們都空手走著，手指上總有三二個發光的戒指，在他們每個人前面，都是一頭騾，馱著一個少婦或者少女，牽騾走著的是一個十三四歲的鄉下孩子，肩上還得肩著老總的步槍——這一切都是老總爺的勝利品。我不客氣地說：在山西抗戰的初期，老百姓對於晉軍的恐怖實在倍勝於敵人，只要他們從前線上一「散」下來，便是無法無天、為所欲為，而晉軍卻又是最善於「散」的。一兩天後，一個從我鄉逃出來的莊稼漢親自對我說：有五個兵在夜裏被老百姓手刃了，而我鄉自從明末以來連殺人都怕沒聽說過的。

我們愁苦著，在汽車站一直候到天將破曉的時候，正擔心著天明的轟炸時，意外地卻有一輛救命車跑了過來，原來車主是我的一個堂兄，他的眷屬從車裏看見了我，喚了一聲，我才有平安到達太原的機會。

太原變動了

　　汽車剛到城邊，我剛剛上了車，在一個衙門裏休息的時候，警報突然大發——太原警報聲比任何地方要響亮，要淒慘，像是被宰著的牛的慘叫。我隨眾人的腳步跑到曠野裏一個土窰洞裏，這是絕妙的天然的防空洞。沒有片刻，重轟炸機低飛的聲音已經震撼著土洞裏的浮土，片片地落了下來。約莫來了五六十架，把城外兵工廠亂炸一番。太原每日遭著有定時的轟炸，半個月來每天清晨七時起便要準備受炸。所以白晝的太原就跟往日的午夜一般，靜寂的像一座古墓；可是從黃昏到午夜這一段時光裏，太原醒來了，活潑地像一個頑皮的孩子，盡情地跳躍。

　　我抵達太原的時候，正是李服膺伏法過後的黎明，他是半夜裏升天的，那麼當我來時他的血也許還未完全冷卻。太原報紙上都這樣標著：「閻主任揮淚斬李服膺」，大有馬謖故事重演的味道。報紙上記載著閻主任怎樣沉痛地對李服膺講著：「我從排長一手提拔你到軍長」，「實則望……」，「卻不料……」等語，另據一個綏靖公署的朋友講夜審李服膺的故事，顯然要比報紙的記載有聲有色得多。

　　深夜裏，大堂上燈光照耀著。晉軍所有高級將領如楊愛源等都直立兩旁觀審。這是因為外間對於晉軍責難過甚，閻主任為整肅軍紀起見，故命全體將領會集於一堂，當然是殺一儆百的意思，暗示「從前是從前，今後是今後了」。當閻問道：「中央撥下偌大款子叫你在陽高高修築堅強工事，你卻為什麼敷衍了事？」李服膺慘白著臉，怒目直視，大聲喊道：「這還用問我嗎？主任問問自己好了！」閻卻也沒有答辯，便一聲不響了。最後當死刑判決，即要執行，李服膺反身將出的時候，閻柔聲說道：「慕顏（按即李之別號），你怎麼不帶你的帽子呢？」（因為李于審訊時將帽子脫置於桌邊）「我腦袋都不要了，還要帽子！」李憤急大呼。旋即快步出室。當執行槍決時，李高呼：「擁護蔣委員長！打倒閻——」，語僅及「閻」字，子彈已入腦際，這是執行者的聰明。

　　從李服膺的死，局外人也會感覺出幾近卅年來的山西，現在是開始變動了。卅年來獨夫統治的寶座開始動搖了。晉軍已無能為力，雖有原平姜玉貞旅長的死戰，可是終於大局無補。當局決心下得太晚，李服膺已死得過遲，平日多財善賈的山西軍人，現在正已保衛不了山西。忻口的前線，雁門關外的敵人後方，已都是衛立煌將軍和朱德將軍所統率的健兒為國效命。我還記得在定襄飯館裏，周玳的炮兵對我講過的話。周玳是晉綏炮兵司令，且是兵站總監，山西多年來每有戰事，必是他任兵站總監，因了這個肥缺，周氏所積有硬幣究有多少，已成了莫大的神秘。據他的兵說，崞縣失陷時，周氏家裏還存有五六十萬現洋因來不及運走，竟入敵手。太原那時省幣狂跌，據說也就是因為這一般軍人把所有積存著的省幣不惜以任何價格拚命地換取法幣。結果本與法幣等價的省幣現在打了三四折還沒地方換得法幣。「媽的！只要高級軍官不愛錢，沒有不會打勝仗的！」這位炮兵又對我說，他們炮兵應有三團，實際上卻只有兩團，可是領三團的餉。其後當我在十二月間到達長沙時，我聽該地同鄉說，周玳本人和他的眷屬都已來湘，不日還要到四川去。嗚呼！「養兵千日用兵一時！」

　　山西的舊勢力是銷聲匿跡了。太原市上滿眼是八路軍和中央軍的標語，周恩來、蕭克、彭德懷等人常常發現在人叢作著公開的講演，以「保衛馬德里的精神保衛太原」的口號由他們吼出來，得到萬千太原市民的狂熱的擁護。李默庵將軍也作過公開演說，郝夢麟、劉家騏兩將軍的死耗傳來，更把太原市民抗敵的氛圍白熱化到極點。各處是游擊戰的講演，八路軍中的參謀人材如彭雪楓等等都是各處的主講。這時「犧盟會」也加倍的努力工作，目的是武裝群眾。太原小北門外的國民師範學校的校址這時成了青年活躍的大本營。當局這時成立起「山西民族革命戰區動員委員會」，記得李公樸先生還擔任該會的宣傳部長，許多熱血青年都由動員委員會派入戰區，號稱「游擊縣長」。當時有一個笑談，說某游擊縣長一日作過三縣的縣長，因為戰區都滿布著敵人，敵人發現了他的蹤跡，便趕著他一天走了三縣。這時淪陷區域不用提，即距離敵人還有幾百里的地方，所有的縣長都已「想」風而逃了。他們只會在太平時代吸吸民脂民膏，偉大的時代來到時，他們實在也該滾蛋了，新時代是青年的。

　　早在半年前，太原已有「青年人的天堂」的稱號，救亡歌聲也比其他各地早公開地唱了半年，可是那時也只是唱唱而已，實際什麼行動也沒有的。因為那時政局還是卅年來傳統的政局，「犧盟會」的作用也不過是幌子而已，這個幌子吸收來各地幾千幾百的青年，他們都具著一顆熱辣辣的心，可是這個組織卻是投機主義的產物！但是自從雁門失守，八路軍開入晉省以後，太原已從量的變化飛躍到了質的變化。不但「犧盟會」開始了實際動員群眾的工作，即「公道團」也開始向這方面努力。這自然是因了環境的推動。八路軍初開入太原時，它的司令部恰就在半年前作為「剿匪司令部」的所在，甚至門口的牌子還沒有取去，院子裏自然多著是「打倒共匪」一類的舊標語。聽說某新聞記者指著這「共匪」兩字笑問彭德懷時，彭搖了搖頭，連說「要不得，要不得。」這真算得上是抗戰史料中的絕妙佳話。

　　處於軍事失敗、客軍遍地的局面下，山西當局內心的苦味是可以想像得到的。我曾在「公道團」總部看到「老頭」（太原政界私下對閻主任之稱）親筆所寫的兩個字「中興」——這是贈與該團主任的。由此「中興」兩字，我們可以想像「老頭」那時的心境。經營了將近卅年的事業，竟自動搖了，而且已瀕了破產的的關頭；但是失敗雖然失敗了，卻還要從失敗中打出未來復興的道路——這種在失敗中具有再興的自信，而且勇於接受失敗中的教訓，實在是閻本人最大的長處。閻氏在三十年來民國的政治舞臺中所以能碩果僅存，也許就是得力於此點。可是「中興」雖然是「老頭」的希望，但在當時失敗的氛圍裏，「公道團」主任不由得歎一聲有氣無力的話：「失敗了，那當然別提了；如果抗戰會勝利的話，那在將來慶功宴上，還不誰能得著座位呢！」

　　在雁門失陷、忻口戰線未立穩以前的半個月間，太原市面的紊亂已達到了卅年來空前的紀錄。逃兵散兵不但在城鄉示威，在省會的中心居然要白晝行劫。除過這合法的軍士以外，非法的流氓土棍也當然不甘落後而乘機起哄。於是搶劫、勒索以及奸商的隨意抬高物價，把一座繁華的太原城陷入了十八層地獄。及至忻口站穩，同時當局也下了最後決心整頓省軍，遂將息影家園的張培梅將軍再請出來就任第二戰區執法總監。自張東山再起，不但省軍漸知軍法，而太原的治安也立刻鞏固起來。

張在晉軍中因資格最老，猶以治軍極嚴肅為三軍所畏服。但以其鐵面無情，執法如山不但高級將官對之寒心，閻本人亦為之頭痛。（在某次戰役中，閻之近戚某旅團長兩人因犯軍法當斬，閻再三為之乞情，但張以軍令森嚴，且將在外君命有所不受，卒刑之以法。）所以每當晉省危機過後，張知閻不能共安樂，即潔身引退；如危機再現時，張每亦應命再出，為之化險為夷。這樣在閻、張的關係上說，張不啻為閻之救命恩人，但閻有一宿癖，即絕對不用材質勝己之人，凡在閻之幕下者率皆庸庸之輩，一呼三應者。蓋圖其便於頤指氣使，而彼等又絕無覬覦之野心也。若一旦稍露鋒芒，則絕無善果。商震、徐永昌、張蔭梧等出走於先，李生達、楊效歐非死於後。貴為綏主席的傅作義氏，雖然號稱軍長，而實力不過兩旅，即以此區區兵力猶需王靖國坐鎮包頭，儼然監軍。張氏既知閻意，故亦樂得田園逍遙。

張培梅既任執法總監，首重維持省會治安，以在秩序紊亂之後，必須用快刀斬亂麻之手段方克立收奇效。所以當我們初抵太原的時候，城門口十字路口，總有二三個血淋淋的人頭高高掛著，執法隊個個手持著雪亮的大刀，以莊嚴整齊的步伐無間晝夜在大街小巷穿行著，只要碰著逃兵，或者抬高物價的奸商，以及爭吵鬥毆的行人，抓著便是就地正法。

一天，我走到青年會探訪朋友，小坐片刻，返身出來的時候，門口已經躺著兩個無頭人屍，血還正從脖子裏斷續地流著。想想，沒有頭的人體！我宛然感到一種異常的不快之感，有點噁心。屍體上身是穿著一件女衣，下面卻還是灰色的軍衣，據說是逃兵，執法隊從城門口一直追到這裏才把他們抓著，就地砍了頭。頭已經號令在城牆上了。

有許多恐怖的傳說在街頭流傳著。例如南門外電線杆上懸著的那顆人頭，據說那是一個布鋪裏小店夥的。他在一天早晨乘了洋車送貨去，車價講好是一角五分。可是車夫拉到南門就停下了，離目的地還有約莫一半的路途。他說既然沒有拉到，就給車夫一角錢，車夫卻非要一角五分不可，這樣兩下裏正爭吵的時候，執法隊正好走了過來，便叱問車夫什麼事，車夫說：「他坐車不給錢」，小店夥方欲分辨時，已被拖下車來，手起刀落，血淋淋的人頭滾在車旁。

　　還有一個賣燒餅的小販子的故事。小販子乘太原人心不安時，把每個值四枚銅元的燒餅提高到六枚，有心想發「橫財」，有一天傍晚，正與顧客爭論時，執法隊巡行來到，問明原委，知是「奸商」，故意抬高物價，擾亂市面，便立刻抽出了大刀，只一晃，小販的腦袋便分了家。小販被斬的，燒餅盤子打反了，燒餅滾了滿地，卻沒一個人來肯拾起一個不要錢的餅子。

　　我的一個友人剛剛從信陽北上，冒險過石家莊回到太原，他回來時帶著一個跟隨了多年的廚子。但是當下了火車，出了站轉了一個彎，便再也找不到那個廚子。他到旅館等，等了半天也不見來。朋友們告他說：以他廚子那個土頭土腦的樣子，卻提著一個皮箱，便很有逃兵的模樣，叫他火速到公安局或執法總監部打聽，路過南門時，也得向牆上懸著的人頭仔細瞧瞧。以後他是否找著那廚子，我始終沒有知道，因為在那期間，我正急於設法離開太原，沒有閒情去注意那種事了。

　　我們本計畫著一到太原，即乘火車南下，可是初來到時，同蒲已無票車，正太路雖通，石家莊卻已到了最緊急關頭。再過兩天，石家莊就告失陷，跟著娘子關就吃緊起來。這時敵機每天至少要來臨三次，炸彈聲、高射炮聲整日在耳際響著。我們沒有勇氣去爬同蒲車，因為站前貼著執法總監部的佈告，說凡無票以及無護照乘車者，一律就地正法。其實那時的同蒲南下車既根本不賣客票，卻也並不是完全有關軍運。每日兩三趟的通車，裏面多半裝著是軍政界上中階級的眷屬以及桌椅沙發之類。只許州官放火，不許百姓點燈，令人不勝其感慨！但是虧了我們也是「高等」百姓，畢竟還可以找到乘車的機會。在一天黃昏的時候，我們附搭在「公道團」的專車上，離了秋風蕭蕭的太原。

　　在我們離開太原的時候，省主席趙戴文老夫子正喊著「太原不守即便殉城」。省府的高級官員悲歎著：「即使死了，史冊上也沒我的姓名」，我的一個逆友打算著必要時投效賀龍，把一張像片交給我，說：「假若死了，寫一篇傳記紀念紀念」。當我們走到長沙時，報紙上登載著：閻主任身懸木牌，出入不去，上題「閻錫山若離太原，任何山西人皆可殺我」。後等太原被圍時，守城的卻是「綏遠省」主席傅作義將軍和他的副手「湖北籍」的曾延毅將軍。

同蒲沿線

　　黃昏裏到達同蒲總站時，站門口已經擠滿了各色各樣的旅人，幾十個受傷的戰士受到了最大的尊敬和注意，他們也是要搭車南下的，大概是入後方醫院。我們隨著「公道團」的職員沒有困難地進入車站。大家以最難忍的焦急等候著機車把一節一節的車廂連接起來，這是領導人一聲令下，各自捐著行李，擠上一個露天的敞蓬。但是正當大家亂擠亂搶的時候，突然車站上的電燈滅了，大眾的心猛烈的狂跳起來。「空襲吧？」便紛紛地跳下車來，奔向站外去。缺了腿與缺了臂的戰士們卻依然雜坐在站門口，既沒人去扶著他們躲避，他們自己也不十分在意。黑暗中大家都把眼力耳力集中在北方在大空──卻是出乎意外地燈光又突然放亮了。恐怖隨著黑暗雲時飛逝了去，車站重現出一片光明與一片熙熙攘攘的景色。

　　一個敞蓬車裝了四十幾個人，本來不算多，可是因為每個職員都帶了比自身三倍以上的行李，於是整個車廂便落得沒有一罅一隙。我親眼看見一位職員把碗筷茶壺都一一裝入箱籠，自然他們想著太原是永別了，而每件東西都是用錢買來的。大家只好橫七豎八地躺著，蹲著，或站在行李的上面，而山一般的行李已經堆著與車廂等高了。大夏大學的梁園東教授攜著他的少爺，我帶著我的妹妹，只有我們四人是團外人，我們怕遭人的白眼，便識相地擠在一個角落，悄悄地候著車開。

　　車終於開了。這是我第一次乘坐同蒲，從前聽人說同蒲初通車時，站上的小販可以隨著火車走到下站做買賣。如果那是真的，同蒲真比牛車還要慢些，可是在我現在親身經歷之下，覺得乘坐同蒲比我先前騎腳踏車要快了好多。因為兩個人騎一輛車，不但難以走快，而我兩條肉腿的持久力的確也太有限了。

　　團員們都設法躺下了，準備著過夜，他們大蝦也似地團成一堆。只有我們四人既不能枕人，也沒有人枕，而且根本沒有伸腿的餘地，我們蹲在一角。梁先生的煙向來是連續地一直抽著，一枝接著一枝，不用自來火操勞，這時也還是抽著。漆黑的夜裏，只有他煙頭那一點紅。「喂！禁止抽

煙！一車的行李還要抽煙，禁止！絕對禁止！」「誰抽煙？漢奸吧？」團員們擲過來一連串的惡聲，梁先生只好忍痛撚滅了煙頭。更靜了，在夜的原野，冷風猛襲著，我們把毯子裹著，緊緊地，坐以待旦。

到介休時，天大亮了，我們下車來在陽光裏走動走動，打了幾個哈欠，伸了伸手腳，把一晚的疲困都摔脫了。車站上有臨時搭的席棚，前面懸著一塊布條，寫著「歡送北上抗敵的將士」，棚裏便是抗敵將士招待所。在車站上如果你細心流覽，便會發現八路軍的佈告，寫著「照得本軍奉命東下……」這一串八字的佈告。從前的紅軍現在也駢四驪六的文縐縐起來，覺著有些異樣的感觸。介休前面便是韓侯嶺，大家知道了便都蹺起足來向南遙望著，層層的山峰給了人們絕大的安慰，因為都曉得如果太原失守了，韓侯嶺便要成了我們最堅固的防線。

火車蜿蜒地爬上了高峰，韓侯嶺並沒有雁門那樣的險惡，卻給人展出了靜穆的姿態。汾河在一旁隨著我們的車奔流著，廣闊的河身裏只竄著纖細的水流。山頭上隨處都有堅實的碉堡，這是一年前內戰時代的遺跡，祝福它在今日抵抗強暴的敵人吧。

中午到達霍縣時，我們的機車卻摒棄拋棄了我們北返了，據說是拖兵車去了。我們便樂得下車來儘量的吃，因為霍縣出產著可口的梨和可口的柿子，這時正擺在旅人的面前。可是正當大吃大嚼的時候，飛機的恐怖調子從遠方傳播開來，兩架單翼機從我們頂上掠了過去。原來是我們自己的呀，這一場歡快，幾乎把攤上的水果都給吞盡了。等到太陽迴光返照時，機車才匆匆趕回來再拖了我們前進。

午夜抵臨汾，半月後這兒成了山西的臨時省會，前防的重鎮。機車又壞了拖去修理，我們須待在這裏靜停一晚。聽說城裏有堯廟，因為堯時建都此地，可是兩日來的疲乏逼得我們匆匆入睡，未能入城觀光。天明醒來時，臨汾車站已成了一個鬧市。五條軌道上都停著長長的列車，列車上都是亂紛紛的逃難者，南腔北調兼著小販的喊叫，好像身在北平的天橋。我正扶著車欄眺望時，我的眼光卻碰著一位綏遠熟人的視線，他鄉遇故知，這一番歡忻，興奮著我要發狂！我把許許多多問話像排槍似地發了出來，可恨他卻是個結巴，然而我總多少知道了些綏遠別後的情況。平地泉失守了，綏垣的偽組織已在半公開地籌備著，多少不甘為奴的老幼騎上駝背，

緩緩地西向，穿過沙漠，逃向寧夏與陝西。他又告訴我，當大同失守，綏遠的平市官錢局（即是省銀行的性質）不兌現了，把法幣捲起來就往山西跑，幸而在河曲被傅主席截著，嚴厲的訓誡一場後，又叫他們原車回去，盡可能地維持綏地金融。——想想，當今日傅軍回戈北伐的時候，綏地的老百姓能不簞食瓢以迎王師嗎！

我這位朋友介紹他的一位老鄉爬進我們的車廂，本來這時車中已松了許多，因為沿途已下去了幾位團員，——他們都是奉命到省南各縣作組織群眾的工作——而且這時車廂已早發現了一位不速之客，西裝革履，說是某機關的職員，「公道團」莫奈他何，但是當這位老鄉伸手爬著車邊時，他們卻大聲呼叱，並且棒子狠狠地敲他的手，手感疼一松，便整個掉了下去，摔倒在站旁——這便是「公道團」的「公道」。

停在臨汾的車輛這樣多，而機車卻又是有限的幾個。我們等了又等，眼看著別的列車開出去了，而我們的卻始終分毫不動。快要到中午的時光，才看到一輛機車從總機車廠裏八面威風地衝了出來。望眼欲穿，至是令人喜極欲狂。我們的車蠕動了，我們的車漸漸遠了去。午後過侯馬、聞喜，這時我們車廂裏已成了一片空地，「公道團員」已大半抵達目的地。在聞喜上來兩個軍人，他們告訴我們風陵渡檢查頗嚴，若無護照恐難出境。這幾句話引起我們莫大的憂慮，因為早在太原，我們就聽了關於風陵渡口的種種傳說，因為山西軍政要人們的眷屬都紛紛腰纏纍纍——尤其是河邊村的老財們，差不多都傾巢而去——經由作為晉陝孔道的風陵渡深入陝中，由此就風傳中央大為震怒，派員駐紮風陵渡對岸，凡屬晉人一律不許渡河。這謠言我們起初本來不相信，可是再聽到了這兩位的警告，不由得使我們確信風陵渡實是一座難關。梁先生提議在運城下車，在那裏他可以找到縣長想個辦法，否則逕往茅津渡渡河亦未嘗不可，我們同意了他的高見。黃昏時分到達運城，下車來卻在站口碰到一位青島時代的老同學，真是，敵人鐵蹄到處，青年人都不約而同逃亡出來。今日華北的流亡者只剩有兩條孔道，一是海路的煙臺，一便是這陸路的風陵渡口。這位同學告我們說：他在運城候了七八天，還沒見有南下客車來，我們這列車還是他的初見呢。這種報告又使著我們為難起來，也許我們拋棄了這輛車，便很難有機會再南下了，在運城又不知要苦等多少時日。我們正在猶豫難

決的時候，出乎我們意料，機車竟吼叫起來，表示馬上就要開車。想不到這老牛要狂奔了，我們已沒有再躊躇的餘暇，時間逼著我們，便只好「管它呢，到風陵渡再說」地，扭身又重新跳上車來。車果然立刻開行，大概是要趕著到風陵渡。這時天黑了，烏雲密佈，雨點無情地落下來，我們只好把頭埋在毯子下，像母雞翅下的小急雛一般。

　　漆黑裏，說是已經到了風陵渡車站了。奇怪的是車站上沒有一盞燈，四圍是這樣黑，我們不知我們自家究竟在什麼地方，連車站也不知在什麼地方，因為我們始終沒有踏上站臺。這時只有滿耳滾滾的河聲，可以想見黃河的氣派。我們各自捐著行李，盲目地向前走去，經過了些沙地，莊稼地，走到一個有住宅的地方。我們敲著門，裏面沒有一些動靜，連敲了三家都是一樣。最後看見有一家沒有關門，裏面還有燈光透出來，便不管一切衝了進去，大概是一家商店，上房有士兵占著，我們踏進老闆的房間，老闆已經寬衣登床，我們問他話，他也不答，卻把他的夥計喊前來大罵一頓。好在這屋裏的土炕有足夠大的面積，我們人便把疲倦過度的身子躺了下去，躺在老闆的兩旁。身子一躺下來，便不顧一切地呼呼入夢了。

潼關到長沙

　　風陵渡地形頗高，南走到黃河邊有一個小小的村落，那便是趙村。原來我們「宿店」的地方就是趙村。第二天醒來時，老闆早已杳如黃鶴，我們心領神會，便不欲再逗留下去，拿出幾角錢作為宿費。卻意想不到小夥計竟為之驚喜失色，口裏堅稱「不要」，末了顫著手收下時連說「太怠慢了」，這卻是出於熱誠而又頗有點懺悔的口氣。

　　渡船攏在黃河崖下，還是老式的帆船，這要憑了舟子極靈巧的技術，才能渡過這驚險的河面。南下的河流在這晉陝豫三省交界處突然轉了一個直角滾滾東去，所以黃河在這一個轉角處來勢特別兇猛，波濤起伏如風吞雲捲。我們提著心踏上了渡船，看著舟子用了全身的力量把著那個粗笨的舵。有時一陣風猛撲過來，把帆竿吹著吱吱作響，布膨脹起來，像拚命掙扎著要隨風遠遁一般，這時船身便要狂了似地左顛右蕩，全船的命運便落在了幾個舟子的胳膊上。我們幸得平安渡達彼岸，船在河面上走了一條斜線，等到南岸淺水處便停了下來，並不攏岸。原來這是定例，舟子必須把渡客一個個背到岸上，交與警憲檢查。我乘著這渡人的閒暇，便抬頭欣賞對岸的景色。潼關的城垣在山峰上起伏著，蜿蜒不絕，勢若長蛇，城門邊站著兩排衛士，給人一種嚴肅的感覺。我不由得想起影片《斬經堂》裏的畫面來。呵，潼關，你勾起遊人多少的聯想，你在歷史上演出過多少次戰爭的場面呵。

　　我從舟子的背上跳下來，一直是忐忑不安著，卻遠出乎意料，警憲並沒有使我們作難，僅僅問一遍我們的職業和目的地，檢查一過我們的行囊。什麼「晉人不許渡河」，原來是一場十足不扣的謠言！我們一旦擺脫了沉重的憂慮，滿心輕快地踏進潼關的城門。

　　潼關在外表看來，還沒有怎樣受過戰爭的影響，人民照常生活著，物價也沒見提高；此地也已有救亡團體的組織，可是看不出有什麼工作的表現。民眾教育館恰巧在我們到達的那天開幕，我們趕忙去參觀。有閱報室、圖書閱覽室、禮堂及運動場。閱報室裏有著各地的大報，我忙著搶看，才曉得太原城依然無恙，心裏有說不出的歡快。

在潼關僅僅小住一日，因時間有限，未敢休息，即勉力急游全城一周，並登臨城東北一帶高阜，俯視黃河漫山漫野而來，風陵渡前帆船點點，如深夜星光。惜遊興未足，暮色已來，含恨返店。匆匆一宿，翌日天光初透，即至午後始得搭隴海車東上。

嶄新的隴海藍鋼車，內部的考究，外觀的美麗，要算是國內首屈一指，可是坐在這樣舒適的車座裏，我們的心裏卻是愁煩交煎。因為直到了車上，我們偶然看到了一張小報，才曉得京滬路在日日遭逢著敵機的轟炸，旅客常要以身殉車。我們討論著最後的決定，是梁先生父子因為必須赴滬，就冒險過徐南下，我們兩人則在鄭州下車，轉乘平漢南下。夜裏，在車廂裏互道珍重，提著沉重的腳步，踏上鄭州的車站。任由車夫拉著我們走過十幾家旅館，卻沒有預料到家家客滿。鄭州雖大，竟無隙容納我們這兩個旅人。原來大河以北的富有同胞，這時都集中的鄭州，鄭州是南北東西的交通中樞，無論西去南下，均須路經此間。平津的流亡者由津入海，再由煙臺登陸，過濟轉徐，乘隴海車直抵鄭州，至此則或南下或西去；平漢沿線如保定以南的同胞則亦必須奔避是處再作主意；晉綏難民則均趨風陵渡，西去者經潼關入西安，但欲南往武漢京滬，亦必須路經此間；至若關中欲往內地或內地欲深入西北，更非此莫由。所以鄭州在第一期抗戰時期竟成華北交通唯一孔道，市面竟然畸形繁榮起來。又兼那時鄭州具有這樣的聲譽：敵機雖然不斷來臨，卻從未投彈，所以無形中竟成功為一個避彈安全窩，具備了繁榮的最基本的條件。我們奔走了半宵，大旅館自然無緣插足，而中國旅行社內，一進門堂的屋裏也都擠滿了人，他們在大椅子上過夜，可是我們去時連椅子邊也沾不著。在曙色將透的時候，我們才好容易在一條偏僻小巷裏的一家小店裏，找到一個床鋪。兩個人躺了上去，抱著獻身於臭蟲的勇氣。

去車站找站長換票時，卻盡情的觀賞了鄭州站的景色。這時站上沒有一磚一隙，不是貼著尋人的廣告，或者通訊的告白，花花綠綠把車站造成一個龐大的「花面」。只要你把眼光一掃，許許多多刺人的字眼就會鑽入你的眼簾：「……在石家莊車站遇警報時，於人叢中遺失幼孩一個，……仁人君子如有知其下落者……」，「——余不及候汝，乘夜逃出，汝若過此，速來鄭州大同街□□旅館會我——」，「□□兄：我等已過鄭南下，

可速來漢口……歸隊……」，諸如此類的字句擠滿了鄭州的車站。這是北方民族大遷移的表徵，也是血寫就的偉大時代的文獻。真的，我們今日卻恭逢了這樣歷史的大變動，這是五胡亂華以來首次的民族大遷移！無疑的，新的文化會從這種大變遷裏產生出來的，中華民族的新生在透著曙光。

鄭州車站停著幾列難民車，露空的車廂裏滿是汗垢滿臉的愁容，混雜在桌椅箱什物的堆裏。他們每個人的胸前都掛著白布條的難民證，他們拋棄了家鄉，拋棄了多少年代來相依為命的祖宗的田廬，走上不可知的茫茫旅途，他們切齒跺足恨著敵人的侵略，他們呼天搶地。我不由得相信，只要這種恨永遠保持著，必有一天他們會重返家園。

這時邢臺已失，平漢路的快車即以鄭州為起點，所以沒待車輛掛齊，旅人已爭先恐後擠入孤零零獨立軌道的車廂裏。這些車廂在不同的軌道上散著，等候著時間到來，機車把它們一一連貫起來。我們在車廂內苦候了三個鐘頭後，汽笛響了，車身猛然一震，這才震散了人們的煩燥，忻快地看著鄭州車站漸漸淪入虛無。

南下的客車裏盡是驚心未定的流亡者，以及轉返後方的士卒。抗戰以來我們軍隊的素質起了空前的變化，差不多每個士兵都曉得了他自己的使命。從前「丘八」的惡劣積習已不再多見，士兵和老百姓間的距離已日漸縮短。在車裏我身旁坐有一位上尉，一見面我們就能親熱地談起來。

流亡者的面孔上都浮泛著一層悒鬱的黑雲，多少雙深陷的眼眶裏都露出各個人太重了的沉痛，有時這些視線碰在一起時，情不能已的要相對地慘笑一聲，好像是深交似的，各個人都有著至深的瞭解。一個中年婦人帶著一個五六歲的男孩，不知是怎樣開始的，這婦人把孩子痛打起來，幾個鄰近的婦女把她勸開了，她含著滿眼的淚珠向她們訴說自己的心事。我從她啞聲的急流裏，很費力地抓著幾個語句，她是個軍官之妻，她男人現正在京滬一帶作戰，她要去會他。至於她從什麼地方來，我卻沒有聽清，但我相信她是由於家園已毀，被逼著踏上流亡之途的一個；否則，她絕不會這樣冒險長途跋涉走向烽火連天的江南，還要去依賴她站在戰壕裏的丈夫。

落日的光芒猶在緊跟著火車南奔，好像太陽也對於大河以北發生恐怖之感，隨著難民一同南下奔避。這慘澹的黃色的光從視窗射進來，把各色

各樣難民的面孔一一分明地展露出來，那是些悲哀、焦急、愁苦、饑餓、驚惶、仇恨種種情緒綜合的圖畫。人們在各各低訴著家園的破毀和妻子的流散。但在這沉悶的懵懵思睡的車廂裏，突然傳進來轟炸機低飛的吼聲，一陣驚駭欲狂的騷擾，人們搶著探身車外，卻慶幸那怪物已經翩然遠去，「也許是我們的？」大家鬆了一口氣，脈搏恢復了正常的跳動。在一度興奮緊張過後，真想閉目息息，卻在這時候那頭角落裏又又傳來一片哭喊吵鬧的雜聲，原來那婦人又打起孩子來。婦人把孩子按在地下，右手像只虎頭鉗子夾著孩子的頭，瘋狂地往地板上碰，頭皮著地的響聲隔了七八個座位還能傳到我們的耳裏。大家把她拖開了，那孩子卻意外的拗強，站起來依舊死纏在他的母親的懷裏，雖然他臉上已有血痕，而額前已經膨脹起來。母親狠力地推、撕，孩子卻不顧死活地纏；母親用足了勁在孩子的肉上擰，孩子咬著牙沒有出聲，眼淚卻撲喇喇滴著。一個老太太終於把孩子引去。婦人筋疲力盡，木木地坐著，深陷的眼眶裏透出哀哀無告的深愁長恨，對著面前一群婦女歎著自己的苦命。

對於這個從敵人鐵蹄下掙脫出來的單身婦人，難友們都給了深深的同情，雖然她是那樣的的兇狠對待她的孩子。約莫過了半點鐘，孩子又一聲不響地滾在她懷裏，把腦袋往她身上鑽，又惹起了她一股無名火。她站了起來，把孩子拚命地扯著，扯往車門，意思顯然是要把孩子推下車去。這時車在飛奔著，車外已是一片茫然的暮色，孩子用全力掙扎著，但已經快到了門邊，幸得轉來一位兵士，把孩子從她母親手裏奪下，一場驚險算是平安過去。

午夜裏，窗外是漆黑的原野，車裏只一盞昏昏欲睡的燈，乘客都已入夢，我偶然睜開朦朧的眼，她一直是坐在黑暗的角落，始終睜著不閉的眼，滿臉刻劃著沉思的紋，孩子在她懷裏熟睡著。

到達漢口的時候已是翌日的中午。從驚慌亂雜的戰區，我們一旦踏入這陌生的街頭，那是蔚藍的天，碧綠的法國梧桐，清爽的柏油馬路和閒適的步伐，我們立刻感到的輕鬆、明快，都市的魅力淨化了我們幾日來混亂的心情。漢口在這時雖然已遭受過一兩次的空襲，而且從東從北已來了不少的移民，但街頭還是一如往昔，沒有慌張，沒有吵雜，人行道上並不摩踵接肩，輪渡上也還悠閒自在，這種種與四個月後重臨時完全兩樣。

在徐家棚候了整整半天，眼看黃昏來了，武衡特快就要開進車站，好把旅客收起載往南去。可是正當人們爭著往售票處的小視窗擁進時，警報竟突然大吼，好像是宣佈了死刑，人們立刻慘白了臉，手腳慌張起來。我們陌生人只好隨著大夥往車站後拚命地跑。

田野裏有曲折的防空壕，頭頂卻只是一層薄薄的木板，慣了太原高深堅固的地洞，禁不住有些心慌。軋軋的機聲在壕頭響著，高射炮在亂吼，炸彈著地聲震碎人的神經。我們的壕裏有四個武裝同志，他們在壕口舉起了槍，準備要射擊敵機，但他們這種舉動卻引起了全壕避難者的驚駭，他們認為決不會射中敵機，反而給敵人造成一個極顯明的目標。吃驚的人們在壕溝裏跑來跑去，卻有一個深有經驗的老人作著安撫的工作。一個極體面的紳士帶著一位穿著高跟鞋的豔麗的女人，他們倆個惶惑已極地鑽在老人的腋下，像是一對可憐的小雛躲在母雞的翅膀下面。男的說：「我們從蕪湖來，想不到離戰場這樣遠的漢口也遭著轟炸——，長沙怎樣？長沙沒炸過吧？」「長沙？長沙雖然沒炸過，可是飛機也去過好幾趟了！」老人歎息地說。「哪，哪怎麼辦呢？——麗麗，我們上哪兒好呢？」兩個可憐的小雛兒緊鎖了眉頭，默默地再也一聲不響了，憂愁是太沉重了。我這時把注意力從他們身上移到壕角的一個透空的大窟窿上，我跑了過去，仰著頭可以看見外面的景色，我看見遠處天空有紅色、綠色的火花，想是高射炮彈炸開了。我正入迷似地觀賞著，卻猛不防我妹妹從壕的那頭跑過我身邊來，我驚問她怎麼了，她卻說：「沒什麼，我要我們在一起，炸彈如果下來，死也好死在一起。」

半點鐘後，解除警報長長地響了，像是吐了一口長氣，大家也不由地歎了口氣，慶幸災難終於過去了。再步入車站時，天已密黑，車廂已整整齊齊地停在站前，旅客紛紛踏上去。

車將開時，來了一隊女生，她們排在月臺上唱著「起來，不願做奴隸的人們……」。歌聲停止後，她們分頭登上車來，向旅客募捐，她們需要一筆款子去慰勞前線健兒。車開行時，她們還依舊排了隊向著漸漸遠去了的列車高唱，把火熱的字句投入旅客的心坎深處。

湖南是前方的後方、後方的前方

　　我到達長沙的時候，是十一月初，我一直在湖南停留了四個整月，因之，我能目睹了長沙的三種姿態，即是三個變化的階段——由舊湖南而轉變期的以至最新的湖南。我初來時，湖南還在何健的統治之下，長沙依然做著太平的夢，在那裏你聞不到什麼抗戰氣息，就連作戰綴品的標語也很少看到。長沙像個中古時代古老的隱士沉醉在初秋的涼風裏，嶽麓山的紅葉紅的那樣可愛，湘水飄泛著悠悠入神的翠綠。敵機已來臨過四五次，可是並未投彈，臨近的岳陽、株州、衡陽等地都已遭過蹂躪，獨有省會的長沙依舊保持著處女身。逆旅主人說這是何主席的洪福！的確，這裏的人民異常的鎮靜，他們相信著天命，相信著鬼神，劉伯溫的「燒餅歌」家傳戶誦，觀音大士的讖語貼在每家的門口。我們的逆旅主人告訴我們說：新近地某地掘出一個石碑，上面刻有劉伯溫的畫、孔明的詩，有什麼「草頭將軍」、「馬二先生」等等的字句。我懷疑那也許是漢奸的宣傳方式，但他確信那是「天賜」。楚地自古是鬼神傳說的產地，今日的湘民卻還秉承著這豐富的遺產。你只要看看長沙街上有多少賣爆竹的商鋪，牆壁上貼著多少感謝神靈的紅紙條，就會相信我「言之不謬」。

　　長沙那時還沒有防空設備，雖然「人民防空協會」卻成立已經好久，並且已經向商家民戶征過四五次的防空捐。徵求的方式是派兵強索，聽說牢裏已經關了許多的貧民，他們都是無力交納捐款因而獲罪。後待何健去職，當地報紙始公開批評該防空協會。該會係當地土豪劣紳所組成，冠以「人民」兩字，並「聘請」省主席為會長。何健既去，該會威勢力大挫，乃又謀聘新主席張治中將軍，但為張所堅拒，既又謀之於省特派員賴漣，長沙警備司令諸人，但均未成功。至是長沙某報乃以滑稽姿態於報端刊登一「偽」啟事，文曰：人民防空協會徵聘會長云云，筆鋒刻薄，大快人心。但該會因具有地方特殊勢力，省府終未明令取消。

　　及至滬戰失利，國府宣言西遷，這時長沙才真實感到了戰爭，而本質上起了突變。先是江浙一帶居民紛紛西來，長沙一變而為江浙殖民地。小

吳門外汽車互綿數裏，皆風塵滿面，猶懸「京」、「滬」、「杭」種種車牌。昔走柏油馬路，今日顛簸於泥潭之中，汽車有知，亦不勝其感慨了！戰爭既把江浙人民趕來此間，卻又把本地土著趕入湘西各地，於是鵲占鳩巢，長沙已變為一典型的江南都市。馬路上有了風馳電掣的市虎，有了千嬌百媚的上海女人，有了「吳宮」、「蘇州」、「江南」等等飯館，有了「生活書店」、「上海雜誌公司」等等的新型書店，有了《救亡日報》、《抗敵日報》，也有了《群眾》、《抗戰》等等雜誌，有了「抗戰特輯」影片，也有了救亡話劇的演出。而北方最高學府清華、北大、南開也搬來此間組成「臨時大學」，不過他們似乎已拋棄了領導民眾運動的傳統，他們在長沙無聲無嗅，雖然受著社會上種種的奚落，亦無動於中。

這番民族大遷移給長沙帶來了新的文化，它給了長沙一片繁榮的光明，卻也帶來了黑暗的一面。馬路上無處不是擺著賣煙賣餅的攤子，攤主都是江浙的小資產階級，他們想把那些帶出來的有限的「本錢」，儘量地「生子」，藉以維持他們無確期的流亡的生命。你隨時可以在馬路的拐角看到一個美妙的蘇州姑娘站在爐灶旁做著蘇式的餅，蘇式的糕點。她恐慌於無處隱飾她的羞澀，因為她身旁儘是些過路的男性，駐著腳把貪饞的眼光不投向她手制的點心，卻完全集中在她的臉上。她只好儘量地向她爹娘說話，她相信這樣的話之流會把她臉上的嬌紅漸漸洗去，可是她沒有想到她的吳儂柔語在觀客方面卻覺著比她的容貌更多著魅惑力，因而吸來更多的戀戀不捨的觀客。

難民所裏的少婦少女，這時也不知引起了多少有錢人「救濟難民」的慈心善念，他們紛紛從所裏娶出自己所選中的佳麗。這般有錢人的慈悲心卻多半是出於長沙本地的土著，至於江浙有錢人的豪舉，卻在另一方面發展著，他們要嘗嘗湖南女性的滋味。因為「桃花江上」一曲早已挑起他們無窮的豔思，而今日既有緣臨近桃花江畔，哪能不一償夙願。於是長沙大街小巷裏的樂戶夜夜均告客滿，而傷兵與遊客衝突的消息也常常在報紙上披露出來。

嶽麓山雖然沒有西湖、虎丘那樣美麗，卻也盡可賞心樂事，於是江南客的遊跡不絕於靈官渡頭，山拗的茶樓酒館，峰頭的道廟僧舍，都充滿了一片嘻笑的歡聲。有時你可看見穿著高跟鞋的麗人，含羞著笑跪在神龕之

前，搖著卦簽，如果卦簿上寫著定生貴子，那就免不了一場哄堂大笑，這時他們當然想不起在下關的江邊多少父母把自己的嬰兒投入洪流。

但是戰爭雖然礙不了有錢人的放情享樂，多少人卻因了戰爭而淪於饑寒線上。他們不能活活餓死，便只有用原始的方法向放情享樂者取得生活的資料。於是街頭巷尾搶劫風行，姨太太手指上的戒指常為人所脫去，老爺的皮夾也會被人當面奪去，有時街門沒有關好，手持武器的兵士會一擁而進。於是巨紳富戶的門前紛紛貼上有著警備司令紅印的告示，寫著「官長住宅，嚴禁遭擾」。好像是說只要不是「長官」的住宅，便可任意「遭擾」而不受處分。

傷兵鬧事確是當時長沙認為最嚴重的事件，所以後當張治中將軍來臨時，第一步便是促進傷兵管理合理化，他召集傷兵談話，又發表了告傷兵書，懇切地說著他在前線時是他們的長官，現在到了後方又是他們的長官，他瞭解他們的痛苦，他要給他們滿意的解決，同時也要求他們服從他，如果他們違法，他一定懲辦，他請求他們不要把在前方未流的血卻流在後方來。

傷兵一律遷入傷兵管理處，未請假不准外出，同時給他們照舊發餉，每週末約劇團或影戲入管理處表演，專為傷兵娛樂。然而終有少數約束不住野性，依然在街頭行劫，終不免執行死刑。百戰之餘乃死於刑場，令人不勝其痛惜！

張治中將軍來臨長沙的一天，長沙遭第一次的轟炸。敵人想一網打盡湖南新的領導人物，結果卻只破壞了幾條鐵軌，死了車站附近幾十個平民而已。但這幾十個人的死卻把恐怖的氣氛佈滿了全城，富有者不論土著或江南客均紛紛避往鄉間，一時騷動了整個長沙。又每當警報聲發，人民群奔城外，或渡湘水至水陸洲英領事館前。每每敵機並未前來，而遭踐踏或落水致死者則日有所聞。所以張主席就任之始，即痛責長沙人缺乏沉著抗敵信念且無戰爭常識。

張治中決心創造新湖南，就職伊始即盡悉湖南歷年來官場黑暗以及地方封建潛勢力，於是取擒賊先擒王手段，霹靂一聲，聲勢赫赫氣焰萬丈之「周神仙」竟成階下囚，且不過數日即暴屍街頭。緣周乃一卜者，但因其長袖善舞，凡湖南巨紳大賈莫不交往，且每干預省政，時正與省銀行

某高級職員串通舞弊，私吞數十萬鉅款。某職員已挾款遁去，彼猶安居長沙，自信無人敢於太歲頭上動土，殊不料張治中乃非何健之流。繼周之後而遭槍決者為湖南全省公路局長，時建設廳長某氏以職責攸關，為之戰戰兢兢，呈請辭職。一時湖南官場人人自危，市民為之揚眉稱快，一掃十年來胸中鬱憤。吏治既清，張乃著手於整頓教育，組織民眾與訓練壯丁。全省高中一律停課，凡高中學生及教職員經一月之訓練後，全數分派各縣各鄉，專任宣傳民眾組織民眾工作。繼又籌設湖南全省行政幹部學校，招收各地大學生入內受訓，分縣政督導員班、鄉鎮長班、教育衛生經濟調查各技術人員班，及政治工作訓練員班等等。三個月畢業後亦分發各縣工作。張氏相信大批知識份子入鄉後，不但政治可入軌道，人民亦可全部接受抗戰教育，湖南將脫卻它老舊的古裝，煥然一新起來，但是當時一般封建人物恐怕青年下鄉後重演一九二七年的悲劇，為之悚然不安，連新文學家沈從文氏亦在報頭大發悲觀論調。

張主席公餘之暇，每微服出行，曾秘密潛往湘東各縣考察地方政治及人民生活，不知道有多少可恨與可憐的事實讓他發掘出來！

確實，湖南在當時對於傷兵之安插、難民之救濟，以及新兵之補充與訓練，在做著最大的努力，湖南在力求盡它的責任，它是「前方的後方，後方的前方」呵。

賦予了新使命的武漢

　　武漢，它現在是淪陷了，但它有過十個月火熱的生命。它是第二期、第三期抗戰的大本營。它是一座燈塔，在狂風暴雨的夜裏，它的光芒向每個掙扎著的人投射著安慰、希望與興奮力。我們整個民族在它的照耀下，與驚濤巨浪搏鬥著，直到黎明之到來。它是整個中國的心臟。

　　當南京失守後，有兩個星期，整個中國陷在悲哀與絕望的境地，多少人在下意識地感到民族之死亡已經來到，然而武漢突然以嶄新的姿態出現在世界的面前，它拜命為抗敵前鋒，叱吒風雲，士氣大振，大局立刻轉危為安。蓋在第二期抗戰起始，我們在政治、軍事、外交三方面都有了新的轉變，這些轉變都在武漢發軔。政治方面，我們採取了民主集權的國策。參議會容納了各方面的人材，共產黨、國社黨、青年黨都取得了合法的存在，各黨派都取消了成見，共同制定「抗戰建國」的綱領，取得全民的擁戴。軍委會徹底改組，成為完備的抗戰大本營。第六部的解散，政治部的設立，尤為劃時代的轉變。陳辭修將軍以一時人望，拜命為政治部長，吸收了各方而具有救國決心的人員。政治部以動員群眾為職責，十年來停閉了的群眾運動遂又風起雲湧。武漢的街頭再出現了各色團體的旗幟，青年救亡協會、中華民族解放先鋒隊是最有號召力的救亡組織。同時政治部成立了「戰時工作幹部人員訓練班」，使多少流亡青年都有了報國的機會，一方面教育部也登記戰區失學失業的教員學生，極力撫輯流亡。

　　同時軍事方面也跟政治一樣的有了新的革新。衡陽在訓練著幾十萬機械化部隊，傳說西安事變的主角張學良將軍便在那裏默默地作著偉大的工作——製造著新的血肉長城。而軍隊裏也仿著大革命時代的「黨代表制」，插入青年政治工作人員，擔負著教育士兵的重任。這時游擊戰術亦為當局所認可，要在敵人的後方發動廣大的游擊戰。雖然有多少政府大員在極力反對著，諷為「游而不擊，徒擾百姓」，然而他們他們終於抵不住大時代的洪流。新四軍開往浙皖，軍委會別動總隊也在各處燃起抗戰的火焰。至於軍隊內質之徹底整理，軍閥封建性之掃除，從韓復榘、劉湘兩人

的死亡得到成功的保證。辛亥革命三十年來中國被封建軍閥割據著，中國只虛有共和之名，到這時才真正民主統一，到這時軍隊才不是私人的工具，而成為真正的國防軍，中國所有的軍隊都統制在政府的手裏。在前線的一條戰壕裏，有著滇軍、川軍，有著桂軍、粵軍，有著晉軍、魯軍、湘軍、東北軍，甚至苗軍，兵士們的頭腦裏個個都刻著蔣委員長的影像。

外交的轉變在這時成了輿論的焦點，當時《掃蕩報》代表一派的主張，認為除英美法蘇外，德意亦須繼續維持好感；而《新華日報》、《抗戰三日刊》等則主張友敵分明，對於德意須一刀兩斷。乃為時無久，希特勒公開承認偽滿，並召回德國軍事顧問，這時某報雖然猶自寫著「希特勒不失為快人快事，不管其他，他這種精神是我們應該效法的」，然而時勢所趨，孫科出國後，專在蘇聯逗留，謠傳已有任駐俄大全之說，蔣廷黻則已請了長假，匆匆告歸。

便在這樣萬象更新的開端，新武漢的光明溫暖了祖國的大地，以至各個角落，我擺脫了陰鬱，停止了退縮，懷著一顆熱辣辣的心重來武漢，把渺小的個人溶入抗戰的洪流。那是一個早春的二月天，輕爽的東風早把南京陷落後的陰雲凍霧橫掃一空，仰頭是四望無涯的太空，清朗明快！

到達漢口的第一天，便碰著了空襲警報，武漢這時擁有百多萬的人口，但在緊急警報響徹雲霄時，長街上已空無一人，只有防空監視隊的人員來回溜達著，人民都躲在大建築的簷下，沒有驚惶焦躁，因為他們都極端信任著我們新的空軍。這時空軍已在武漢的高空布成羅網，等候著敵人來自投，可是敵人竟沒有來。這時剛在「一二八」過後不久，敵人已向我們新空軍領過教，被擊落了十二架，吃足了苦頭。所以再不敢造次，只想乘虛打劫，然而這是妄想。敵人在白晝進攻失敗的時候，便嘗試著夜襲，以後每逢月色皎白的夜裏，大武漢朦朧的太空中便會竄入幾隻敵機來，我們的探照燈從四面八方噴出銀色的光柱，像是照妖鏡，把敵人的醜形暴露在萬千民眾的眼前。這種時候是武漢最驚心動魄、也可以說是最富有魅力的時候，街頭牆跟的陰影下，龜蛇兩山上的樹蔭下，租界的江邊，甚至弄堂裏各家的曬臺上，都藏著靜止的人群，他們抬著眼監視著天空的敵人。敵機有時發覺已中了我們的埋伏之計的時候，就會倉皇地把炸彈亂扔在郊外，輕了身子沒命地跑了回去。這時遠遠的郊野會冒起一陣火光，轟轟的

響聲不由得使大武漢一顫。等到我們的鐵鳥從四野搜索完畢飛回市空時，靜默的人群中會突然爆發出高聲的歡笑，帶著滿身的得意，漸漸散了回去。可是有時一晚會連響四五次警報，那就足夠使人厭煩，因為剛剛睡下又得起來。

在「四二九」，我們擊落了敵機廿一架，「五卅」又是十四架，在每次空戰過去，人們爭先跑到街頭，守候著賣號外的報販。報販子一來時，大眾湧了過去，把他陷在核心，直到他兩手全空，才得脫出重圍。等到過了一兩天後，人們又會跑到中山公園，那裏會陳列著俘虜的敵機，有時竟異常完整。至於那些破碎的殘骸，則亂堆在一個大廳裏，由於我們空軍戰士的神勇，這間大廳在四月間便已填塞的了無罅隙。

這樣，大武漢已鑄成鐵空，人們放心得活著，戰時的首都竟是一片熙熙攘攘的景色。市面繁榮的出奇，尤其書店和飯館老是擠滿了人群。在抗戰時期，精神食糧的需要一點也不少於肉體的食糧，從前線歸來的人都嚷嚷著健兒們都渴想著書報。軍衣莊大批地出產著軍服，總是供不應求，一套草綠色斜紋布制服要十幾隻洋。同時有閒階級的人們卻在拚命地玩，生活也一樣的緊張，弄堂裏總響著牌聲，而法租界的大小旅館裏更不知窩藏著多少夜的女兒。——可是當陳誠將軍就任衛戍司令後，嫖賭之風大為減殺。據說有兩個旅長新從前線抵漢，因賭被捕，立處死刑；為了賭至於為軍警押著遊街示眾的文武官員也很有幾起。

在大局新轉的開首，摩擦總是少不了，這摩擦在文化界表現的最為清楚。《新華日報》出刊不久，就遭人搗毀一次。據說「暴徒」的領導者就是一位大名鼎鼎的文化戰士。這時外交路線爭論最濃，有人說「不要執迷不悟，錯誤到底」，劉健群遂發表了《長期抗戰是什麼》，痛責「西安事變」把預定的國策破壞，否則我們會像德國一樣，埋頭苦幹，大整武備，不戰即可獲得解放，或則俟日俄先戰，我乘機而起。林庚白發表了《國民黨站起來》，惹起一般黨國志士的憤怒，還報以「林庚白站起來」。葉青大罵共產黨想做官，共產黨則指他是托匪。《解放報》指陳獨秀是托匪漢奸，卻從旁殺出一夥打抱不平的有「身份」的人來，他們聯名簽字，以「人格」擔保陳獨秀決不是漢奸；卻想不到簽名單上具有名字的林庚白卻挺身而出說那是冒簽，他不承認。過了不久，又有張國燾被中共開除的糾

紛，張本人遍登各報呼冤，周恩來為文說明經過。以後因了杜重遠的小冊子《盛世才與新新疆》，引出堯樂博士及艾沙來，大聲抗議，說杜重遠歪曲事實，故意離間漢回。雙方大登啟事，每日一換，結果是不了而了，卻便宜了報館。除開這些個人間的爭論外，當時因了「宣戰」問題，不知引出多少長篇巨論，《抗戰》、《群眾》、《血路》、《民意》——這些雜誌，都是當時的參戰健將。

青年文化人的政治部領導之下，無論文學、戲劇、電影、圖畫、音樂，都把整個的力量貢獻到抗敵救亡的工作上。文學家們成立了全國文藝協會，並發行了會刊。政治部第三廳裏的青年作家們也獨自發行了《自由中國》。戲劇界的活動則更有聲有色，老舍、洪深利用舊的形式編出許多劇本，楚劇、漢劇、京劇，都來一套。但武漢的戲劇運動當然以《大公報》所主辦的《中國萬歲》之上演到了頂點。《中國萬歲》上演的時候，單單一百元一席的榮譽座就收穫了幾萬塊錢。電影在那時演出的雖然只有《保衛我們的土地》一兩張片子，但它的力量已足夠把全武漢的脈搏操縱起來，使它熱脹！狂跳！每次電影開演時，先映入眼簾的是青天白日滿地紅的國旗，觀眾像著了魔似地立刻全場肅靜，筆直地立起，臺上播送出國旗歌時，觀眾立刻隨聲和唱，雄壯的歌聲會衝出街頭。歌聲停止後，銀幕上現出林主席的肖像，接著是蔣委員長的雄姿，這時全場響徹了掌聲，直到正片映出時才能停息。《保衛我們的土地》寫一個「九一八」時從關外逃入江南的一家農民，主人公是高占非和舒繡文，幾年的工夫他們已在江南又造成一個美滿的家庭，可是敵人的鐵蹄也會踏來江南，這回高占非決心不再逃亡，知道逃亡不再是生路，他加入了防軍，作著保衛我們土地的工作，他不惜手刃了走入迷途的親兄弟，他又冒著生命的危險，給我們的空軍放信號，結果了一個敵人的特務機關，一般丑類、魔鬼和漢奸全在我們的炸彈下得到他們應得的報酬。等到影戲散場，你會看到每個人有一張緊張的面孔，你會聽到一些閒話，「電影決不是娛樂——我每回走出影院，就會增加一分力量！」

在前線的攝影工作者給我們製出五六集《抗戰特輯》，這些真實的報導比標語口號的力量不知要大多少倍！可惜產量過少，而且內容也決比不上外國外國攝影記者的作品。自然外國人比較有更多的種種便利，可是他

們的冒險精神卻是使我們慚愧。據詩人臧克家說：他在戰後的台兒莊看見我們的戰地攝影記者在選擇場面，在一個高處插了一面膏藥旗，然後請了一夥健兒表演，向那面旗子前衝。這幕戲攝成了送到後方，就命名曰「台兒莊前線大獲全勝」。詩人不勝其感慨地說：「這怎麼能表現出當時獲勝時那一番驚天地泣鬼神的精神！我們的攝影家不肯往前邁一步，有時你在真正前線卻能碰到幾個外國攝影家！」的確，《巴納號》放映時，我們所看到的是當時活的事實，而不是「戲」。

我們畫家的工作這時也決不落後，中山路江漢路口，總懸掛著幾幅巨大的國畫，那上面所展露出來的力量恐怕比街頭的宣傳隊要大得多，標語自然更比不上，因為你每回打那裏經過，總是人山人海，有時會斷決了交通。木刻在市商會裏，曾有過一次展覽，也吸收了不少的觀眾。至於音樂，尤其是歌唱，那在這時期的武漢是最普遍最深入的了。你隨時隨地都能聽到洪亮的抗戰歌聲，三四歲的小孩子也會高唱著「大刀向鬼子們的頭上砍去……」，所以如果你說這時的武漢是一個龐大的歌詠隊也不算過分。

這時期大武漢的精神卻碰巧有一個場合得以完全集中地表現了出來，這個場合我竟幸能身預，那便是台兒莊勝利遊行慶祝大會。台兒莊大捷的消息傳到武漢時，是中午剛過，一聲聲「號外」的吼聲把千萬人從屋裏喚出來湧入街頭。大武漢發狂了，鞭炮聲、歌聲、呼喊聲雜成一片，政治部的宣傳卡車滿街的跑。在黃昏時，整個武昌和漢陽的民眾都渡江來集中在江漢關前。漢口的那可紀念的一夜，在街頭展出一幕最偉大的行動。提燈遊行的行列不知多少長，中山路的兩旁擠滿了黑壓壓的群眾，萬千人應和著，把心底火熱的字句吐向長空！第二天的黎明，中山路當街懸出一幅赤紅的布，下面跳動著幾個字：「台兒莊的大捷粉碎了敵人打通津浦的迷夢！」

五一節來到時，武漢工人把靜止了十年的力量又重新展露了出來，武漢陽三鎮同時舉行集會，由周恩來、黃琪翔、郭沫若分別領導進行。當幾千萬的工人把強壯的臂膀高高伸起，同聲宣誓效忠祖國時，那景象是太感人了，旁觀的人們興奮地由眼眶濺出淚珠。

這時，我已找到了一個服務前方的機會，在一個五月的清晨，我隨著大眾離開了偉大的武漢。

鄭州在前線

　　我很幸運地加入了行政院非常時期服務團的第三隊，因之我才有機會看到了鄭州在最危急時的姿態。在五月裏的一天，聆聽主任委員蔣作賓先生的訓話後，一夥五十多個青年男女歡欣地踏上了北上的車，目的地是徐州。因為台兒莊會戰後產生了千千萬萬難民，在需要政府救濟。在我們出發前，台兒莊的勝利已成尾聲，敵人由皖北及魯西南兩路夾攻，企圖鉗斷隴海，包圍徐州。

　　到達鄭州時，天剛微明，二次重來，景色全非。車站外表雖然猶自保持著昔日的容光，內部卻已空無所有，是一片亂瓦殘灰，天花板上開了幾個大洞，幾朵早霞冉冉地滑了過去。遙望站外，卻展開了一面駭人的街景，大家不由地一怔，幾個月前繁榮萬般的旅館區現在卻是一片瓦礫堆，炸的那樣乾淨，連一根柱木，半面屋頂都不剩，四顧茫茫，只是些磚和瓦，磚和瓦拋的那樣狼藉。在遙遙的僅存的一面頹壁上塗著幾個血紅的字：「請看敵人暴行的寫真」。的確，這是事實，事實擺在我們的面前，這種具體的宣傳要比幾百條標語、幾千張宣言有力的多，只要一看這種景色，就會立刻燃起我們不可遏止的憤恨！

　　驚駭與憤怒使我們忘了一切，兀自對著這磚瓦出神時，猛不防銳厲的警報聲大吼起來——無法形容的慌亂，人力車不拉客了，把行李扔了滿地，倉皇地亂衝，人們都在無目的地奔跑。這時敵機已經飛旋頭頂，我們散開了，我跑進一家戶家，把草綠色的身子隱在大門旁邊。鄭州距黃河只二三十里，黃河北岸便是敵人陣地，所以防空監視哨剛剛發現攝影時，隨著他的通報，敵機已來臨鄭州。因之鄭州是等不及緊急警報的，人們也來不及準備。幸而這次只是偵察，沒有肆虐。要機聲的威脅下，我和屋主，一個東北籍的老太太談談閒話，藉以減輕情緒的緊張性。她說她本想躲到內地去，但她兒子現正在平漢路上做司機，兒子苦苦勸她，說現在努力幹下去，到抗戰終了後，會有很好的位置，所以她就沒有逃。聽了老人一番

言語，使人感到難言的慚愧，我只有告她說：鐵路員工已蒙蔣委員長屢次地褒獎，每個司機都是英雄。她笑了。

從平漢站轉到隴海站時，站長卻說東上車已經停開，僅限於軍用，沒有料到我們到達鄭州的當日，隴海路已被敵人切斷，碭山、商丘間已淪入戰境。去徐州的夢粉碎了，大家頹然的踏入鄭州的市區。這時正在盛夏，鄭州被灰色的塵霧籠罩著，街頭依然熙來攘往，這自然是因鄭州從那一次大轟炸後已經安息了好久了。可是就在我們到達的當日，在黃昏時，鄭州天空突然出現了幾隻飛機，沒有警報，人們也沒有逃躲，心裏卻惴惴不安，直到飛機俯衝下來，作著凱旋式的迴旋，展露了翅膀上青天白日旗的國徽時，人們才突破了沉默，歡笑聲爆炸開來，滿城陶醉在機聲的旋律裏。卻沒想到今夕的歡笑變做了明朝的哀痛！

在第二天，曙色還沒完全展開，人們都還在被底纏綿時，天空突然襲來無數的敵機，炸彈像冰雹似地灑下來。我們正睡在扶輪中學的禮堂裏，慌忙披了衣服跑出來，這時禮堂後面已經著了一彈，火藥的氣味充滿了院中，大家直覺地鑽進地窖，還等不及喘過一口氣，猛的轟然一響，地窖一陣的抽搐，土粒撒下來，人們都不自覺地迅速地一蹲，接著外面連著又是三響，飛機的旋聲嗚嗚地吼著，人們相互望了一眼，感著生命已到了盡頭。卻慶幸半個鐘頭過後，外面平息了，我們從死亡的手裏逃出來。地窖的緊鄰是一家民居，完全炸毀，一家五口統統殉難──為我們殉了難。禮堂被震毀一角，玻璃濺了滿院，旁邊的平屋毀了兩間，院中一共中了五彈。我們的隊員卻沒一個遭難，真是幸運。這一次大轟炸，鄭州城裏每個大建築、醫院，甚至德人的教堂都遭了大的損壞。原來蔣委員長在昨夕乘機來臨鄭州，敵人的情報真靈，便在今晨微明裏猛不防襲進來，以為把大建築都炸一遍，總可達到目的。

便從這天起，敵機日日進襲，一日甚至三次、五次，鄭州從此改變了生活方式，白晝的鄭州挪在城郊，晚上鄭州再恢復了他的本來面目。在每天曙色初透的時候，人們成群結隊地奔向四郊，有的更深入鄉村，有的就留在城牆外的四周。鄭州的土城下半部密密地挖就了各式各樣的洞窖，而在曠野的高坡下，也滿是這神龕般的避難所。這些土窯前有的，還考究地掛著竹簾，裏面間或還陳設著桌椅和臥榻，不過這多半是屬於私人的。

在警報響了的時候，人們分頭鑽進洞裏，一等死亡的威脅過後，便又全鑽了出來。在麥影下，在樹蔭裏，躺著，坐著，大家會無隔膜地談笑著，把可怕的白晝寫寫意意地活過去。整天，小販們挑著各樣的飲食如雞蛋、粽子、燒餅、稀飯之類，在逃難的人群中作著應時的生意；而賣報的孩子也會追到這郊野來找尋到最多的主顧。如果沒有敵機來擾，你會以為鄉間在鬧廟會。這樣由於敵人的侵略，把鄭州的生活方式推回到原始時代，人們在穴居野處。

白晝，人們把鄭州拋棄了，只剩下鍾情的員警，在街頭守望著，和她患難相共，拚著死來保護她到底。可是，一等黃昏到來，那些負心的人們紛紛從各個城門口擁了進來，重新投入她的懷抱，鄭州便立刻忘了他們的薄幸，興奮地支撐起她遍體炸傷的病軀來，強打精神和他們重拾墮歡。這時街燈亮了，店鋪開張了，影院和戲院門口車水馬龍，飯館裏是一片吵雜聲，人們要填飽了餓了一天的肚子，人們也需要娛樂，在神經緊張了一白晝以後。

徐州既不能去，我們只好留在鄭州待命，我們想隨時自找工作，可是在白晝城是空的，便分頭到城郊作些調查宣傳等瑣事。在跑進民間的時候，才發覺了中原人民是出乎意料的鎮靜，而且頑強的堅決。這時開封附近已成戰場，黃河對岸的炮聲清晰可聞，敵機日日在鄭州高空掠過，可是他們照常的割麥，照常的犁田，沒有什麼驚慌，沒有一絲一毫逃亡的念頭，如果你問他們鬼子來了怎麼辦，他們會很淡然地說：「鬼子來了就是這一條命，我們沒地方逃。」鄉村裏那時都駐著兵，他們告我們軍隊對待人民異常的和善，有一團隊伍初來時還給了他們村裏三十塊錢教（叫）救濟貧民。鄉村的女人也具著敵愾心，曾經有一個少婦偷偷地告訴我們某處有一漢奸，而且我們靠了她的幫助終於捉住那個漢奸──可是那並不是個漢奸，卻是我們的密探，由於他技巧的笨拙，竟至惹起人們的疑慮。在民間工作是最令人興奮不過的，可是我們也發現了一件事使我們傷感不已。

是一天中午，我們工作歸來，走近距北門二三裏的一個村落，這時敵機突然由北而來，我們慌忙躲進附近一個葡萄園裏，我們隱在葡萄架下，卻沒料到架下已有不少的人，卻多半是年青男女。架下擺著幾張矮桌子，上面還陳設有茶壺之類，地上鋪著席子，有幾起男女在躺著說說笑笑。

這光景有些異樣，可是因為敵機這時正在城內投彈，轟轟的響聲震著人發慌，所以也就無暇深想。解除警報響了後，我們才開始覺著我們是不受歡迎，四圍把厭惡的眼色集中在我們穿制服的身上。便從葡萄架下鑽了出來，這時陽光在燃燒著，嘴唇已發焦，看見小屋裏有著茶壺，不知誰提議了一聲，就一直走了進去。有個老太太走過來招呼著，以一種蕩婦般的微笑說著，「官長吃酒嗎？」這時隔壁——僅僅隔著一排高粱稈子——突然傳過一種床榻搖擺的聲音，還夾著一句女人的嘶喊聲「別死勁壓呀」。移時，一切靜了，卻傳過一個男子的聲音，「拿去，兩毛！——你很好，我一定多給你介紹些生意。」我們從高粱稈子縫裏，看見一個商人樣的影子滑了出去，跟著是一個又矮又小的女人。「這怎麼回事？」我們驚訝地向老太太問。「官長，叫她進來斟斟酒吧？她們是河北逃過來的難民，都是好人家，乾淨的身子。給她們三毛四毛的，叫她們一家吃頓飽飯。」老太太看見我們默然不響，就走了出去。可是正當我們對這殘酷的現實詛咒的時候，她竟又返了回來，隨著一個女人——不，只是一個十四五歲的女孩子，一身鄉土味，兩著腳還是纏著的。我們間的一個立刻拿出四毛錢來，把她打發了出去。我們再無心久坐，走到葡萄園時，在園外空地裏正坐著剛才那個女孩子，旁邊是一對老夫婦，顯然是她的父母。他們在吃著什麼東西，也許就是吃著剛才那商人的兩毛錢所換來的東西。

蘭封雖然有一場勝利，但是開封終於失守了。鄭州好像已兵臨城下，縣府開始號召人民離境，而敵機光臨的次數也越發的數不清，第一軍不斷地開到四郊，在準備著背城一戰。鄭州街頭冷落了，商店沒有幾家了，然而貧民窟卻還是照常的滿坑滿谷，漢奸們便只好從這裏下手而獻功了。一個漆黑的夜裏，北門裏突然起了大火，火焰烤紅了太空，連住在北門外的我們也能望見火頭。我們趕快跑到火場，遠遠就望見沿河幾枝大樹都在火化，而北門一帶的茅廬草舍則早已化成了灰燼。火場並沒多少人，人們都預感到大災難之來，避之惟恐不遠。

大火的翌晨，天色還在朦朧，我們照例奔避往郊野，卻剛剛脫離了城圈，大批的敵機已從頭上飛來。我躲在一株灌木裏，面對著城，我目睹幾十隻敵機任情的在城空蹦躂。鄭州這時連一架高射炮都沒有了，所以敵機得以隨意低飛，把炸彈燃燒彈一古腦灑下來。尤其燃燒彈的爆裂聲像是

天霹地裂，震著人發暈。有兩片碎彈片從我身旁投過來，像是受傷的鳥一般撲嗽嗽地落在塵埃。莊稼漢依舊在犁著田，任憑你怎樣說，他們也不躲避。在敵機消失後，我們趕忙離開森林走到曠野裏，在一個磚制的墳廬裏消磨了一整天，因為敵機不斷地來，無法回到城裏，也無法吃飯，只好從小販裏買了幾顆煮雞蛋壓壓饑火。

在墳廬裏，我們會到一個剛剛從開封逃出來的公務員，手裏還猶自攜著公事皮夾。將近黃昏時，第七次警報響了，天色卻突然起了一個巨變，烏雲密聚，雷聲怒吼起來。想著敵機定會遭了天譴，便冒著狂風暴雨，急忙忙奔向城裏。大街上處處是彈痕，郵局和醫院都中了彈，並且聽說監獄被炸，囚犯們一哄而散，還有幾處地窖被毀，活活埋葬了幾十人。

踏進寓所，卻見同隊人都在匆匆打包行李，原來漢口來電，叫我們速至信陽待命。便飯也來不及吃，趕到車站。

車站上已擠著水泄不通，滿城人那一個不是惦著天明的恐怖，而想立刻離開這死亡的前線？車開了，回首望著，鄭州城在雨裏淋著，為炸彈所激起的煙塵已經消散。我默默為這古城祝福，一邊我又念著這半月生活裏種種的痕跡，樣樣都值得依戀，我想著重來。

坐鎮武勝關前的信陽

　　信陽，當開封失守，六安吃緊的時候，信陽成為前線第一重鎮，他不但是東北兩線的樞紐，且是拱衛武漢的第一層門戶。我們來臨的時候，信陽首先使我們看到的是車站上兵山兵海，一片黃綠色的人群在萬頭攢動。而十幾條軌道上滿是密擠著的車廂，車廂裏儘是械彈，平射炮和大炮都穿著柳枝做的偽裝，沉默地靜伏著。車站的外面滿是紅紙的招貼，不是某團便是某連在號召他們的兵士歸隊，因為這時剛在徐州突圍之後。只是車站的一瞥，已夠使人認識了信陽。

　　擠進城裏以後，你可以看到的只是兵，兵像是一窩蜂佔據了信陽的各個角落。你在街頭會遇到許多熟識的面孔，他們都是從徐州衝出來的。我們先頭去徐的一部分團員也在信陽街頭出現了，很幸運，沒有一個死傷，只不過隨大軍之後表演了七天七夜的急行軍步伐。旅館、公共處所，甚至於商店民居都滿滿的了無罅隙，我們繞了半天也找不到一個歇息的所在。不錯，有一兩家大旅社是有幾間較空閒的房間的，可是那都是高等妓女的包房，單身旅客也許有緣入幕，我們是無份的。在城裏兜夠了圈子之後，我們只得拖著疲倦的腳步走向四郊去。

　　信陽雖在河南，卻滿是江南的風味，城郊遍處是池塘，遍處是稻田，而在這些池塘之旁，疏疏落落的是些茅舍和草屋。可是這些散落田野的矮小的屋子，當我們走近的時候，卻發覺它們都已成為小型的司令部或者什麼駐信辦公處。那是在東郊，離城十數里的地方，我們才找到一所苗圃，經幾番交涉，才劃為我們的「行轅」。

　　每天是陰鬱的天色，每天傳來的是前線不利的消息，信陽的天便愈顯的陰鬱。信陽這時還沒有報，從鄭州遷來的《大剛報》還沒出刊，一張小小的《民報》只載幾條漢口報紙的舊聞，所以也沒人理會。因為沒有報，所以謠言便會乘空而入，整個信陽在謠言的威脅下惴惴不安的活著。今天傳來鄭州失守，明天又說許昌已陷，緊接著後天就風傳周家口我軍已在退卻中，謠言咬齧著人心，信陽已為恐怖所淹沒。

在這樣謠言聲中，一天清晨，我們登上苗圃後面的山坡，陰沉沉的霧迷漫了四空，山前數十步便是一片朦朧。這時突然傳來幾聲清脆的槍聲，且是愈響愈近，大家沒明所以，不由得悚然一怔。用勁向前面張望，只見不久從霧裏竄出一個人影，拚命地跑，而距他稍遠的後面是幾十個兵，端著槍緊緊追著。我看過獵獸的影片，我總為那些被獵者焦急擔憂，甚至有時會失聲喊叫出來，可是現在被獵者卻是一個人！我記不清我那時是怎樣地驚恐，只記得那人在轉了幾個彎兒以後，又隱沒進濃厚的霧的後面去了。為了他的命運，大家從山坡下來，回到苗圃時，都在一直惦惦著。

我們吃中飯的時候，意外地我們的廚子卻不見了，連他那個幫手也去的無影無蹤，我們只好自己動手來做，心想等他們回來時痛痛責罵他們一頓。可是在我們正開始舉箸的時候，廚子從門外慌張地撲了進來，滿臉的淚流，對著我們結結巴巴地說：「先生們，趕快救救海二吧，他快叫槍斃了！」

海二是同廚子一道去城裏買菜的，在半路突然聽到了槍聲，海二就驚慌地亂跑起來，於是十幾個兵就向著他緊追。這些兵是監送新兵的，他們在早晨起床的時候發覺了有三四個新兵開了小差，他們的長官著實受盡不小，就命令他們到田野去放一兩聲槍，如果發現有誰在跑，就把他抓回來。不幸我們的海二就成了他們的獵物。廚子說：海二終於被他們抓著了，他也跟了去，他們把海二綁起來，叫他跪在當中。他們的長官便開始對新兵訓話，意思是說誰如果再偷跑，抓著了就和這個人一樣。他命令一個兵用拳頭粗的棒子在海二的身上亂揮亂打起來。廚子向這長官申訴海二並不是他們的兵，是苗圃的工人。這句話卻大大激起長官的怒來，「媽的，你是什麼人，敢來這個瞎說八道！給我揍他一頓！」廚子把衫子脫下來，果然背上有幾處青色的傷痕，「先生們，快去救救海二吧，他們真要槍斃了他！」

我們派了兩個團員隨同廚子一道去了，以為經我們證明，總可把海二帶了回來，不料事實卻相反，他們全碰了一鼻子灰。不但碰了一鼻子灰，還又惹起了一場風波。因為在我們團員回來後，就緊接著闖入兩個大兵來，氣勢洶洶，破口大罵，「媽的，你他媽的躲在這裏就保了命嗎？你是什麼東西，敢說我們是『瞎抓』！你出來！」我們的廚子自然不敢出來，

而詞鋒就轉過來對準我們了，「不管你們是什麼機關，你們少管我們的閒事，你們根本不該窩藏逃兵！而且你們敢說他倆不是×路軍嗎？」對著這樣講道理的人，我們無從講其道理了。

事後大家不由得歎息著，便覺得信陽一天比一天陰鬱了。可是信陽的我記憶中也有光明的一面，那著實使人興奮不已的。

信陽這時雖在謠言的漩渦裏顛簸著，但是這兒並沒有逃亡，反而人口一天比一天增多，旅店飯館照樣的滿，吃一餐飯總需兩三鐘頭。一天，我們幾個人得到許可，專程走進城來想吃一頓，因為一月來肚裏實在太缺少油性了。一家飯館門前圍著一群人在看著五路軍招募幹部的堂皇佈告，我們認為這一定是一家較像樣的飯館，便踏了進去。

樓上樓下都是人，我們等了一刻鐘才得佔據了樓上角落裏的一張桌面。可是菜飯過了半點鐘還是無音無訊，確是令人心急，忍不住要發脾氣了。這時突然嘩喇的一陣響，滿樓的人一齊應聲停箸，爭把視線集中在一位兵士身上。「他媽的，老子等了夠點半鐘了！誠心跟老子過不去……」，說著便想把一個盤子也投下樓去。卻有一個鄰座的兵搶過來握住他要伸的手。「同志，這何必呢？堂倌確是忙不過來，你看我們也是等了好久……。」「哪裡，他們這般人專跟我們搗蛋，怕我們吃了飯不給錢！現在打仗處處用得著老百姓」，……「同志，你要是真餓得慌，請先到我們桌上吃幾口，──堂倌！堂倌！」

這時堂倌躲在人群後面不敢走出來。「堂倌，你來啊！這位客人打破的盤子算在我的賬裏。」「老總說哪裡的話，一個盤子值幾個錢，……我們照應不到，老總們能不見怪，就……」「有，生意是生意，一定算在我賬裏。」堂倌抿著一嘴的笑，躬著腰往樓下就跑，一面提著尖嗓子喊著一連串的術語，想是在催菜。

他們兩個坐在一起了，雖然那一位還留著一臉的赧色，可是在幾杯濁酒過後，那赧色已經轉為興奮與歡快的酡色了。我們也感到無限的興奮與歡快，大家把酒一杯一杯灌下去。

消息是一天比一天緊，甚至說北上車只能通到郾城了。馮副委員長連夜過信北上，聽說即是坐鎮郾城。人心浮動得很，警備司令部開始闢謠了，並且把妓女一律驅逐出境，認為妓館是謠言的廣播電臺。這時《大剛

報》出刊了，孩子劇團也上演了，可是信陽近郊能聽到了轟隆轟隆的大炮聲，雖然報紙解釋這是武勝關前大別裏為構築工事而炸裂山石的聲響，人心卻再也安靜不了，等到六月底敵機把車站首次轟炸後，信陽便越發惶惶不可終日了。

　　然而幾天以後，黃河竟告決口，滾滾黃流沿著賈魯河漫山漫野而來。鄭州、許昌、周家口解除了嚴重的威脅，而平漢車也重新通車。這時漢口有令來，要我們出發陝東、晉南，隊長並且吩咐我們先回漢佈置，於是別了相處半月的信陽，匆匆又搭車南返。車過武勝關時，見有不少的工人、士兵在山頭、山坳工作著，便想起詩人的句子：「武勝關前將是敵人的墳墓」。

粵漢道中

　　黃水淹沒了侵略者的鐵蹄，長江卻領著敵人深入，自安慶失守，便開始了大武漢的保衛戰。當局嚴令疏散居民，為了護送家屬避難，不得不請了長假。當隊長囑咐早歸的時候，我是噙著滿眼的淚珠，深恐來日關山萬里，重會將是夢的。在告別武漢的那天清晨，哈瓦斯社長潘君急忙跑來，說據確實消息，今天敵機將大批來襲。然而車票是難得的，普通須在一月前預購，我們是託了天大的人情，才弄到三張，所以，只有懷著沉重的憂慮，在恐怖的陽光下走向徐家棚車站。

　　車站四圍處處是彈痕，炸毀了的房舍像是慘死了的屍體，凌亂的在荒郊拋棄著，想閉目過去，卻又禁不住偷偷溜一眼。這瞬間的一瞥，便覺著車站四圍滿伏著恐怖，而這時偏又是青天一碧，萬里無雲，心想警報如果響起來——卻又不願再想下去。人的洪流在車站氾濫著，那奪門而入的洶湧勢，真要把列車衝沒似的。如果坐在窗口，頃刻會被投入的箱籠什物所壓沉，卻幸人們都高高坐在行李的山上。車廂裏沒有路，如果想行動，便只有從這些山頭爬了過去。在這樣亂紛紛的漩渦裏，我卻一直是清醒提防著警報聲，卻幸兩點鐘過去了，車開了。

　　車過武昌的東站、總站，有數不清的女人因為買不到票或是擠不上車，在歇斯底里地嚷嚷著。「行行好，讓我上去吧！」「我們在車站等了夠半個月了——」卻沒人理會這些聲音。

　　車過汀泗橋，這時月亮已經高升，月臺上一片清輝，洋槐婆娑的影子正在吸著旅人的幽思。卻猛不防站臺上高聲喊起來，「空襲警報，下車！」人們沒有接受這樣噩耗的準備，災難卻突然襲來，車廂裏是一團慌，一片哭喊嘶叫的雜聲。飛機轟轟的聲音已經隱約傳來，人們加速地四散開，稻田裏，高坡邊，樹蔭下，滿是靜伏著的人影。每個人都屏息著，四野只有一片輕脆的蛙聲，圓圓的月孤零零地在高空懸著。五架敵機像是一陣旋風，從遠處席捲而來，恐怖的聲響威嚇著車站和車站四圍躲在月色之外的人們。卻幸敵機並未在這小站盤旋，逕自向北遠飛了去。人們從陰

影裏爬出來，咒罵著，卻又為留在武漢的親友們擔憂，「武漢恐怕又要鬧一通宵」。

翌日中午，才得到達長沙。長沙候車的旅客也許比武昌還要多，車站上又是一番鬥爭，勝利永遠屬於強者。懸著軍政部牌子的官們沒有票也可大步邁進二等車，甚至頭等，那些擠不進三等車的壯者也會變轉方向，邁進二等，合法的二等乘客埋怨著，「既然這樣，我們幹嗎花兩倍的錢！」「有錢人多出些錢也該，大家都是逃難，這年頭不能講究舒適！」闖入者洶洶地反攻著。查票員搓著手，唾沫飛濺著，可是言語在這種場合已失卻應有的效力，只好乘空躲了開去。人們像一窩蜂也似地擁進來，車廂內外滿是人，拾級上也密排排坐滿了人。那些連一隻腳也踏不上的弱者只有詛咒著，眼望著列車遠了去。

第三天的清晨，車達耒陽。從此粵漢車深入群山萬壑，不斷的細流。南國的山色是翠綠的，層層的綠色向無盡的天邊展去，展開一種幽閒自在的情態。極目遠望的時候，你不覺是怎樣起頭的，一種輕柔的笑意早已在旅人的心裏蕩漾著，波紋一圈圈擴張開來，周身的輕鬆。可是你如果發現每個山頭的小屋是一座碉堡時，你會感到你是被欺騙了，戰爭的火藥味已經無空不入了。

到達郴州時已是午後，說是如果在黃昏前趕不到樂昌，那麼今晚便不能直達廣州，且須在樂昌附近的山裏停滯整夜整天。等候明天的黃昏之到來。因為自樂昌以下是敵機空襲勢力圈，白晝早已斷絕交通，由樂昌至廣州恰是整整一夜的行程，所以必須在黃昏時由該地動身，否則抵達廣州時會已是恐怖的白晝。

坪石距樂昌已經很近了，車到坪石時卻儘管停著，人們不耐煩地鼓噪著，聰明人說是在躲避敵機，或則是前站遭炸，於是人心一時陰鬱起來，各自向四圍張惶著，在搜尋一個安全的避彈窩，必要時便直奔過去。可是時間鬆弛了人們緊繃繃的心，這時落日雖將西沉，炎熱卻未稍減絲毫，汗和疲乏把旅人紛紛驅下車來。坪石站的左面是山，右面是一道碧綠的河流，河水有著強烈的魅惑性，人們不顧了行李，也忘了落車的危險，丟了鞋襪便投進水的深處，一陣快樂的歡叫，一陣的水花亂濺。

　　那些沒勇氣下水的人們也發現他們自己的天堂。他們爬上左面的山坡，那裏有一條清涼的澗水，從山頭婉轉而下，他們爭把手、足，甚至頭紛亂地插了進去，小澗的兩旁密密地擁著肉的屏風。驀地汽笛響了，一個個慌張擁上車去，從窗裏望著那些在河裏載沉載浮的人們，像野馬似地從水裏竄上岸來，一把抓了衣履，一把提著水淋淋的褲子，赤裸著半個身子拚命向車站跑來，車廂裏這時激起一陣狂笑。

　　恰恰是暮色茫茫的時候，到了樂昌。甫入粵境，這兒已有新鮮的荔枝在叫賣著，對於初次身入南國的人們，荔枝是最有魅力的。個個人面前是一堆荔枝，人們細細咀嚼著，準備把這旅程中最末的一夜甜蜜蜜地渡過。

　　曙色朦朧中，羊城在望了。想著是極端恐怖和粵漢也終於平平安安地走到盡頭了，便感著滿身的輕快，走出盤踞了三日的車廂，車站外卻是一層層的人群，一層層的黃包車，一層層的汽車，你需要具有衝鋒的勇氣才能突出這密密的封鎖線。我們剛好突圍並且雇得了一輛汽車時，警報猝然淒厲地高叫起來，車夫慌忙地加快了速度，回頭看著車站時，車站是天翻地覆了。

地獄與天堂

　　在警報的壓迫下，我們的汽車沒命地衝破朦朧的曉霧，向前竄去。沿途盡是些斷垣殘壁，不由你要觸目心驚。這時廣州正處於敵機連日狂炸之中，到處是火海，到處是屠場，百粵首府已淪為人間地獄。汽車開進了旅館區，避難的人群密集在旅舍的簷下與牆跟，人們相信這兒是安全地帶，因為旅舍的屋頂都築有「避彈網」。在高聳雲霄的大廈之頂，壘著層層的竹竿，像花架一般的美麗，這便是所謂「避彈網」，是當時羊城的特產，而為酒店旅舍盡著出奇的廣告效力的。從人縫裏滑進東亞酒店時，沒有料到旅館堂屋裏也聚滿了避難者群，你需要有一張旅館所頒發的派司才能通行無阻。

　　白晝的廣州，「空襲」、「緊急」與「解除」這三種警報不斷地交換著號叫著。我們這些陌生人只有株守在房間裏，想閉起目來，讓睡神來麻醉了我們的知覺，生與死我們是懶於考慮了。然而飛機在俯衝，炸彈在爆裂，神經終不能全部麻痺，你也終於抵抗不住恐怖的襲擊。大家默默無言在斗室裏繞著圈，有著死囚的心緒。

　　末次解除警報響了時，已是暮色蒼黃，像受赦一般地，我們急急衝出旅館的大門，我們無心欣賞異地的景色，一直走向珠江邊的碼頭。當時由廣州至香港有海陸兩程，陸路的廣九正遭著狂炸，雖在夜晚行車，而且旅程又僅三四小時，然而旅客莫不視為畏途，尤其是那些甫由粵漢道中脫險的人們。海程據說絕對平安，因為航行的是外輪。但是有旅程的絕對平安，也就有登輪的絕對困難。當我們到達碼頭時，我們知道船是明朝啟碇，然而船上已是黑壓壓一片人影，售票處的西崽不理會我們的言辭，而船上的茶役卻走來兜攬我們的生意，說還有一張空的帆布椅，一張空的帆布床，椅要三十元，床要四十元，這還只算是定座費，票則等船行後始能補購。我們怕做了豬頭三，而碼頭上張掛著各種佈告，什麼種痘打防疫針等。也寒了我們的心，我們只有轉頭踱回旅店，想著「絕對的平安」是無望了。

　　第二天的白晝也終於渡過，黃昏時驅車進廣九站，急急向四圍一瞥，這兒卻有異常靜穆的色調，連機車也不像別處那樣的喧嘩，眼前也沒發現轟炸的痕跡，心境立刻平穩了許多。車開入了平野，極目四望的時候，田畦裏滿是盤盤如蓋的果樹，即在那樣濃厚的墨綠色的遮掩下，總也止不住有輕佻的殷紅壘壘的荔枝在向外探頭竊視著。那實在有些撩人，便想起了《國華報》上題為《謹防竊賊》的漫畫，敵人在仰著頭，滿嘴流涎地望著，望著我們的荔枝。據說是敵人在把「到廣東吃鮮荔枝去」作為激發士氣的口號呢。

　　車過石龍時，天已漆黑，但出站不久，卻突在在中途停進，人們騷動起來，輕聲傳說著怕是夜襲，便有一層陰影塗上了每人的臉。卻幸半點鐘後，車照常前進了，可是那樣的緩慢，而且一直是緩緩的。車外傳來一片吵雜的人聲，把頭探出時，燈光下有不少的修路工人在接應我們的車從新鋪的軌道上過去。原來敵機一整日所破壞的路軌，我們工人在黃昏後幾小時裏已補修復原了。粵漢與廣九一年來不知消耗了敵人多少的炸彈，卻始終是通行無阻，鐵路員工的英勇奮鬥在抗戰史上是值得大書特書的。

　　深圳到了，人們立刻放鬆了緊束的心，慶幸險境終於渡過了。如果廣州是地獄，香港是天堂，深圳便是它們接壤的界石，南下的避難者群便從此踏進天堂之門。然而祖國是落在身後了，正在苦難中的祖國。

　　三四小時的旅程卻走了十個多鐘點，車達九龍時，已是午夜了。登上了渡船，迎面卻是一陣的光芒炫耀，我不由得吃驚了。在黑沉沉的夜裏，在海的深處，從波濤裏湧出一座燦爛絢麗的燈山，這便是香港。

　　踏上了香港的岸，從清冷的長街上挨次地叩著旅舍的門。然而拖了疲乏過度的腳，直到海面上已透出曙色的時候，才能在一個漆黑的角落，踏進一家小店的門。這兒還剩有兩張空床容我們把太沉重的身子倒了上去。然而酣睡正濃的時候，卻突然被警報驚了醒來，忙著探出窗外一看，迎面卻是平靜的海，平靜的街頭，才恍然覺醒我們已身入「天堂」，這兒再不會有警報了。──這真是奇跡，我們會終於走進沒有警報的報在，我們會不再受死亡的威脅，總覺著這不是事實，所以輪船的汽笛聲也當做警報了。

　　茶役問我們要不要買去天津的船票，這問題這樣突如其來地提出來，他看見我們眼裏射出了驚異的光芒，便會意地給了我們一個圓滿的解釋。

在抗戰發動的初期，華北與江南不知有多少人不願在敵人的鐵蹄下苟且偷生，因而背井離鄉，踏上流亡的路，由海上轉道來港，再由港轉入西南內地，所以香港是當時的流亡總站。然而在抗戰僅僅半年，南京一旦失守以後，有些人便再也忍受不了流亡的苦，情願返歸破碎的故鄉，便重過香港，繞道歸去。所以香港在我們同胞南北往返之下，就成為測驗我們民氣的寒暑表了。這事實使我們驚訝，更使我們感歎。茶役末了又特別鄭重地說：如我們果真是去天津的話（他料想說北方話的人一定是北方人，而天津是北方人的出入必由之路），應該從速設法購票，因為北返的人意想不到得多，甚至有人在等候了一兩月還購不著票。

的確，我們在香港住了一天以後，就發覺了有成百成千的人在急著購票而想立刻離開香港。香港雖然有華貴的別墅，秀麗的園林，精緻的舞場與酒吧，還有優哉遊哉的海水浴場，然而這些都與他們是絕緣的。有權在這兒「避難」的，只是高等華人，他們在消遙世外地享著「隱士」的樂，所謂「天堂」原是屬於「天之選民」的。至於那些在炮火下拾著生命的人，他們在流亡的途中把劫餘的一些財產用盡了時，既沒有迎頭趕上去的勇氣，便一心想著退路；懷鄉病作著怪，雖然故鄉已破碎了，然而想著廢墟上也可重溫舊夢的，便抱了死也死在家鄉的信心，踏上歸程，當他們路經這海外桃源，窺見了大人先生們在這兒隔岸觀火般地取著樂，也許會更加重他們心底的陰影，而懷著絕望，落寞地歸去。大時代裏的小人物永遠是可憐見的。

踏上孤島

　　我雖然沒有買了去天津的票，卻踏上了駛往上海的太古輪。我一直不相信這會是事實，原想著把家屬送到香港，便可返身北歸的，然而不如意事常八九，不但北返種種盡成虛話，且不得不掙扎著病軀逃出「天堂」而遠走「孤島」。當我擠上船面時，猛然意識到自己已在踏上敗北主義者的路，心底禁不住湧上一陣的慚愧，一陣的懊惱，而又深深恨起自己不自由的身子。也不想找座位，儘管靠著船舷呆立著，看著面前囂叫的人群，一片茫然之感。

　　從迷惘裏，妹妹把我喚回，開始在人縫中穿行著，這時偌大的甲板已被箱籠什物以及東倒西歪的人體堆得了無罅隙，只有中間的高處還剩有一席地。走過去把行李放下時，一旁竟閃過一個彪形大漢，伸手要三元的占座費，登輪時已被敲去兩元港幣的腳夫費，便不願再做佈施，只得拖著行李向僻靜些的角落走去。最後走到一堆工人群裏，才感謝他們挪出了一席地，收容了我們。

　　在甲板上四等客群裏，有著各式各樣的姿態，也有著各式各樣的語言，然而通過這些外表的不同，他們卻有著一個共同的情緒──退卻者落寞的情緒。小商人、知識份子、工人，還有他們各個的女眷，他們當中有的苦於在內地長久失業，想著到上海找個出路，例如我們兩鄰的工人便是由上海轉到內地，沒辦法又退回上海來的，但是其中泰半卻是一心要轉回老家去的。大家有著同感，便隨意談話，顯得格外親熱也坦白。一些人苦於弄不到「通行證」，一些人怕著檢查，一些人在想像著自己的家園破碎呢，還是完整。在這些談話裏，沒有誰會看到抗戰，好像戰爭已經結束，或是至少也與他們永遠不發生關係了。

　　甲板上四日夜的露天生活。白天有毒辣的陽光，晚間有狂放的海風，有時一陣的雷雨，在帆布篷之外的人們便免不了要受一場淋浴。當第一夜我從暴風雨中驚醒時，發覺水已竄入我的被底，慌忙支起了傘，再把箱子堵住了水頭，才搶救出半幅乾被。說到飲食，船上對於四等乘客只給一天

三頓的白飯，每到開飯時，僕歐從艙裏提上一大桶來，在樓梯口等候的搶飯者群，便一湧而前，把臉盆、漱口杯、茶壺等等紛紛插入，心使滿載始肯退後。一些膂力稍差的人有時便不免望桶而興歎，不得已嚼著些乾糧把饑餓的日子熬過去。我們是靠了我們勇敢的鄰人，才每餐勉可果腹。每在這種饑餓的時辰，大家就會把話題轉到輪船老闆身上來，「他媽的，外國人專會乘火打劫，大發我們的國難財！賣票沒有限制，把統艙客都擠上甲板來了，連甲板上也擠得再插不進一個大拇指了！」「乘客增多了不下五倍，可是米飯卻一成不加，倒是票價總是一連氣地加！」「最可惡的是船上養著一批流氓，處處敲客人的竹杠，占座費啦，茶水費啦——我們連茶影子也沒瞧見過呀！他媽的，一盅稀米湯還要賣五分洋呢！」大傢伙把胸中的悶氣爭著吐乾淨了，覺著滿身的輕快，便會發現眼前是藍藍的海，間或還有幾隻白鷗飛過來。這種時候，囚首鳩面上都會湧出笑紋來，彷彿世間一切不平等都不存在了。

海行第四日的深夜，船忽然停止不進，耳邊聽慣了機器的吵雜聲，這時意外地靜寂了，倒令人不安起來。一會兒茶役來說船泊吳淞口外了，天明即可進口，人們興奮地再也不想睡了，一個個從被裏鑽出來，有著爬在船舷邊想從黑沉沉的海裏找出些什麼熟習的景物，有著就慌忙打包起鋪蓋捲，像是遲了就來不及登岸似的。在這一陣的擾攘當中，卻猛然有人喊叫起來：「抓瘋子，抓瘋子！」我看見一個瘦小的黑影子竄上通官艙的樓梯上去，樓梯的頂端卻是鎖著的，他便蹲伏的頂高的一級上，嘴裏不斷地喃喃著。人們擠在樓梯齊聲向他喝叱，他只得走了下來，我才聽清楚他在咕嚕著「阿彌陀佛，日本人，日本人！」人是那樣的的憔悴，在乘人不備的時候，一溜煙又竄往艙底去了。悲哀與憤恨交織在我心頭，想想，他有過怎樣的遭遇，受著迫害的靈魂！

外商也失去了自由，直等天色放亮了，船才敢慢慢走進吳淞口中。兩岸的建築物不見了，有的只剩下空空的外殼，默默地向人訴說著沉痛的往事。江面上依舊是交纏著數不清的船隻，依舊是一片五色繽紛，然而在這些船頭上，卻滿是飄著異邦的旗幟，再尋不出一隻青天白日的影子。間忽有幾隻橫衝直撞的小汽輪，卻扯起了「八卦旗」和「五色旗」，是那樣地刺眼，不無滑稽之感。

　　觸目皆是標著「丸」字的輪船和軍艦，上面搖擺著一些矮胖的人形，拿起了望遠鏡，對著我們的船窺視著。人們回轉過相互示意，全船死一般的沉寂，只覺著有感慨、憤恨、悲哀、恐懼，這些字眼都不夠形容的情緒在每個人的眼裏流泛著。黃浦灘都過盡了，船還是不停，人們騷動起來，「難道會去南市或浦東嗎？」「不許停在租界碼頭嗎？」「英國船也要經過檢查嗎？」船上的空氣漸漸緊張起來。有些書籍被拋棄了，我也從箱子裏檢出一本經濟學的書來忍痛投在亂紙堆中，還好在旅途上已把它看完了。船終於停在浦東。碼頭上有日本兵警戒著，船上旅客不准下船，同時碼頭上也不許任何人走進來。一個穿著短褲褂的浪人站在進口處，手裏揮著一根皮鞭，想要抽在什麼人身上似的。真就有一個苦力闖進警戒線來，想來兜生意的，便飽嚐了一頓苦打，號叫著跑了開去。不知在什麼時候，我們的「瘋子」已出現了，瞪了眼向碼頭上來回地掃視，一邊把兩手合在胸前，嘴裏念著「阿彌陀佛」。這時茶役喊著檢查了，要統艙客統統到船尾去。大家紛紛拿了防疫說明書，一個貼一個地向前蠕動著，卻猛然聽見岸上起了一片噪雜聲，湧到船邊，竟看到「瘋子」已被日本兵追著，瘦小的身子在魔鬼手裏不停地顫動著。說是他爬過了欄杆，跳下船去，衝過了警戒線就沒命地往前跑。他是怕檢查嗎？他總有他的理由，然而人們只笑著他的瘋態，卻忘了他怎樣會變成瘋子，也忘了每個人都有變成瘋子的可能。

　　在船尾，人們密集著，每個人都擔心著自己的命運。然而一點鐘過去了，還不見檢查的人來。最後才知道我們人太多，不便於一一檢查，我們竟蒙恩特赦。一個個急忙跑回原地，提了箱籠，雇了小筏子，真像出了籠子的鳥，欣快地飛向租界來。

　　和平女神的像聳立在水邊，我們就打她身旁踏上了孤島的岸。

　　的確，租界上全是一片熙熙攘攘的和平景色，繁華不減當年。然而蘇州河外，黃浦江外，徐家匯浜北以及滬西越界築路之外，卻是活的地獄。剩餘的上海便成為陰陽河環繞著的一座孤島。人們把從火海裏拾著的生命蟻附在這兒，企圖躲在和平女神的羽翼之下偷偷地活著，而對於和平女神的國籍則不加考慮了。

北平三年──從慘勝到解放的一段旅程

《北平三年》由「知識與生活出版社」1949年2月出版，收入「知識與生活叢書」。

前記

　　在這個小冊子裏，收集了我從三十五年夏迄三十七年冬所寫的北平通訊，其中頭一部分是陸續在上海《文匯報》發表的，第二部分則散見於上海《創世》半月刊、《展望》週刊、成都《西方日報》以及香港的「國新社」。兩部分在時間上有幾個月的中斷，未能銜接，這是因為當時《文匯報》被非法查封，而我也被迫沉默了一些時候。以後再提筆時，是改用了「焦尾琴」、「木耳」、「焦桐」這些筆名，作游擊式的報導的。

　　我是在三十五年夏，奉《文匯報》社之命來平佈置採訪工作，那時正是談談打打、軍調部在平搞得最熱鬧的時候。好像中國的命運就要決之於北平，全國大多數的人民都把和平的希望寄託在北平。然而不久，和平的假面具終於揭開了，蔣、美雙方明目張膽「戡亂剿匪」了，北平一變而成了華北「剿總」發號施令之所在，然而又曾幾何時，北方突變，北平獲得了光榮的解放，且奠定了全國革命戰爭勝利的新形勢。所以，在這三年當中，北平的歷史對於革命的進程實在具有重大的影響的。我有幸目睹了它的生長與演變，但又不幸，我未能親歷了它在「慘勝」初期的景況，尤其末了在黎明前的最後一刻，我還不得不離開它一個時期。因之，在這三年中的首尾兩段，在我的報導中是缺如的，這不能不說是一個大大的缺陷。（還有，有關北平的兩件大事，如「七五事件」與特權人物的下場，我本寫過詳盡的報導的，但現在遍尋無著，只好留待將來補足了。）

　　在新中國的成長史上，北平這三年來的歷史應占著重要的一頁，這本小冊子如果能給讀者引出一些線索，或者逗起一些記憶，那就是作者的大願了。

　　另外想聲明的，這幾篇通訊，都是在雖然是無形的，卻是嚴屬的新聞檢查的壓力下寫就的，因之就不能暢所欲言，而不免吞吞吐吐，或者拐彎抹角。如果裏面所記有錯誤的或不正確的地方，希望能得到讀者的諒解。

（民國）三十八年二月

身經「二次七七事變」的文化界

　　從熱烘烘的上海突然來到北平，那異樣之感襲擊著你，使你覺著你像是踏進一個破落戶的家園，周遭是那樣的寥寂和荒涼，雖然北平一直是有名的「文化城」。在八年前的「七七事變」發生之際，不是有不少關心文化的大人先生們之流呼籲把北平劃為不設防的中立的文化城嗎？他們說是怕炮火毀滅了這座歷史上的名城。幸運的很，北平在抗戰中自始至終沒有遇見過、也沒看見過戰爭，這座文化城確是完整如昔，然而，雖然沒有炮火摧毀它的「城」，但它的「文化」卻被另一種炮火所摧殘殆盡了。

　　摧殘北平文化的，說是有兩次的「七七事變」，九年前的「七七事變」後，敵偽進佔北平，孔雀全部東南飛，剩下的只是奴化的教育與奴化的文化。而在九年後勝利的今天，北平在文化方面卻又發生一次「二次七七事變」，剩下的是黨化的文化與黨化的教育。

　　敵偽八年的盤踞，那種種文化的「措施」，現在雖然一掃而空，但遺毒仍在。你只要看看現在北平人民的冷漠以及退縮的模樣，便可深知長期吸過鴉片煙之後，生理上與心理上有著多麼大的傷痕。北平的青年學子，北平的大中學教員，他們再沒有「五四」、「一二九」時代的熱情，他們現在所力爭的只是出路和飯碗。「臨大」要結束，「臨大」教員會卻拒絕把學生考卷交出，要當局保證繼續聘任；而學生則惟恐誤了分發期，要求教員把試卷和分數單早日送出，這樣形成了不大不小的糾紛。中國大學方面，則學生為要求有公糧吃，要求少交學費，要求改為「國立」，而罷課請願。已是當前北平的「學潮」。

　　至於小公務員，尤其是新聞從業員，則更可哀，他們為求有飯吃，不能不受種種虐待，因為他們大都有過一段不光明歷史，這好像是一個把柄捏在老闆手裏，你雖然不滿，卻不能有一點點的反抗，「舉一個例」看看：

　　北平各報館，待遇都特別低，低得簡直連一天三頓窩頭都難維持，但他們都默默無聲地忍受著。自然，這一方面固然由於職業難找，但也有獨特的原因。據說某大報館曾發生過這樣一件奇事：某一職員因待遇太低

而向社長辭職，社長批准了，卻同時把一個廣告小樣遞給他，那廣告上這樣寫著：「本報職員某某，近查覺其曾於敵偽時代參加某某偽報工作，著即開除，以免奸逆之徒混跡於文化事業。」小職員看了這樣一個等於宣判死刑的文告，嚇得面無人色，就趕緊寫懺悔書，以後再也不敢鬧辭職。這樣，縱使報館一文不給，也得盡義務到底。這說明了為什麼北平報界待遇特別低，同時也告訴我們北平報紙水準不夠，沒有生氣的原因。

今日北平文化工作的基層幹部，大多為俯首貼耳慣了的敵偽時代的遺老遺少，北平文化之趨於奄奄一息，這可說是主因。此外，還有另一個原因，那就是政治壓迫力。五月二十九日，北平警察局突然下了一道命令，說是凡未呈准登記之報紙、雜誌、通訊社，一律停刊，名單如下：

北平雜誌、一四七畫報、戲世界、光華日報、科學知識月刊、新華通訊社、中國針灸學季刊、少女半月刊、少年週刊、檢萬集成、北平時代兒童月刊、北平郵刊、科學時報月刊、文藝與大眾旬刊、沙瓏畫報、新中國報、劇影日報、大華報、魯迅晚報、建國日報、信勝月刊、商業日報、法律評論季刊、北平畫報、電影與戲劇旬刊、時代生活三日刊、經濟春秋半月刊、學生週報、民治週刊、科學與生活月刊、正論週刊、北平學生報、芬陀利、建國評論、和平通訊社、正直通訊社、時代通訊社、新華通訊社、解放三日刊、世界與中國日刊、世界與中國月刊、佛學月刊、恩有半月刊、中庸半月刊、我的報、生活畫報旬刊、新路週刊、歐亞新聞社、大學週報、長春遊藝月刊、大眾導報、法權月刊、春明畫報、大都會畫報、中華民報、壽靈醫刊、現代知識、神家月刊、中國晨鐘月刊、河北通訊社、農業生產月刊、兒童半月刊、北平中國電聞社、進步旬刊、世紀月刊、國民新報、北平遊藝報、經濟時報、立生英語星期刊、立生英文選、農村副業月刊、文化月刊、北平華報、國民新報晚刊、天津商聞社北平分社、國民通訊社、中國新聞社。

以上共是七十七個單位，所以有人稱之為「二次七七事變」。

在這七十七個機構中，可說大部與政治無關，如《一四七畫報》、《沙瓏畫報》、《春明畫報》等等，完全是色情的低級趣味的玩意兒，其他則或為婦女的、影劇的、醫藥的、宗教的、商業的，也都實在沒有查禁的必要。但為什麼統統遭了同樣的命運呢？打開天窗說亮話，是為了「陪

斬」。當局所要斬的主犯就是《解放三日刊》和「新華通訊社」，這兩個中共的機關。

當局為了表示大公，所以借無登記證不能發行為藉口而開刀。這一刀卻著實有不少池魚遭殃，而也著實是唱了一出「苦肉計」。為什麼呢？因為除了上述與政治不關痛癢的報紙雜誌外，尚有好幾個卻是頂政治的武器呢，如《新中國報》是十一戰區政治部的機關報，《建國日報》是省黨部的，《大華報》、《國民新報》是與軍統局有關的，「國民」、「中國」幾個通訊社是與青年團有關的，聽說當員警對這幾個報紙、通訊社執行命令的時候，公開的說：「你們是暫時封閉」。後當中宣部李副部長維果來平視察時，也說除了左傾的和黃色的以外，其他皆可准予復刊。

還有不少的資料：在這七十七個單位中，其中有四五家雜誌老早已停刊，「和平」、「正直」等等通訊社根本就沒有發過稿，聽說有的陪斬者，當員警去執行命令時，竟然沒有位址，由此也可看出我們官老爺們「等因奉此」精神之一斑。

經過了這番「二次七七事變」後，北平精神上的食糧正如物質上的食糧一樣，益形貧乏，（北平有百分之九十五以上的人家在吃雜糧，大米與白麵是貴族的食品。）這樣也就無怪乎北平人大多數是面黃肌瘦與萎靡不振了。

然而這樣的北平人，官家報紙卻還說他們願意「主戰」呢！在停戰令期滿之六月三十日，《華北日報》刊出了一個「民意測驗表」，說它的讀者中，在五萬零八百八十二人主張「強力制亂」，只有四個人主張「繼續協商」，五個人無主張。在七月一日，滿街貼了「剷除新漢奸」的標語。然而不管你怎樣打氣，可憐營養不良的北平人，是再也興奮不起來了。

張道藩先生，這位文化大使來平視察，戲劇家、藝術家們忙碌一陣，並曾決定於二十九日在華樂戲院，集北平名角一堂，各演拿手好戲以娛貴賓，豈知貴賓入座以後，直候至十點，猶不見臺上動靜。原來場面（即音樂科）罷工了，說是「因為數次歡迎長官，底包未得分文」。結果，戲演不成，賓主不歡而散。在文化貧乏的北平城，這又是一出頗有意味的諷刺劇。

秋風秋雨中的軍調部

談判沉寂，內戰的火漫天漫地撲來的時候，軍調部的存在真是對現實一個絕大的諷刺。它好像是一些白蝴蝶飛在戰地的炮火之間——這樣白衣的和平使者，到今天連他們本身的安全都成問題了，更遑論調處呢！

於是有應時而興的「謠言」，說軍調部就要取消了，而一般專跑軍調部新聞的記者們，當每日踏進富麗堂皇的舊協和醫院中西合璧式的建築時，莫不為軍調部的命運而心焉憂之，他們關心地問著國共雙方的新聞處。自然，肯定的答覆是得不到的，中共方面說撤銷有三個可能性，第一是當馬歇爾特使宣佈失敗而回國的時候；第二是當南京三人會議正式宣佈解散的時候；第三是當小組人員都被指為間諜而要實行逮捕的時候。不過話雖如此，中共人士也承認目前就撤銷是不會的，因為「美國方面還要把它當做和平的幌子，而政府也要把它當做打打談談的工具的」。

小組人員被指為有間諜嫌疑，而扣留而搜查已經不止一次，譬如八月間北平西直門崗警扣留由張垣飛來的中共人員的行李和車輛就是鬧得最熱鬧的一次，軍調部為保護工作人員的安全，特地成立了一個協定，這個協定已於九月五日由三方面委員會簽字，原文是這樣：「（一）茲經協議，凡指摘執行部人員有間諜行為之事件，僅為交三委員由彼等加以適當之處置。在此項措施採取前，此等被指摘人員應在和字第七號命令保護之下繼續工作。（二）如外地執行部人員被指摘有間諜行為時，則當以小組報告呈交三委員。苟共同協議之小組報告不能獲得時，則應由美方代表提出報告，或由三委員中之任一委員提出之。（三）對中國雙方指揮官重申和字命令第七號第二段中保障小組人員個人自由及安全之規定，並令嚴格執行。」

軍調部自成立以來，一共派遣出去三十六個執行小組，這些小組到今天是撤回的撤回，停頓的停頓，甚至傷的傷，死的死，七零八落，說起來是夠淒慘的，而尤其可歎的，是軍調部成立了將近九個月，費了不知多少人力物力，而在這許多小組中，只有一個小組達成任務，這唯一的小組就是第八小組的廣州組。

　　有人說軍調部已將近壽終正寢，現在已該是算老賬的時候了，這種看法我們自然不願苟同，但是在烽火愈加熾旺，戰爭益趨猛烈與擴大的今日，對於各地和平使者的下落，是不能不使人關懷的，我再三地向雙方新聞處打聽著：

　　第一小組是派往集寧的，現在已經撤回了，在集寧作戰期間，美方組員克拉克中尉因空襲而受傷。第二小組是派往赤峰的，赤峰現在仍在中共手中，因戰爭演變的結果，小組無事可為，軍調部已決定撤回。第三小組是駐太原的，無聲無嗅。第四小組是在徐州，據說中共代表已失自由，亦決定撤回。第五小組派駐張家口，正是今日風雲緊急之地，報章連日宣傳已經調回，實際上仍在原地未動。第六小組在晉東南的沁縣，係中共地區，最近亦無動靜。第七小組就是濟南小組，據中共方面宣稱，中共代表黃遠早已調回，但其他組員七人則被當局拘押八十餘日！迄今仍未釋放。拘押的目的是為了要交換被俘的德州專員劉麟紱。第八小組即廣州小組，這是唯一完全任務的一組，它把粵境中共武裝部隊調往煙臺。第九小組駐漢口，調處李先念部隊事件始終沒有結果，最後是李先念率部西走，小組也就不了了之。第十小組駐新鄉，這是多難的一個小組，政府代表郭子祺在視察途中為共方擊斃，這事件鬧得很大，北平還開過盛大的追悼會以及抬棺遊行。現據中共方面稱，共方代表黃鎮，已失去自由，雖經多方請求調回亦未能如願，「好像政府方面一定要讓他償命似的」。第十一小組就是承德小組，在這次熱河戰役中，當政府軍佔領承德，小組被迫撤往圍場，途中遭炸，計共方交際處人員四名立即斃命，政府方面憲兵一名傷重而死，美方三名受傷。第十二小組在石家莊已經自動解散。十三小組在大同，當共軍圍攻大同吃緊之時即已調回。十四小組在臨汾，目前尚安然無恙。十五小組在青島，這又是多難多事的一組，據中共方面稱，中共組員中曾被毆辱，其代表住宅複被搜查，中共當提出抗議，最近三方委員已決定調回這個小組。十六小組是泰安小組，也是多災多難的，當共軍進攻該地的期間，政府及美方即因不能執行任務而調回。十七小組的淮陰小組也是備嘗艱苦的。在此次蘇北大戰中，美方代表屈門溫上校先由淮陰避往南通至如皋東南之林梓，欲行調處，共方認其行動可疑，曾予扣留，現已被釋。這個小組的活動也就等於零了。十八小組駐泊頭，十九小組駐安陽，

現都相安無事。二十小組在南口，今已全部撤回。二十一小組在高密，該處係中共區域，小組已自動解散。二十二小組在棗莊，乏善可陳，盛傳要撤回，不確。二十三小組是晏城小組，曾發生政府代表雷奮強被難的不幸事件。中共代表曾被執往濟南，說是當做「人質」，後來釋放，小組也就取消了。二十四小組是徐州小組，現已決定撤回。二十五小組是個特別小組，專為調查安平事件，然而調查了這麼久，公說公有理，婆說婆有理，迄無結果。二十六小組在朝陽，現無事。二十七、二十八、二十九、三十、三十三、三十四、三十五、三十六，這八個小組分別駐在瀋陽、四平街、海龍、鞍山、拉法、德惠、雙城、白城子，稱為東北八小組，目前東北不平靜，所以這八個小組也是不平靜的，三十一小組是永年小組，這個小組是夠悲慘的，因為永年一直在共軍圍攻下，所以始終未能進城，直到現在還駐在邯鄲，關於永年解圍的傳說曾經傳了不少，但迄今仍是傳說。三十二小組是光山（宣化店）小組，跟漢口小組是同一命運，早已撤回了。

　　以上我簡略地報告了三十六個小組目前的狀況和遭遇，隨著戰爭的擴大，這些和平使者是先先後後地被撤回了，我不想悲觀，然而客觀的事實告訴我們，這些小組既未賦予停止戰爭的絕對權威，這是先天不足，而組成之後，三方面又是各懷鬼胎，這是後天失調，你想這樣一個孩子還能長大起來嗎？

　　我們只要一想，當一月十日停戰令頒發後的第三天，軍調部宣告成立，而又在該部成立之後的第三天，執行小組就分別遣派，那時全國對於和平統一懷著多麼熱烈的希望，對軍調部又懷著多麼殷切的期待。那時正是寒冬已去、陽春初來的時候，象徵著中國應有一個多麼光明的前途。然而春去了，夏天也過去了，現在是秋風大起，殺氣騰騰，戰地的和平使者紛紛撤回來了，它們真是暴風雨中鎩羽而歸的小鳥，我們為它們苦難的遭遇而歎息，更為祖國未來的命運而彷徨。

平津「清查劇」的尾聲

北地秋深了。

清查團歎息了一聲，正式宣告結束了。一千多件告密案不了了之，團員們都先後搬出了市政府招待所。那曾經熱鬧一時的華麗的院宇，現在是靜悄悄地連樹葉落地的聲響都能聽到，那滿樹滿枝的海棠果，都已被饞嘴的記者們採光吃光了，多寂寞呵，然而仍有一個清查團員獨自留在這裏。

他就是蘇挺，因了這次清查而極為人所注目的一個名字。他並非甘於寂寞而故意稽留，他是在獨奏清查團的最末一個節目——尾聲，他在和有名的「大炮」傅斯年先生開著筆仗。

這一仗是怎樣開的呢？它的導火線也可說是《大公報》。起因是這樣：清查團來平之初，即接密告，說教育部特派員辦公處有舞弊情事，主要的就是將日人古董商小谷晴川所捐獻的大量古玩字畫吞沒不少。這個風聲一旦外傳，引起社會極大的衝動，予以分外的注意，這原因也極易明白，因為特派員是沈兼士，沈是大名士，大學者，在今日一般人眼中，認為官僚貪污已是常態，不足為奇，但以作為青年導師的清流人物也居然有此嫌疑，就要引以為異了。加之案發之後，沈和該部天津辦事處主任王士遠又互相推諉，王並且和清查團大吵特吵，拍案怒吼，尤其引起人們的注意。其後清查團追究之下，發現一薛慎微者，這傢伙是小谷委託而經手這些古玩字畫的，有隱匿行為，遂予扣押，並在他的家裏搜出不少贓物。這件新聞，清查團是在十五號公佈的，在十八號那天，蘇挺在記者群中談起這件事，有人問他哪家報紙沒有登載這個新聞，他就憤憤地說北平《益世報》和天津《大公報》沒有登載，並且當場把《益世報》的記者喊起來，予以譏諷，《益世報》的記者面紅耳赤，頗感不安，回去就把這段經過轉告《大公報》記者徐盈，徐盈聽了很動氣，因為《大公報》早在十六號就刊載了這段新聞，顯然是蘇挺沒有看到，致有此誤會，徐盈一五一十報告報社，《大公報》遂於二十日以社論一篇《答覆清查團》，大意是說，蘇挺責該報未登「沈兼士貪污罪嫌」消息，這過錯不在該報，乃在清查團，

因為清查團既未負責公開發表，亦未見其他方面足資參證的翔實報導，所以該報之未載是項消息，決無「維護任何人之意旨」。這樣一來，顯然是把薛慎微和沈兼士混作一團了，但據蘇挺後來語記者群，彼當時並未言及沈兼士，不知怎樣「流言」傳來傳去，就咬定沈兼士了。他說也許有人心虛的緣故。

但是沈本人一直在沉默的時候，斜刺裏跳出「大炮」傅斯年來，他在第二天就把致清查團的信在《大公報》發表，說：「不能因薛某在日人手中侵吞，即指為沈君在官員立場隱匿者」，說「蘇君此一姿態，如不弄得清楚，殊為不美！」如此這般，這場筆仗就展開了。

傅斯年可謂「仗義執言」，蘇挺吃了一悶棒，自然氣上加氣，就準備好了一篇反攻的文字，說如何傅在最初就對該團人選表示不滿，曾公開的說只有他的朋友許德珩勝任，其餘皆為「無膽無識之輩」。又曾說他擔保沈兼士絕不會做那樣的事。這篇反攻文告是相當鋒利的，但當蘇氏與中央社記者商酌的時候，卻又決定不發表，翌日在報上見到的溫和多了。他說：「何須傅斯年先生以此種『打手』姿態出現，『不弄得清楚』鄙人亦認為『殊為不美』也。」又說：「又何須義務律師出而辯護，豈非自擾？」短短一篇文章，大用「以子之矛攻子之盾」的戰法。翌日傅又實行反反攻，要點是說：「薛某之犯罪有何牽及沈兼士先生之處，則須先有證據，若先製造空氣，混做一團，誠為我所不取耳。」這篇聲明發表後，迄今猶未見蘇挺的還擊，但在第三天，《民強報》載稱：「發完脾氣，拍拍屁股，傅先生行矣！」原來「大炮」已經發足了火力，離平赴京了，那麼這場筆戰將是不了而了了。

作為一個新聞記者，我並不想過問私人之間的瑣事，然而卻往往從私人瑣事能知道看到不少的社會相。這次傅蘇之爭，是為了沈兼士，然而沈先生之事究竟如何，他倆吵了半天，還是沒有弄個明白。據蘇講，在古物案中，雖然明知怎樣怎樣，卻抓不到明確的證據；不過在另一案中，即教部特派員接收農業改進所這件案中，卻抓到了些沈的把柄：他說沈先生接收了這個機構，其後「自知不當」，就又轉交農林部，但在接收時期內，卻用了該所不少的現款，和不少的存煤（數目字記者忘了）了。清查團到來之後，沈才忍痛把煤「還購」，（蘇氏說到這裏，曾經一笑，說沈這一

下可吃了大虧，因為目前煤價比去年接收之際不知漲了多少倍啦！）他說這種行為顯然就不夠清白，如果每個犯了貪污嫌疑的人，到頭把贓物一還就能算清白了嗎？

因為沈是北平學者群中有力的一個，所以就激起社會人士的注意，也就激起傅先生的「炮聲」。聽說傅先生和胡適之先生都住在東廠胡同一號，這所房子就是沈兼士的，他們關係的密切由此可知。不過我們並不想以小人之心度君子之腹，不過是說他們同屬於老北大系統，是一個圈內的人物，無形之中就彼此關切了。

蘇挺還說：傅對他開炮，對沈是一個原因，還有另外一個原因，是他根本看不起他們這個清查團。這話也不無道理。清查團在平津雖然也鬧得有聲有色，然而究竟還沒有捉到一隻老虎。據蘇說：傅斯年是以「罵孔祥熙起家的」，以傅先生這樣的出身自然要小看他們的。據說有一次在留平參政員餐敘的席上，傅就公開質問他們為什麼沒把某貴公子扣留廿八輛汽車的案子幹一下？說他們「無膽無識」，原是有所指的。我們還記得當清查團決定結束的那天，梁上棟組長曾經不勝感慨地說道：「中國整個政治未上軌道，舉凡政治經濟待改善之處甚多，本團感覺僅依清查團之力量無補實際，縱延長三天五三亦無功效可言。總之，政府無賞罰，社會便無是非。」這段話無疑是有所感而發的。又在清查團結束時，臨行曾經對經濟部派員王翼臣來了一個馬後炮，王翼臣還算不上一隻老虎，然而經這一炮，也可見清查團非敢後也力不足也的苦心。

這次古物案中，還把兩家報紙捲入漩渦，但《大公報》無疑是冤枉的，不過該團在天津揭發公用局王錫鈞案的時候，《大公報》曾因故把這消息遲登一天，曾引起天津某報的攻擊的。這樣也許清查團和《大公報》就不免從此心存芥蒂。蘇挺曾說：「《大公報》居然社論起我來了，不勝榮幸之至！」

「山窮水盡疑無路，柳暗花明又一村。」古物案鬧了一個多月，還沒有鬧出一個端倪的時候，繼傅斯年先生之後，又突然有藝術大師徐悲鴻先生出來招待記者了。廿八日下午三時，名義上說是向記者報告國立藝專的校務，實際上卻是要記者們參觀由教部特派員辦公處移存於該校的薛慎微案中的一百四十四幅字畫。他說這些字畫都是假的，他要「請諸君隨意

挑看，萬一將來鬧出真假問題時，可以作一證人！」妙呵！鬧得滿城風雨的古物案原來是贗品！這到底是怎麼回事？真叫局外人愈弄愈糊塗了，不過，無論如何，徐大師這一個「伏筆」是大堪玩味的。

　　北平一向是古色古香的文化城，在蒙塵八載甫經光復的今日，又當文化界名流榮歸的時候，偏偏有不敢打老虎的清查團向他們圈裏人的鼻子上抹灰，你說這多麼傷害名士們的尊嚴呀！

北平城裏的民意

雙十節後的一天，風刮的淒慘慘的。黃昏時分，大街小巷一片報童的「號外」聲，原來是政府軍攻下張家口了。這確是值得「號外」一下的消息，這消息在不同的人群中引起不同的反響，尤其當中共堅持以政府軍停攻張家口作為議和的先決條件的時候，這個消息之來實在是太刺激了，有的興奮，有的憤慨，有的悲哀，有的恐怖……

蔡文治將軍的談話當然可以代表一部分人的意見，尤其是政府軍人方面，他說：經此一戰之後，共軍已如歷史上黃巢、張獻忠的潰兵，國軍決可在明年夏季之前予以完全消滅；而軍調部中共發言人則持正相反的論調，他說：共軍之撤退張家口是有計劃的行動，對全局無影響，且主力未受損，曾在懷來一帶予政府軍重大打擊，中共目的只在消耗對方，在懷來一城之爭，每日被消耗之國軍達千人，在十二天之內，國軍每日前進不過五六裏，同時在平漢線上亦予國軍重大消耗。

這是兩種截然不同的看法和說法，但是在國共兩黨以外的人士又是感覺如何呢？懷著這樣一種心情，我們訪問了民盟在平的負責人張東蓀和張申府兩先生，他們兩位大概可以代表第三方面的意見的。

張申府先生的他的夫人劉清揚女士住在北城一所很幽靜的住宅裏，他家裏養著一條大狗，非等把它關起來以後，客人們是不敢進大門的。但是狗的主人卻是那樣一位和藹可親的人物，初次晤面就滔滔不絕地談起來。先說了些民盟在平津活動的情形，他說民盟現在沒有什麼顯著的活動，盟員約有二百來人，多屬於文化教育界，民盟的出版物現在僅有《民主週刊》，還是新近復刊的，至於《正報》雖想復刊，但苦於經濟拮据，迄今還沒有什麼頭緒。記者順便問起當日各報所載「中共代表團登記民盟失業人員」並「介紹工作」事，他說這完全是惡意造謠中傷，他說造謠者的技巧進步得很，譬如這次說劉伯承的死不是還說是「《新華日報》太行版」的消息嗎？其後又談了些他個人的事，他說他現在家居無事。記者問他為何不在大學裏教教書呢？他笑了一笑，說他早在民國二十四年就被解聘

了，他說那時清華當局以為他是「一二九」運動的領導人，甚至連潘光旦和張奚若兩位那時也這樣地說。從那時起，一直到現在十幾年了，他一直就沒有教書。現在他在籌畫設立一個研究所，取名「眾清」，以紀念其先翁。這個研究所分三部分，哲學、數學、歷史。儘管介紹西洋名著，凡是有關民主的，與人類有益的著作，都作有系統的介紹，同時也把外國的好著作向外推薦。他的夫人劉清揚女士則計畫設立一個女子中學，現正在籌款。

家常敘完了，我們就談到正題上來。

他一開口就說：「停戰，必須停戰；不停戰，一切都談不上。這次政府攻佔張家口，當然完全暴露了對談判的沒有誠意；起初政府提議停戰十天，這是很可笑的，要停戰就要永遠地停下來，停十天那算什麼呢？顯然是一種緩兵之計。我覺得政府所以打仗，好像在賭錢，打下張家口，自然是認為贏了錢，一定還要繼續賭下去。然而占了一個空城也許就等於拿到了一張空頭支票，至少在中共方面是這樣想的。」

這時劉清揚女士插嘴了。她說打下去是沒有前途，也決不是辦法。據她說：她知道冀東一帶，政府軍不過占了些城池，廣大的「面」仍掌握在共軍手裏，以政府官吏的貪污無能，決不可能把「收復區」弄得好，弄得穩。

張先生就又說：雙方打來打去，苦的是老百姓。這樣打下去，再打一年什麼都完了。所以他說打仗終歸要停止，而且現在美國還一定要調處，不肯承認失敗，因為他一旦自承失敗，他在遠東的領導地位就要垮了，但我覺得以美國目前的作風，再調處下去也不會有所成就，所以我們倒寧願英美蘇三國共同出來調處。而且事實上，中國的內戰是遠東問題，也是世界問題，中國一直內戰下去，譬如是房屋失火，這間房裏的火一定要傳染到別的樓子，各國一定要過問的。他又加重語氣地說：「我們現在不妨提出這個口號，要英美蘇三國共同調處。」最後他說：民盟決不參加違反政協決議的國大，因為這樣參加了就等於參加了內戰，與民盟要求團結的民主精神相背。

張先生是一個徹頭徹尾的學者，決不是一個政治人物，然而時代卻把他逼出了學府。不過他終於忘情不了學術，在無可奈何之下，在自己家裏設立起研究所來了，他說他們的「眾清研究所」就打算設在他的住宅裏。

張東蓀先生常住「燕京」，每星期只進城一兩天，十一日下午，記者在他的寓所找到了他。他穿著藍色長袍，一雙絨的便鞋，戴著一付深度的近視眼鏡，精粹很好。他剛從外邊回來，坐下來就開始了談話。

他說：「民盟有一個原則，就是主張嚴格執行政協決議。違背政協的，所謂政協以外的路，民盟是不贊成的，因為政協決議是各方面互相讓步共同同意的東西，既是各方面同意，就不能說對那方面有利，對那方面有害。各方面都讓步，對各方面都有所得，也都有所失。如果國民黨認為對國民黨有害，那麼在政協會中中國民黨代表就不該起立通過政協決議。政協決議好像一個契約，就和房東房客訂的租約一樣，房客到了月底要繳房錢，他雖然感到苦痛，也應該照辦，因為大家都應為契約而遷就，這樣才彼此有利。政協決議又好比大家為建國而築的軌道，不應該毀掉它，也不應該丟開了再重起爐灶，找別的軌道，現在要開什麼五人小組，就是要丟開政協軌道，否則為什麼不開政協綜合小組呢？

「打仗本身就是違反政協精神的，民盟認為不停戰不能談，邊談邊打，那算談的什麼呢？」一屋的人都笑了，全中國人都覺到邊談邊打的滑稽性吧。

他又說：「關於否決權問題，所謂否決權有兩個，一個是民盟與中共的國府委員中合占十四人，保持三分之一強的數目。可以否決破壞和平建國綱領的議案，另一個是合占國大代表總額的四分之一，以避免政協修改後的憲法草案再被修改，否決權是對少數派的保證，沒有保證則協議可隨時為多數派更改，那麼協議等於沒有，國共也不會團結，不會團結就沒有統一。外界認為民盟與中共合得否決權，就說民盟是尾巴，殊不知民盟不如此，根本什麼都沒有，沒有協議，沒有團結，沒有統一。所以同盟是為了協議才如此答應的。而且這樣不但可以使中共來參加政府，參加國大，也可以使國民黨放心，中共不能濫用否決權。用最通俗的譬喻，好像牌局只有三個人，民盟若不參加，他們就要打起架來，所以民盟湊成了四個人，免得他們三人打架，民主同盟如也為自己著想，不是也很容易來個一面倒，多討幾名代表，多討幾名委員嗎？然而民盟有民盟的人格，民盟今天是為國家為人民促成統一，犧牲自己促成團結，比那些口口聲聲嘴裏叫統一的要高明得多了。」

　　我問起不久前張先生發表的內戰雙方打個平手的看法。他說：「打平手是說沒有結束，是說一個時候會覺悟『打』不能解決問題，知道打不能解決問題就要講和平，求協議。

　　「中共果如能打倒，何待乎今日？二十二年來事實是為證明。我們第三者主張協商團結，就是為了早已看到這條路是走不通的，今天還要打是愚蠢，所以如此蠢是因為自私。真要為國家為人民，這條『此路不通』的路不該再嘗試了。」

　　張先生指著當天的《大公報》說：「在巴黎，美蘇雖吵得厲害，但總要得協議的。只有中國人最蠢，還要盼望第三次世界大戰速來。」

　　對於南方北方有無不同的問題，他說：「南方的後方受種種政治腐敗現象影響，人民對政府認識更清楚，北方人民不免仍存有若干幻想。」

　　我提起蘇聯態度的問題。他說：

　　「蘇聯在目前對中國內戰的態度是比較公正的。至於最後會不會逼到支持共產黨，那主要還得看美國；美國如露面支持國民黨，最後蘇聯或不得不支持共產黨。」

　　在整個的談話中，吳晗先生插了一次嘴，我便引來結束這一篇訪問：「民盟每一個人，有他的優點，有他的缺點，自己也承認自己有缺點，不像那些正統論者從堯舜傳到自己的聖賢道統思想。」這或者就是「民主」的意義吧。

　　至於張東蓀先生的優點和缺點，我還不能在一次訪問之中看出來，可以引用他自己對張君勱先生稱譽的話，是「很有政治學者的風度」的吧。

沉默的古城說話了
——記北平城裏一個小小的集會

國軍攻陷張垣後，儘管官方一片興高采烈的演說和談話，然而在這古城裏一般的反響是沉默，可怕的沉默。彷彿大家都覺得這不是戰爭勝利的結束，而是大混亂的開端。人們心頭好像壓上一塊鉛似的沉重。而恰在這時候，一個賣新書的朝華書店被警憲搜查而且把經理和職員全體逮去了，更加重了加濃了這沉重的空氣。

但是終於有人說話了，與陳總長招待新聞界的同一個下午，有三十幾個文化界人士集在一起，這裏有教授、學者、音樂家、畫家、律師、新聞記者、退休的官吏和大學生等等，他們都有一個意願，就是發表和交換對時局的意見。

在主席劉清揚女士以後，一個東北籍的老人王之相首先發言了。他以沉痛的語調訴說今日東北的民間疾苦過於敵偽時代，鄉村裏找不到一個十八歲以上的壯丁，青年人全被抓去當兵了，而「搶秋」（即是由軍隊任意收割田間的農作物）之凶比日本人還要厲害一倍以上。至於接收，則說起來更要氣煞人，舉一例為證：某軍事大員把瀋陽所「劫收」的東西連桌椅板凳在內拉上火車到吉林去拍賣。

老人氣憤憤地坐下去了。新由上海來的雷潔瓊女士被邀講話。她以廣東官話說明今日時局之惡劣，但並非不可扭轉過來的。這需要：第一，美國改變對華政策；第二，愛好和平的人士的努力。她說十八日起，在卡遜準將領導下的「中國與遠東大會」要在三藩市揭幕了，你看美國國內都有這種和平與民主的熱烈運動，對中國的事情發出正義的呼聲，我們自己國內反而悄然無聲，這是怎樣也說不過的，她很嫌北平文化界的冷漠和對國事的不關心。

至此，大家討論了響應的辦法，決定發動簽名運動，向這個大會表示北平人民的意見，吳晗教授插了一句：「教美國人知道我們中國人是並不如官方所說那樣歡迎美國軍隊的。」

　　張東蓀先生順便就檢討起美國政府的對華政策，他說據他所知，美國人士都很清楚國民黨的腐敗情形，他們並不想支持國民黨，不過因為美國想把中國作為反蘇基地，就只好犧牲民主的中國了，他說美國的對華政策是矛盾的，既想要一個「反蘇的中國」，同時又想要一個「民主的中國」，是「熊掌與魚皆我所欲也」，但是事實上二者絕不可兼得，於是中國就被美國的自私自利的政策糟蹋到眼前這樣不死不活的境地。

　　一些憤懣，一些歎息。大家亂紛紛地交談著，談話顯然有點過於零亂了。這時張申府先生說話了。他提綱挈領地解剖了目前的時局，他說張家口在政府方面是不應該打的，在中共方面則是怎樣也不肯丟的，結果卻被政府拿下了，這當然要鬧成僵局。他又說國民黨在這時候應該大大的讓步，否則內戰將長此繼續下去。但是糟糕的是政府竟急急地在打下張家口的第二天就頒佈了召開國民大會，這使轉圜工作很不容易下手。所以說，政府打下張家口，在軍事上可說是勝利，但急急忙忙下了國大召集令，在政治上卻是大大的失敗。他說政府如果一意孤行地召開國大，不但中共和民盟不會參加，就是青年黨也不見得會出席。民盟的主張是建立一個統一的中國，如果參加了這樣片面的國大，就等於同意造成分裂的局面，所以民盟決不參加。現在蔣主席發表了八項辦法，顯示政府有談判的願望，我們可以以此為基礎而談起來，但是在談判之先，政府必須做到下列幾件事，以表示誠意。第一，行政院與國府須同時改組。因為執行機關不改組，單單換換國府委員是沒用的。第二，十四人的否決權是必須承認的。說起來，這已經夠可憐了。在四十個席位中，國民黨已占了半數，而作為第二大黨的中共連民盟加起來不過要求十四名，這還不夠可憐嗎？而且中共與民盟並不是想爭權奪利，而是想取得三分之一的否決權以便保障和平建國綱領的實施。第三，蔣主席四項諾言必須實施。人民必須有言論自由，否則還談什麼民主！第四，張家口在政府方面是沒有理由要打的，所以為表示和平誠意，應即退出。第五，應立即召集政協會議，商討時局。

　　張申府先生的一席話，像是代表民盟對時局的主張。他說完後，費青教授發言了。他說張家口拿下後，中共已無話可說，僵局已經造成，這兩天我們又看見國民黨方面出來拉人請人了。這至少證明他們在政治方面已經失敗。據悉，司徒大使對於政府之下國大召集令，事前也未知悉，所以

對政府很表不滿。這時大家就把話題轉到政府是否有誠意實行民主的問題
上來。

張東蓀先生就又談起否決權的舊話。他說大家就是怕政府沒有誠意，
所以才堅持保留足夠的否決權，又說否決權之提出還是由於青年黨變卦的緣
故，此中內幕很少為外間所知悉。漸漸大家的意見集中到如何有效制止內戰
這一點上來。全國絕對大多數的人民是痛恨內戰的，然而絕對大多數的人民
卻被極少數人操縱了而驅上自相殘殺的戰場，事之可哀可恨孰甚於此！

夜色漸漸侵入，小屋裏有點裝不下這太沉重的感情了。主席急於捉
住幾個具體的意見作為結束，結果是決定了回應美國三藩市大會的簽名辦
法，以及電文內容，其後又有人提出發動美軍退出中國運動挨戶簽名的意
見，用以證明究竟誰想把美軍留在中國。這意見得全場的贊成，不過進行
上是太困難了，討論了很久也沒有得出一個結論。

這樣，這一個在古城裏難逢的集會，在光未然先生傷感的語句裏告一
結束，光未然先生的話正如同他的曲子那樣的感人。

古城裏的洋窰子

我們的盟軍（此地俗稱是「老美」）可以把吃的、穿的、甚至住的隨軍帶來中國，自己享受不完，還要偷偷賣點出去，可是沒有把女人也帶來，這使我們吃得飽穿得暖、又悶得慌的「盟友」太苦惱了。

記得已故日本作家小林多喜二在他的名著《蟹工船》中，曾寫一個妻子為了安慰她漂泊在外的丈夫，在信裏這樣寫著：「我恨不得把我的×貼上郵票寄給你呀！」自然，我們無從知悉我們的「盟軍」是否也接到過這樣撩人的情書，但是他們那股熱辣辣的勁兒是到處都流露出來的。譬如黃昏時分，在東單街頭，在東交民巷，在崇文門里一帶，如果有年輕的女性從他們身邊經過，他們的眼睛裏真要迸出火花來的。不過陸軍總比海軍老實些，這裏的「盟軍」還不至於像上海那樣在青天白日的大馬路上像狗般地當眾出醜。

俗話說：「有錢能使鬼推磨。」何況我們中國人偏偏是沒錢得厲害呢！貧窮逼著不少弱小的女孩子們硬著頭皮去接待那些又高又大的洋人，於是我們的「盟軍」在北平是不愁沒有發洩性慾的地方了。

崇文門里的蘇州胡同，這兒是由來久矣的國際人肉市場，在抗戰之前，就是日妓和俄妓充斥之所。勝利後，就以蘇州胡同為中心點，把人肉市場擴大開，不過這些人肉商標都是印明「中國制」了。范子平胡同、江擦胡同、鎮江胡同、王老胡同……這一帶都變成了「盟軍」享樂的天堂。一到晚上，一片三輪車的鈴聲，一片吉普車的嘟嘟聲，一片洋人高喊怪叫聲，一片鶯鶯燕燕的媚叫聲……鬧翻了這崇文門的一角。

這天堂其實卻無異地獄。看吧，每個小院裏有幾間鴿子窩式的單間，「盟軍」必須彎著腰才能走進去。裏面只有一張大木床，一張桌子，兩隻茶碗，還有牆上一張「北平市政府旅館旅店業留人規則」，簡單得不能再簡單。好在我們「盟軍」只在這裏發洩幾分鐘的性慾，要是住夜就攜了挑好了的泄慾器到飯店裏去。

　　做這種人肉生意，卻也需要經紀人。這種經紀人就是三輪車夫，車夫拉來一個顧客，就可以和顧主老闆四六分賬，櫃上又和賣肉的姑娘對分。在一個月以前，一次交易的定價是美金一元，車夫得四角，櫃上和姑娘不過各得三角，姑娘飽受一陣蹂躪，所得的代價，還不如車夫，你說多慘！姑娘們每天平均要接待五個顧客，逢假期或節日可多到十個以上。試想一個弱小的東方女性在短短一個黃昏，要接連遭受十個凶野如猛獸的洋人糟蹋，個中苦況不難想見。無怪在白晝這一帶就像死了一般的寂靜，她們在休息呵，休息呵。

　　要是能找到住夜的主顧，那就比較幸運些，她們可以睡到華麗的飯店裏，一夜之勞的代價是六七塊美金，不過仍是與車夫和櫃上「四三三」分賬。也有包月制的，就是在這一個月內，把這塊肉整個包與一個主顧，到月底結賬。這種交易自然是最幸運的，不過這種主顧很難找到，洋兵們實際上比猶太人還要吝嗇，他們並沒有揮金如土的風流嫖客的豪性。

　　這種國際人肉市場在北平還算是一種新興的營業，出賣肉體的姑娘們，多半是從炮火下逃出一條命的農家姑娘。她們沒有一點時髦見識，洋話更不用提，於是在作交易的時候，就也需要一個舌人了。這種舌人當然也是女的，多半是年老色衰的老妓，會說幾個英文數目字，洋兵稱她們做「Mama」。這「媽媽」都有一段傷心的歷史，有一個曾經那樣說：「我十八歲混了事，廿五歲時好容易跳出了火坑，現在四十一歲，卻又不得不拾起舊行當了！」她們沒有薪水，不過分點點小費，自然也希冀能得到意外的豔遇，然而卻比中頭彩還難，雖急色如洋兵也是喜歡年青的呵！

　　不幸的是這種旖旎盛況到九月間突然遭到了頓挫，大概當局以為洋兵闖禍多半起興於這人肉市場，同時美軍當局也經意到了維持軍風紀問題，於是一面由華方取締，一面由美方在每個香巢的門口貼一張「Out of Bounds」的封條，這樣一來，這熱鬧的人肉市場就從此門前冷落車馬稀了。

　　不過「食色性也」，有人必須要吃飯，有人必須要解決性慾，任何外力都不能阻擋，顧客不能上門來，這些賣肉者就移樽就教了。一到黃昏時分，這可悲的一群就濃妝豔抹起來，然後走出香巢到那些洋人出沒的區域，如東交民巷、東單一帶，扭呀，笑呵，施展出她們誘惑的手段，想把那些洋人的美金弄到手，好混一頓飯吃，有的還要養活大大小小一家子。

　　這裏對她們有一個流行的術語，稱她們做「招待盟軍」的「壓道雞」。曩昔在家做生意時是「鴿子」，現在變成跑街的「雞子」了。不過「盟軍」是不懂這些名堂的，而且也分不出她們的面貌，一概叫她們「Mary」。於是，她們都自稱是「瑪麗」了。但從此以後，古城裏的女性們都提高了警覺性，如果在黃昏以後，一個單身的年輕姑娘走過那洋人出沒的區域，小心有人從你背後趕過來拍拍你的屁股，叫你一聲「Mary」呀！你要是受了污辱，那就活該。這裏有不成文的憲法：錯誤總在華人方面。例如那個被美軍軍車碰死的律師，美方的解釋是他自行碰上來的，大概是想著自殺；而那次美軍吉普車在蘇州胡同裏闖進一個煤店，惹下大禍，我們的警局沒有去抓那個乘車的美軍，卻到處追尋那個吉普女郎。

清華園和清華人

　　昆明聯大復員到北平後，一千多名同學撥歸了清華。北大只容納了極少數這所謂「抗職」學生，大多數是「守土」的臨大學生，南開則更寥寥可數，這樣，一般人，尤其是文化教育界都把注意力集中到清華園來。總覺得清華是繼續了聯大的傳統。而這兩天，聯大的校慶日子快到了，清華已在籌備慶祝，已發帖邀請散在北大和南開的老學伴來清華園團聚一番，由這一點，也頗可看出清華顯然是聯大的繼承者了。

　　古城。已將近寂寞了十個年頭，「五四」和「一二九」的痕跡早已杳不可尋，人們早在期待著，如果聯大的學生們回到北平之後，北平這文化城當會復蘇的。我也懷了這樣的念頭，在一個秋意極濃的一天，離開了這沉重的城市，跑向楓葉紅遍西郊的道上，踏進了「水木清華」的故園，我想追尋或是發掘一些什麼。

　　一別十年，清華是變了，老樹和荒草把整個園子封閉了，你幾乎尋不出一條道路。只有那些屋子的空殼還能使你依稀想見當年的情景。房子的裏面則多半洗劫一空，傢俱、電線、燈泡，甚至地板門窗都告失蹤，你不必追問這是什麼人幹的，當然不會是受俘的日本人。據說在淪陷時期，日本人把清華園作了野戰醫院，我們光復後，仍然是被軍隊接了過去，仍然是個陸軍醫院，而且幾乎要把它作為「敵偽產業」而「處理」。清華當局要回這塊故土是費了不少的力量的。

　　現在原主人回來了，積極從事復興工作，園裏到處是木匠鋸啦砍啦的聲響，陸續歸來的同學，都住在一座號稱「新齋」的樓裏，其餘還都沒有修好。教授們則分住到各處，距離相當遠，大家碰面都不容易，譬如新近歸來的潘光旦先生，他就說他還沒有挨家訪問同事們，甚至連學生宿舍，那巍峨在大禮堂都「遠」的沒有看見，自然，他是一條腿，這也是一個原因。

　　「新齋」前面，人跡罕見，但已是壁報世界，樓前貼的花花綠綠的，不知道是否也叫「民主牆」？我匆匆看了一遍，各報都集中一個題目，就是反對清華舊傳統、吸收聯大新精神。他們訴說一般老教授仍想恢復當年

清華的老規矩，老教條，譬如「拖屍」啦，女生宿舍禁絕來往啦，把禮堂前的草坪神經化，不准任何人踩踏，僅僅校長和畢業的校友有此特權啦，又如必須與燕大結為「世仇」啦等等，認為全部是封建時代的意識，今日絕不應該借屍還魂，復興的清華應該儘量接受聯大的新精神，民主與科學。

除了這些呼籲以外，我還看到一篇頗具深意的短文，作者在歎息現在住進這些美麗而舒適的園子裏，與往日昆明草鞋床板時代相比，自然有若天淵，然而現在心靈上卻像喪失了一些什麼也似的，他感到空虛的悲哀。他說他知道這是因為與現實脫節的關係。他們現在住進清華園就好像進了和尚廟一般，他們是脫開了紅塵，他們對於時事的感覺一天會比一天遲鈍，慢慢就會變得與世無爭了。

讀罷這篇短文，我若有所悟，我連帶地想到為什麼教育當局要把「聯大」的同學大部送進鄉下的清華，而在城裏的北大卻變成「臨大」的天下。

我跑到新南院會見了潘光旦教授。

在城裏時，就風聞過潘先生經過這次李、聞慘案之後，從驚濤駭浪中離開了昆明美國領事館，飛到蘇州小住一些時日，現在又悄然回到清華園，他的一般才老友（楊振聲先生就是其中之一）曾力勸他從此不要再過問實際政治，更不必再作民盟的活動，至於他究竟接納了這些忠告沒有，外人無從知悉，當我向他索看他在蘇州鄉居的近作《剝繭曲》時，（據傳這是以紀事詩體裁詳敘聞一多教授被害的前後經過）他連說看不得，說那裏面盡多喜笑怒罵之詞，不能為外人道的，他說他之所以寫這篇東西，是想在心情上把昆明這個悲劇告一段落，作一結束。

我又問到他最近有無書籍出版，他說一本《自由之路》商務已在付印，一本《政學關係三論》生活書店也正在付印，還翻譯了一本赫胥黎的東西也快出版了，這樣潘先生就談起他對政治與學校的關係來。

他說學生應該有思想自由，而且是絕對的自由，可是在學校裏面無論如何不該有政治的組織，否則，學校裏就會形成兩個或者兩個以上的壁壘，黑白分明，相互對峙，以致沒有了是非之見。他說大學教育的目的在養成「通達」兩字，養成獨立的見解，養成辨別是非的能力，他說我們中國目前就缺少這種人物，（所以方有今日之『黨禍』，這是他的結論了，

不過他沒有明白說出。）他說「德謨克拉西」不該翻成民主「主義」，它決不是一種主義而是一種「生活方式」。

他又談到主義應該與政治分離，政治只能是一種技術上的行為，不該含有主觀的成分。政治人物就應該是單純的技術人材。他於是慨歎於今日政治上的主義已等於往日的宗教，人們必須絕對服從信仰什麼什麼，沒有討論或懷疑的餘地，這與「教條」還有什麼兩樣？他舉蘇聯為例，他說在蘇聯，人民有相當的自由，可是誰也不能跳越那最後一條防線——馬列主義，他說二十世紀又回到中古時代了，回到那黑暗的宗教神權時代，人民沒有自由，只有服從，歐美這三四百年為的學術研究是完全白費了，我們現在需要另一個文藝復興時代之來臨。

從新南院，我又走到西院，一路上我在深深感喟著，像潘先生這樣一個沒有「主義」徹頭徹尾的「自由人」，竟也受到政治上的壓迫，甚至列入黑名單，甚至受美國領事館的保護，在中國，「自由之路」未免太狹，簡直是絕路了。

在西院，我參觀了吳晗先生的書齋。滿壁滿架的線裝書，最名貴的是他在北平圖書館所抄的《李朝實錄》。在這些舊書堆中，我又興起無限的感慨，像這樣一位與書蠹為伍的人物，竟也與現實政治發生那樣密切的關係，具有那樣的可觸性和警覺性——這還不是現實逼他走出他的書齋？

夕陽已將西下，我步出了這座學府之門，在門外沿牆馬路上卻排滿了武裝的隊伍，我嚇了一跳，以為清華也出了聯大那樣的事件了，近前一看才知是二〇八師青年軍，恰巧在這天舉行宣誓入營典禮。翌日看報才知那天清華校長梅貽琦原被邀請演講，他說當二〇七師入營時，他正在昆明，也曾恭逢其盛，那時抗戰尚未結束，青年們大都抱了一番救國殺敵的大志願；如今已經勝利一年了，蔣主席說是為了「救濟失學青年」又成立了這二〇八師，他勸同學們不要因為失了學而當兵而感煩惱。他說在現代國家每個青年都應該受軍訓的。

我不知道這些因失學而入伍的青年們，當他們聽完了梅校長的規勸而在清華園牆外而露營的時候，他們心裏想些什麼，他們會否興起校門深似海之感？我記得他們是那樣默默地，他們決不像是軍人。

招魂與永生
——記西南聯大九周年校慶

「那一個愛正義者的心上沒有我們？

那一個愛自由者的腦裏忘卻我們？

那一個愛光明者的眼前看不見我們？

你們不要叫喚我們回來，

我們從來沒有離開你們，

咱們合在一起呼喚吧！

正義快快地回來！

自由快快地回來！

光明快快地回來！」

這是聯大教授馮至先生對「一二一」慘案死難者所作《招魂曲》的後半闋，我覺得它很可以訴說出聯大的精神。尤其當聯大在形式上解體的今日，多少人（特別是文化界和教育界）在向著冷落了的昆明懷著無限的相思之情，而太息於「聯大」已成了歷史上的名詞時，他們對於那曾經可歌可泣的聯大是在默默中想著為之招魂的。

十一月一日，是聯大第九周年紀念日，散在北大、清華和南開的聯大舊人都聚攏來為這個已不存在的母校而祝壽。記者懷著一種淒婉的心情，踏進北大四院的大門，然而當我看到如許的壁報，如許的熱情的孩子們，如許的和藹可親的先生們的時候，我猛然間感覺到聯大並沒有死亡，聯大的確是回來了，至少它們的靈魂是回到這古城裏了。這個只剩了一副空殼過了八個寂寞的年頭的北平城，將借了聯大的魂而復蘇而活潑起來。

我仔細地讀了他們的壁報，他們的紀念特刊，我仔細地看了他們的昆明學校生活照片，我仔細地聽了他們的詩歌朗誦以及三位教授的演說，我更觀察了他們師生之間的交處——我感覺到我已經體會著了聯大的存在，「聯大」兩個字就是代表著「民主團結」，也就是華萊士先生所說：「聯大是中國民主的堡壘」，這是一點也不錯的。

這個堡壘是怎麼形成的呢？無疑最初是由於教授治校制度之建立，那是在最初，聯大就有了民主的基礎。特刊中曾說：「學校的立法機關是教授會議，由全體教授參加，討論決定學校的方針，這是一個可歌頌的制度，由於教授治校使聯大能岸然獨立，擺脫教育界的濁流，不受黨化教育的影響。」

教授治校首先可以避免了校長的獨裁。教授也得以相容並蓄，他們告訴了我：「聯大的教授先生們，儘管他們的人生態度，治學派別，政治意見各有不同，然而都能見容於一校，相因相成。」又說：「他們有良知，有遠見。羞為多士之諾諾，獨作一士之諤諤。關心社會，關心人民」，更具體一點說：「教授都是有良心的，而學生都不是讀死書的。」——就這樣就奠定了這個民主堡壘的基礎。

基礎奠定了，它又是怎樣長成的呢？

他們又告訴了我：聯大師生都是以「自由研究，獨立思索」的態度來追求真理，「因為大家都相信，真理不必要求特權和壟斷，在大家的面前拿出事實來，拿出道理來，讓每個人自由的尋找，獨立的思索，誰也不必做誰的尾巴，自然而然真理就會得到自己的信仰者，學校當局這樣相信，教授這樣相信，同學這樣相信，於是一起努力地在校內開闢這樣一個園地，養成這樣風氣，聯大精神形成了。」

聯大具有了這樣的基礎，又具有了這樣的奮鬥精神，於是「猛一得到真理就不惜以性命來保衛他」。「聞一多先生這樣死了，四烈士這樣死了！」「這就是聯大的靈魂」。

費青教授曾撰《聯大靈魂頌》，他說：聯大的靈魂就是孟子所說的「貧賤不能移，威武不能屈，富貴不能淫，此之謂大丈夫。」他更以聞一多先生作為具體的例子，他說：「聞一多先生的睿智明察，豈在時下一般高明教授之下？亦很足以明哲保身，清高一世。可是，他的熱忱，他的正義之感，他的崇高人格，不允許他低頭，不允許他不說話，於是，終於求仁得仁，壯烈地完成他所負的時代使命。」「一多先生才才真是大丈夫！」

在聯大紀念會上，空氣是那樣嚴肅，在我的記憶中，還沒有過這樣嚴肅的校慶日，我感覺到我分明是參加了一個追悼會。大家都在懷念追思聞

先生，在會場中，所有的語句，無論是寫的或講的，多少都是對他或因他而發。聞一多無疑已成了聯大的「校魂」。

聞家駟教授作沉痛的演說，他說：聯大現在復員了，但有幾位同學和聞先生都永遠不能復員的，他們是為了爭取民主而犧牲，同學們必須時時記住，我們不能欠債，尤其不能欠死人的債！如果民主一天不能實現，我們就永遠欠他們一筆大債！

這樣，爭取民主的實現成為了聯大同學（不是「同學」，據馮至教授的意思，應是「共同奮鬥者」）今後神聖的義務。

但是聯大已解體了，教它如何貫徹這個神聖工作呢？吳晗教授這樣說：「聯大分為三校了，它原來繼承了三校的優良傳統，綜合面貫通者經過九年的磨煉，現在分開了，過去的聯大只有一個，而今天則是三個。說實話，豈止這有形的三個而已，遍中國只要有聯大同人服務的場所，就有一個聯大在。」「聯大永生了！」

在今天，這個荒涼的大城裏，拾來了聯大不滅的英魂，憑了這些熱情的青年們的奮鬥，（他們喊道：「你們死了，還有我們！」）聯大確是可以永生的，以迄於正義、自由、光明之來臨中國。

在會場外，有人說：西南聯大的歷史，象徵了中國人民的和平合作精神，幾年來人民所求與各政黨所同意組織的民主聯合政府，不就是聯大的放大嗎？有這些輝煌的典型例子，我們忠誠地發出號召，要求政治家們，公僕們，各政黨的領袖們，快學習西南聯大，全國祈求民主愛好民主的人民，快學習西南聯大！

又說：我們慶賀聯大校慶，因為它走的路是民主，自由，獨立，和平，建設與進步的路，也就是中國人民所應走的路。所以，慶賀聯大校慶最好的辦法，就是學習聯大！

讓聯大永生吧，為了中國。參加了這個紀念會的人們都會有這樣一個願望。

司徒和燕園的兒女們

在古城風景區的西郊，在萬壽山昆明湖之畔，燕京大學有著那樣美麗與宏偉的校舍。而且最可慶幸的，它沒有遭受像清華那樣「劫收」的浩劫，可說是園林無恙，依然是有戰前的風光，如會是從後方歸來的人們，當他們走進大門投出最初的一瞥時，他們定會驚訝於這是座世外桃源，住在裏面的人應該是多麼舒適，而且必然是與世無爭呵。

的確在戰前，這「燕園」是著名的貴族學校，這兒是公子小姐們的樂園，這當然是因為它是外國人支持下的教會學校。不過經過這次抗戰，尤其是經過成都這幾年來的流亡生活，燕園是變質了。儘管這兒還保留著所謂「封建遺毒」的「拖屍」之類的習俗，但學生們的生活與曩日已經迥異了，譬如他們現在住宿舍已經不因交費之多寡而有優劣之別，他們現在一齊都啃著窩窩頭了。

有人說：燕大的同學，無論在思想上，在生活上，都在趨著兩個極端。就是說，有最前進的，也有最落後的；有最貧困的，也有最富裕的，相傳司徒大使和某當局曾經有過這樣一段談話：

司徒：你能不能對共產黨稍微讓步一點呢？
某當局：你為什麼不能教共產黨稍微讓步呢？
司徒：（嘿然）
某當局：你看你辦的學校，這幾年來造出多少共產黨呵！

這段談話，不管是真是假，而燕大之出了不少共產黨，確是事實。只要看軍調部便知端的，中共的翻譯人材泰半是出身於燕大。同學以外，也很有幾位教授半路改途，譬如董璠教授，就是從燕園一跳跳到張家口，成了那邊鼎鼎大名的「于力教授」。

　　這樣，一方面有人攻擊燕大同學是住在象牙之塔裡，卻也有人把紅帽子給它戴。這次司徒大使回校，同學們曾經問到他關於燕京的前途，他表示：「若燕京無自由時，我寧肯讓燕京關門！」

　　燕京確是較其他大學多具一分自由傳統精神，這多少與司徒領導有關，但最要緊的還是私立，沒有拿政府的錢，在這次司徒回校受新聞記者包圍時，記者們曾經這樣問過他：「司徒先生近來常對學生講，中國學生需要從事一個在蔣主席領導下的『新五四運動』，不知一年來昆明西南聯大以及滬、蓉等地學生之反內戰要求和平運動與司徒先生所提倡之『新五四運動』的精神是否一致？這一個運動蔣主席贊成或願意領導否？」他回答說：「這運動與我所提倡的是有關係，我想蔣主席也可能贊成。學生應當求思想言論之自由，合乎此的，我們應當贊成，否則就反對，但我希望今天的學生少作破壞性的運動，多作建設性的運動。」

　　後來燕京同學所組織五個學術團體曾給司徒大使一封公開信，這樣寫著：「過去你曾以『五四』精神鼓勵我們，出任大使後你又說中國學生需要從事一個在蔣主席領導之下的『新五四運動』，並指示我們少做反對性破壞性批評性的運動，要多做建設性的運動。不錯，『五四』確是現代中國青年爭取獨立民主的鮮明標幟，一年來昆明、成都、上海的反內戰運動就是繼承了這種精神。我們首先要求領導者給我們言論自由和起碼的生存條件——中國勝利已經一年多了，當然國家急需要多方面的建設性的工作，但建設首先需要一個和平的環境。我們願意接受你的指示，而作為自己奮鬥目標的是在堅決反對內戰中建設一個獨立自由幸福的新中國。」

　　他們並且把他們的奮鬥目標明白指出來：反對內戰，反對「一切外國在中國的軍事的經濟的阻礙中國發展的勢力」。「我們堅決的要求他們退出去，他們不走，就會變成中國人民的敵人！」

　　司徒沒有正式答覆他們，卻對《燕京新聞》（新聞系同學所辦的小型報）的記者說了下面的話：「明天就要走了，沒功夫寫信回答他們，回到南京後，恐怕也很忙，請你在報上發表一下，我答覆他們的話吧。」報的答話是這樣：「你們所要求的與我所努力的差不多。一般人對美國政策恐怕有誤會處。現在我們一切反對美國的理由，更要加以考慮。我未離開燕

京前，和我們現在所抱的目標完全相同，毫無改變，對於學生生活，不用說，當然關心，有辦法一定努力。」

同學對他這幾句含糊的話當然不會滿意，不過他們很瞭解他的苦衷，他現在不僅是校長，而更是美國的駐華大使，他有著兩重任務，也就有了兩層人格了。

我還記得當他這次回平被記者群包圍而提出問題時，他苦惱地搖著頭，搖著手，連說：「請原諒，請原諒我的地位！」對於他的學生，他的苦惱當然更大。「地位」使他和他的學生之間長起一層膜來。不過，他也表示過，自從出任大使後與學生接觸日少，覺得非常缺少興趣，臨行曾說：他預備在十二月八日在南京招待校友，耶誕節能再回北平來，和他的燕園兒女們，好好地「多住幾天」。

司徒留平期間也曾和張東蓀教授交換過意見，張說他之不參加國大是為保持第三者的地位，以備再為和談努力，司徒對他們的意見很為贊成，他絕沒有勸他去南京，由這一點，也頗看出司徒對中國政局的看法，而張東蓀教授則現在被同學們尊為民主的護持者，當他們聽到民社黨派員來請他去京參加國大時，他們集體往見，張表示大家放心，他決不會使青年人失望的，他們大為感動，後來梁秋水氏在報章上發表了他致張君勱的信件和詩稿，燕京同學更為激動，他們向張表示，要向梁老致敬。

住在象牙之塔裡的人們是這樣高度地關心著十字街頭的一切，這是因為他們爭取與保持自由和民主精神。最近他們的壁報被人撕毀了，這是燕園破天荒的現象，他們大呼：「大家意見不同，盡可以討論可批評，何必出此卑劣手段！」又說：「此種少數特殊分子，意在破壞燕園自由之學術風氣，使自由莊嚴之學府成為可怕之處所。」他們要求同學一致檢舉此種「少數破壞學校自由安寧之份子」。

這又使他們想起了司徒校長，他曾說過「不贊成拘束報紙」，又說他曾和政府當局談過數次「實行民主政治，必須在言論自由」的話，現在燕園的自由空氣遭受到干擾了，他們盼望他歸來，他們說「政治生涯，會促使司徒先生衰老的」，司徒先生，現在燕園裏是一片喚你「不如歸去」的呼聲呵。

梁漱溟抵平會見記
──一隻疲倦了的駱駝

在南京和談最緊張而且就要到成敗最後關頭的時候，梁漱溟先生，這位身任民盟秘書長的重要份子，竟突然離開南京，飛到北平來。這消息給予古城的驚詫是不難想像的，一批一批的記者們紛紛踏進了南寬街四號梁宅。

猛一見，從他躲在鏡片後面的眼睛裏，就透露出不知多少的疲倦，他已經穿上了羊皮袍，兩手藏在袖筒裏，像是單薄的身體經不起這太重了的疲倦的重負似的。梁先生參加實際政治活動已經有很多年，而從事國共之外的第三者活動，尤其比目前在南京參加和談的任何人要長些。單從皖南事變後民主政團的醞釀，以及在香港辦《光明報》算起，已經就有四五個年頭了，這四五年來，就一直從事民主團結的工作，到今天，這團結的工作實在使他感到非常的疲倦了。尤其這最近十六天來的南京談判，他說像是瘧疾，忽冷忽熱，他單薄的身子實在熬不下去了。就算是一隻駱駝吧，走了這四五年來沙漠之地，也要厭倦了，看見了梁先生的一瞬間，我腦子裏就浮上了這樣一個印象。

他知道新聞記者想知道的是什麼，就把這次南京談商一周的大概講了一遍，他說從十一月二日起，和談轉了一個新方向，即是政府同意由第三方面開列商談題目和程式，並限期完成，但是這個單子是不容易開的。中共提出了九點：四點是關於軍事的，五點是關於政治的；而政府方面則急於要開國大，因為國大會期已迫，政府是想先解決了這個問題再說，中共則以為要共方先行提出國大代表名單，無異是在政治上繳了械，所以堅決把國大問題排在最後。他說兩方面的心事大家都明白，連馬歇爾也說政府現在無意也無暇來談軍事問題，譬如整軍規定國軍九十師、共軍十八師，這一百零八師的駐地問題就是最難談的，政府現在就是急於要開國大。

有人就問起政府會不會片面把國大開下去呢？他說蔣主席本人極願有一個圓滿的國大，否則在國際上的聲望要大降的。這裏有人插問政府方面是不是有的主張硬打下去呢？他點了點頭，不過加了一句：「主和的也

大有人在。」他說國大可能如期開幕，不過政府對於開幕可具有伸縮性，只要說到會人數不足半數，不就可以順延下去嗎？這樣也就不損什麼威信的，現在需要一千零二十六名才能過半數，此刻來京報到的還不多，所以有心順延的話，少開一兩次飛機就行了。

有人提到了馬歇爾。說他好像已成了蔣主席的參謀長了，他對這一說未置可否，他舉了一件事：政府在十月二日的聲明，事前馬歇爾是完全不知道的，他知道以後很著急，急著要見蔣主席，蔣卻回說沒有時間，以後到第四天才會著面，又過了兩天，才得到政府休戰十天的允諾。馬說他得到這樣一個結果，是費了很大的力氣的，可是等到他把這結果轉達周恩來的時候，周卻拒絕接受，這一下可把馬歇爾氣壞了，氣得他發抖，連說：中共到底要怎樣？

梁先生最後說他對於馬歇爾的認識已有所「修正」，最初他對馬是不但贊成而且近於崇拜，無論如何馬是為了解決事情而來的；可是到最近這幾個月來，對他的印象和認識就不能不有所修正了。不過，在經過的這些事件中，有些也是中共自己沒有弄好，不能單怪馬歇爾。

又談到民盟本身，他不否認民主社會黨有單獨活動的趨向，不過民盟對當前的政治意見是一致的，民盟本來預定在八號開中常會，決定對內對外的態度，後來深受不能在目前把握時局動向，又決定延期，等到十一月十二日以後再說。有人問他是否辭了秘書長或是退出了民盟，他對辭職未否認，並拿出一份上民盟諸公的函稿給記者看，聲明他的苦衷，但他堅決否認退出之說，說是此番出來是請了假的。劉清揚女士接著說：在目前和談正臨到緊急關頭，梁先生離了南京，對民盟豈不是一個重大的損失？他苦笑了一聲說：南京那麼多人，少了他一個是算不了什麼。（這裏記者就記起了張申府先生特為參加和談而趕到南京的事，恰巧在這時，梁先生掏出一封信來，正是申府先生寄給他內子清揚女士的，記者催著她趕快開拆看，看有沒有好消息，她就笑著說新聞記者真厲害，連人家的家信都要看了。張先生在這封信裏寫著兩句很沉痛的話，他說：第三方面人士必努力到最後一刻，而此最後一刻，固望其永不來臨也。）

梁先生談到他今後的動向，他說在北平住十來天就預備去重慶，在那裏他在北碚辦了一個學校，今後他要做「深」一點的事。這裏他就談起

「深」與「淺」來。他說這些年來他所奔走和事情都是最淺的起碼的事，譬如在抗戰期間奔走團結，勝利以後奔走和平，他說好些「淺」的事是不能解決根本問題，要解決中國的事，必須做更深遠的工作。他又說到國大和制憲的事，他說無論時局好轉與否，他是決計不參加國大的，因為他已想到制出來的憲法，一定是將西洋的一套和孫中山先生的五權憲法與五五憲法相拚相湊，結果制出來以後只不過存在一兩年，最多也不能超過三年。

　　苦於內爭不易解決，苦於和平不易立致，這位奔走國事的老人想到更遠更深的地方去了，然而眼前的事究竟還擺在目前，我們是不能不管的。我不禁歎息著團結真相如針眼，我們這位駱駝穿了好幾年也穿不過啊！他顯然是太疲倦了。

張東蓀快刀斬亂麻記
——政治攻勢到北平

「和平」以還，一年來北平一直是個軍事城，飛來飛去的都是軍事大員，然而在前天（十一月十八日）由於民主社會黨的兩位代表飛來，石頭城裏的政治攻勢竟也攻到這與政治絕緣的古城裏了。

風雲際會，國民大會「邊開邊等」，造成了民主社會黨舉足輕重的地位，張君勱先生遂成了政府方面追逐的主要對象。然而他個人不能單獨決定該黨的進退方針。據悉，民社黨有七位中常委，在滬者四人，即張君勱、蔣勻田、孫寶剛、葉篤義；在平者三人，即張東蓀、胡海門、梁秋水。其中以「二張」為該黨之首腦，所以民社黨如有任何行動，必須取得留平黨員的同意，尤其必須取得張東蓀先生的同意，如此這般，此番民社黨在京宣佈參加國大之先決條件後，就派了孫寶剛和葉篤義兩人來平徵求意見，要緊的就是邀請張東蓀先生南下。

當孫、葉兩人抵平消息外泄後，在記者圈裏激起極大的衝動，這是軍事城裏罕有的政治新聞，但跑慣了衙門抄慣了官報的記者們卻感到了有些茫無頭緒。他們忽然想起了與新聞記者廣結善緣的劉清揚女士，於是紛紛踏進她的住宅，探問究竟，並且要她「領隊」前往燕園訪問東蓀先生，於是幾部小汽車浩浩蕩蕩開往西郊。

東蓀先生正在會客，當劉女士進去說明來意後，他先說了一句「劉大姐請坐」，接著就在房裏大呼「新聞記者絕對不見」！這樣劉女士在得到他一句彼本人絕不去京的答覆後，就走出來向記者們宣佈了這個不愉快的通告。但記者們是不甘心的，左纏右磨，終於張太太出來了，說張先生有事不便會客，回頭有消息當即送上。記者群得到這個「法定代言人」的一句不著邊際的答話後，再也無可奈何，只好打了退堂鼓。幸而還是劉女士善言相慰，她說根據她的觀察，東蓀先生所會的客就是上海來的代表，因為事體嚴重，還沒有得到一個決定，所以怕見新聞記者，而同時的城裏，記者會到了東蓀先生的公子，在吞吞吐吐中也露出了上海代表確已抵平的消息。

　　劉女士的觀察是對的，那天下午，孫、葉兩人下機後，葉直趨燕園，孫則進城赴胡海門宅，即在當晚召集該黨留平黨人在胡宅舉行會談，這是最緊張的一個晚上。

　　翌晨，張東蓀在清華園潘光旦處會到了梁漱溟，交換了意見，這樣該黨留平黨人的態度才決定下來，並即派胡海門當日飛京轉達。

　　據悉，民社黨所以如此緊張，蓋因政府已答應保證通過民社黨所主張之民主憲法，所以該黨如不提出國大名單，實在有些「礙難為情」，他們現在所顧慮的就是政府保證的可靠性，但據某民盟人士稱，如果政府真有這樣的決心，和談又何至中斷？

　　下午三時，張東蓀在城裏寓所約見本報記者，他宣佈了他的意見。

　　他首先說明他個人的態度，他說曩昔在重慶舉行政協會議時，他就決定不參加國大，其時民盟預定一百二十名代表名額，他就把他的名字立即抹去，所以他之決心不參加國大已不自今日始。他說他是從事教育工作的，他只能以三分之一的時間來作政治活動，又說在他燕大天天有課，絕不是一兩個電報就能把他隨意催去的。

　　接著他說到他對當前政治的主張，他說：中國目前迫切需要的是和平，有和平才可以挽救經濟的崩潰，而其方法就是裁兵。裁了兵就可以不打仗。這樣也就是說，必須使國共雙方解決爭端，所以目前政治上唯一的課題就是恢復和談，就必須：（一）絕對中立；（二）以堂堂正正的態度，不偏於一方，不開罪於兩方。民社黨須如此，才能留有迴旋餘地，才能重作調人。所以，──他著重的說，民社黨不參加國大，要比參加好的多，對國家的前途較為有利。

　　談到調人資格時，他說將來如果恢復和談，第三方面的陣容必須重新予以調整，因為有的已經喪失了調人資格了。同時，他主張和談仍循政協路線，不贊成重起爐灶。末了，他說：「這就是我的意見，我已托他們帶給張君勱先生。」

　　當天上午，來平的代表孫寶剛亦接見記者，談到參加國大問題，他說：參加，並非即與國民黨合作；不參加，亦非為共產黨幫忙，在民社黨本身，絕不會因這個這個問題宣告分裂。又說：國大倘能產生真正之民主憲法，則民社黨即不參加亦當贊同，否則，縱參加亦必反對，──由這幾

句簡短的話裏，不難窺見該黨的路向。他說他這次來平，是溝通南北兩地黨員的意見，而在平所談者，並非決定性質，仍須北方黨人南下實地觀察與討論後，始能作最後決定。

昨日（十九日）夜張東蓀接得蔣主席由京來電，敦促他即日赴京商建國大計。這樣，這個政治攻勢已達到了最高點。今晨本報記者往訪，他說他已致覆，說他一時不能離平，但願隨時貢獻意見。

決定就是決定。記得前些時有記者訪問時，他曾盛讚張君勱「很有政治學者的風度」，這句話，無疑也是他本人最恰當的評語。

民社黨留平黨人今天還在開會，孫、葉兩使將偕新由東北來的萬戶千侯北人兩黨於廿二日南飛。但不管他們黨裏意見如何，這位北方重鎮的主意已經拿定了。

梁秋水慷慨悲歌
——故都政治攻勢中

「多謝故人珍重意，久甘岑寂舊生涯；愧無三徑能栽菊，猶有一畦堪種瓜。

漫道鵷雛爭腐鼠，卻憐彩鳳逐群鴉；閒來誰與謀排遣，日過南城賣酒家。」

這是梁秋水先生堅拒張君勱氏南下的請求，寄詩以明志的，在這次民社黨參加國大的漩渦中，在北方能挺得住而且站得穩的除張東蓀、胡海門外，另一個就是梁秋水先生。他們三個是民社黨北方的三元老，其中尤以梁先生資望最老，而且風骨最為嶙峋。當報章把梁先生寄張君勱的信和這首詩發表後傳誦一時，莫不以為燕趙之地又見慷慨悲歌之士。張東蓀曾有信給他，這樣寫著：

「秋水老兄：每次入城，皆以時間短促，未克趨談為恨！今日見報讀公致君勱日書並詩，使弟拍案叫絕，佩服至五體投地矣。我公畢竟不凡！有人告弟學生界將有連（聯）名函向公致敬，公真人傑矣。」

北平學生界確是有致敬的準備，我也就是懷著深深的敬意，在一個朔風怒號的日子登門晉謁，承蒙不棄，在小屋裏談了整整一個下午。

他首先說他也是一個報人。在民國三年至五年之間，他是英文《京報》的編輯，跟陳友仁是同事。在五年六年期間主編當時進步黨的機關報——《晨鐘報》，其後由七年一直到十三年又續編英文《北京導報》，最後該報改組，由王正廷接辦始告脫離，而從此以後就閉門家居，二十年來如一日。

他說他現在雖然已經六十四歲了，但脾氣一如少年之時，他激烈地反對過袁世凱，他更反對任何時代的袁世凱——暴力的代表者。他說當北平淪陷時，日人曾經來打過他的主意，但他以「富貴不能淫，威武不能屈」這句話堵住了他們的口。他說凡是失身事敵的，都是因自己意志不堅決，日本人只找過他一次，深深敬佩他的人格，就再也不來麻煩他了。

勝利之前，在北平做地下工作的黨部人員和他交接過，他以「切勿使中國變成西班牙第二」來警告他們。勝利以後，也就是「劫收」之際，他曾向蔣主席七次上書，講述接收大員非法擾民之事實，並謂今日人民亟需休養生息，牧羊之官吏不餵草料也罷了，甚至連剪毛還覺不過癮，竟一不做二不休殺了它們吃肉穿皮了，又說孔子時代形容苛政猛於虎，但今日之執政者實無異千萬個猛虎，七封書寄到重慶，真如泥牛入海，杳無音訊，其後蔣主席來平，曾經飭人致意，但他沒有去見，因為他覺得見了也不會有什麼效果的。

在最近三個月內，他曾經寫了一篇文章，題目是《不黨論》，申述他對黨派政治的見解，投之於《世界日報》，沒見登出來；本月初又寫了篇《國民身份證論》，投之於《大公報》，也沒見登出來。他很憤慨，他說在這兩篇文章末尾，都署名蓋章注明文責自負的，但仍然登不出來，輿論云乎哉！

我請求看看原稿，他說概沒底稿，但願口述一次，我依稀記著他的大意。

在《不黨論》裏，他首先解釋「黨」字，按《說文》「黨」從尚從黑，與夏商周三代之尚赤尚黃尚白是一樣的意思，黑是一種最不吉利的顏色，如死了人要帶黑紗，人無心肝是黑天良，可見黨之尚黑，即表明黨是要不得的。所以孔子說過「君子窮而不黨」。歐陽修也作過《朋黨論》，備言黨之為害。他說從宋元佑黨人，明東林復社，清季革命與維新，民初立憲與進步，以迄今日之國共兩黨，黨爭愈演愈烈，其結果國家與人民皆為黨所毀。

繼說：各黨政綱上都載明福國利民，而黨人行為則適得其反。清末革命為反對滿清帝制，而今日卻抬出了無數個帝王。人民所受痛苦之深，若與滿清時代相比，真有若天淵，使人反覺滿清時代直如唐虞之三代盛世矣。

八年戰爭，人民顛沛流離，苦難不堪，一旦「和平」莫不希望小康，乃內戰突起，其慘酷較之對外戰爭尤烈。項羽曾說：「天下洶洶為吾兩人」，今日人民所受痛苦，亦無非為蔣、毛兩公。蓋內戰所犧牲者為人民，為地方，而兩黨不與焉。所謂福國利民竟成禍國殃民，何貴乎有此政

黨？故敢請蔣、毛二公一同下野，其他青年黨、民社黨以及民盟諸黨亦一同解散，從此以後中國不許有政黨組織，人民庶可稍得休養。老子云：「聖人不死，大盜不止。」敢煩蔣、毛二公放下屠刀，則中國四萬萬五千萬同胞當一齊拜跪謝恩矣。

他的「不黨論」，大意如上述。他把國共兩黨等量齊觀，這可說他的生活使他的認識不能再前進一步。他的「國民身份證論」是這樣的：

他說國民身份證有四不該：第一是勞民傷財，這和日本人的居住證全無二樣。日本人的目的是牽制人民，防止間諜，官吏又從中漁利，我人處敵偽壓迫之下，無可如何。一旦勝利，人民撕之粉碎，如釋重負，乃不圖黨之政府亦來此一套，照像要六百元，領證要三百元，手續煩忙，老百姓鬧得雞犬不寧，而效果則等於零，徒然勞民傷財。第二，蓋指模完全是污辱國民人格，鄉下賣兒賣女賣老婆要蓋指模，斬殺江洋大盜要他蓋指模，然而這都是蓋一個指模，習慣上已認為是極其可恥，今則要人民蓋十個指模，是否政府指導人民都看成賣兒賣妻的對象，甚或是把人人都當作江洋大盜？污辱國民人格莫此為甚！第三要鋪保更為稀奇。普通要保，是為借錢租房或為刑事民事，保人只負有限責任，但此證卻要負無限責任；四萬萬五千萬人民與政府並無這種關係，試問要保什麼？第四是要填寫動產，更是荒謬。不動產還容易填，試問動產從何寫起？莫非一草一木都要填了進去，那這區區一紙如何放得下？最好請政府要人先生先把他們的財產填報出來，登報示範，好教老百姓依樣填寫。

梁先生愈說愈憤慨了。

在他的全部談話中，深為張君勱惋惜，說他什麼都好，就是心軟，經不起小人的包圍，他說今春張君勱來平市，曾由湯薌銘領路前來看他，湯並帶有隨從多人，堅要他赴宴，看情勢大有架走之意。他急中生智，說回屋換換衣服，就從後門溜之大吉，而湯則仍在前門死等。過了一個鐘頭，問明究竟，才垂頭喪氣而去。翌日，張君勱一個人來，說湯是老朋友，可否複交？他老先生斬釘截鐵地說：雖是老友，但既然喪失政治節操，斷不能與之復交，誓不再與之相見！（按湯係湯化龍之弟，曩與梁等同為進步黨之健將，在北平陷敵時期與敵偽有所勾結，現在化名湯住心，為促成民社黨參加國大之有力份子。）

他又談起諸青來，說當日諸某南下參加汪記政府時，曾說這一次是壓寶，他相信能壓中。梁老言下哈哈大笑。記者問他諸某現在哪裡去了？他說並沒有抓起來，已經逃往蘇魯邊界一帶躲起來了。這是民社黨前身國社黨鉅子中最初落水的一個人的下場。

以後又轉談到民社黨本身。他對於張君勱這次「上半段」的行動，還能曲予原諒，說根據張本人說話是為了制憲大業。但如果國大閉幕後，又參加政府行政，做起官來，那就再也不能顧念這三十年來的交情了。他說為張君勱，他曾大哭過一場。

「哼！青年黨曾得了十五萬萬，你參加國大是為了什麼？」門外朔風怒號，但掩沒不了梁老激昂的語氣。

末了我把梁老的近作選錄兩首，以見這位燕趙老人的心情：

《重陽與孫桂聯抵東門城郊》：「四海總揚劫後塵，亂離今見幾人回。撫膺同歎楚氛惡，懸目獨憂越寇深。尋菊依然空有淚，插萸能否便無災。三年闊別逢重九，盡此新亭酒一杯。」

《九日與孫桂聯飲村肆》：「莫嫌村肆陋，小飲即神仙。酒債無人問，盤餐得自便。舉杯邀阮籍，移席說陶潛。乘醉不歸去，與君樓上眠。扶醉欲忘世，登樓忽悵然。秋邊聞戰伐，劫後望山川。野哭無乾土，鄰炊有斷煙。再休逢此夕，風雨自年年。」

再寫梁秋水老人
——故都二次政治攻勢中

提起筆來，再寫這類的報告，實在有無限感慨。以目前的情況，與去秋我初寫梁老時相較，雖然只隔了一個冬天，卻發生了多麼大的變化。這是一個長的多夢魘的冬夜呀。

國大閉幕，軍調部撤銷，古城裏第三方面的人物一個個冬眠起來。他們不再說話，不再與新聞記者見面，兩次保障人權的宣言裏沒有他們的簽名。張申府先生不再預言，劉清揚女士在臥病，吳晗先生鑽在舊書堆裏發掘新史料，張東蓀先生則閉門寫他的「平和」回憶錄，（他用「平和」兩字實具有批判的意味，蓋「平」而後始能「和」也。）潘光旦先生則鬮謠之不暇。

在這種時候，能出來說話，而且真能向官家抗爭的，除了那些布衣之士（言無任何黨籍也），《世界日報》所謂「反黨的教育界」人士之外，就只有梁秋水老先生了。

梁秋老並沒有什麼明確的政治主張，這可以從他的「不黨論」裏窺見一二。他有的是嫉惡如仇的精神和對現實不妥協的勇氣。最近他寫了一篇文章，題目是《民眾起來自衛》，大意是內戰既已無停息希望，長此下去，老百姓將為雙方所迫全部充了炮灰，所以他主張各鄉村人民自動武裝起來，保境自守，任何方面的徵兵征糧都一概拒絕，如有來犯者則予以迎頭痛擊，他提到了紅槍會等可以效法的實例。我們先不論他這種主張能否實現，但從他這種觀點裏，卻可窺見他已深感於和談的無用。

他之提出這樣的結論，是活生生的現實所促成的，他鑒於蘇北鹽城與冀西的滿城，經過數度的雙方拉鋸戰之後，全城僅存的只有一二個老嫗，而臺灣的事件更給他這種想法一個有力的參證。他哀國哀民，憂心忡忡，滿腔的悲憤形之於詩歌，在這些時日，他接連寫了《哀鹽城老婦》、《生民盡》、《哀某村兄弟》、《哀臺灣》等。又當北平深夜大檢查大逮捕的時候，全城噤若寒蟬，莫敢聲張，他卻高詠《狼謠》、《鼠謠》，極盡其

嬉笑怒罵之能事。「社有鼠，城有狐，狐善媚，鼠盜糧，莫不縱橫得志而跳樑。籲嗟乎，夫何怪今日民心之惶惶！」這幾句詩在古城是傳誦一時的。

當北平大捕人事件發生後，中外出版社經理張某及其夫人與店夥共五人被逮，張之友人到處設法營救，苦無門可入，忽想及梁老肝膽照人，即冒昧登門求見。梁老對於一個素不相識者的請求，竟慨然答允，並即向行轅馳書請釋，說：張某有無嫌疑殊不可知，惟張彭氏撫育兩小女孩，一僅兩齡，一則初生未滿兩月，縱令其父母犯有嫌疑，而此兩嬰兒固無人照管，恐將饑寒而死；請為人道計，務求查明，令張彭氏取保開釋。這封信遞了上去，果有反應，行轅辦公廳主任親臨梁宅致意，也說一個家庭婦女是可以釋放的。此後梁老接過三四次電話，說張彭氏已經放也來了。然而每次都是謊話，一場空喜歡。直到今日仍無音訊。

不料事雖未成，而梁老的講情面而救人的風聲卻傳了開來。有好幾個被捕者的親友都來托請。就中有一位是某某茶葉公司的經理，這人還是梁老的熟人，他也被捕了。來托請的說據說能出兩千萬就可以放出，可否請梁老講講就出一千萬吧，梁老聽後大發雷霆，大喊：「我梁秋水保人還要出錢嗎！混蛋，滾出去！」

梁老的脾氣是大得很的。

「國大」閉幕後，民社黨決定參加政府了，黨中人是迫切需要北方的梁秋水、胡海門和南方的伍憲子、李大明出來撐撐門面的，於是對梁、胡的第二次政治攻勢開始了。先是張君勱馳電相約，繼而又決派盧廣聲、陳邦候、陳景堯等三位肉請帖前來恭請。但是這位客人不待主人動身，就來一個先聲奪人，他致電滬上民社黨總部，說：「張君勱背信食言，彼縱有面目來見我，我實無面目見彼。」打了這樣一個「絕情絕義」的電報之後，三個肉請帖也就不再想來碰釘子了。

胡海門原來也決定絕不南下的，且屢次表示，秋老的意思就是他的意思。有天記者往訪，適值他們兩位在「會議」，梁就以臺灣事件為題說：「像這樣的政府，我們能參加嗎」胡亦深以為然，連連點頭。梁且長歎息道：「我老了，要找花瓶，應該找些年輕的呀！」

在此必須一提的，就是梁對於民社黨中一些熱中富貴的投機份子是非常痛恨的，他對於湯薌銘和陳邦候是尤為憤憤而不屑與之為伍的。湯和陳

在敵偽時代都是不乾不淨的人物，當上次梁決定南下時，曾對記者群發表一個書面談話，沒有想到這個書面談話還有過一個可笑的插曲。原來這個談話是由梁口講而陳邦候筆錄的，陳於筆錄之後就私自另外加寫了一段，給他自己作自我宣傳，說他在淪陷時期怎樣怎樣做「地下工作」，而現在又為了促進黨中團結，犧牲了自己的工作，決陪梁老南下。陳最初欺梁眼病，不會發覺的，不料梁偏令他的兒子讀了一遍，秘密揭穿，梁大為憤怒，如果不是陳當面再三請罪，梁是絕對不帶他去的。現在陳南下之後，果然一帆風順，已成了黨中要角，過去種種當然都已洗刷得乾乾淨淨了。

　　現在胡海門南下了，南北只剩下伍憲子和梁秋水兩人遙遙相對，互相輝映。南北路遙，北方不悉南中情況，但在北方，梁秋老是頗可以代表古城的正氣的。

古城的怒吼
——記北平學生萬人大遊行

民國三十五年十二月三十日，這受苦受難的北平城，它經過了日本七八年的蹂躪，又經過了美兵和接收人員一年半的壓迫，忍無可忍的，這天突破十年來的沉寂，張口怒吼了！一支熱烈奔騰的大鐵流（至少是萬人的大遊行），在零下十五度的酷寒氣候中，穿過古城大街小巷。憑他們的高度熱情把古城人們心上的寒冷消融了。幾乎家家都打開了大門，用一對驚異與興奮的眼睛望出去。等他們知道了是怎麼一回事時，都不約而同地隨著大隊高喊起來，多少喉嚨合成一個巨響：「反對美軍暴行！」「美軍退出中國！」

這次大遊行的近因是美軍強姦北大女同學沈崇小姐。在事發之後，北大學生因為同學關係，較一般人更為憤慨，又因為官方的多方為暴徒掩飾洗刷，益增反感。這些熱血奔騰的青年們再也忍不了這雙層的壓迫（美兵的暴行和官吏的無恥），終於挺起身來組織了「北大學生抗議美軍暴行籌備會」。在二十七日那天，在紅樓貼滿了各種壁報和佈告，都是控告和抗議的字眼，並主張罷課一天遊行示威。

然而當同學們這樣熱情澎湃地呼號時，身為北大訓導長的陳雪屏卻冷言冷語地說：「該女生不一定是北大學生，同學何必如此鋪張？」北大學生聞悉憤恨已極，即貼出斗大字眼的告示，說：「如果是你的媽，你管不管？」（在事後確實調查，卻發現了這位被強姦的沈小姐竟還是陳雪屏的親戚！緣陳妻為閩侯林琴南家的族女，而沈小姐的母親也是林家女兒，你看這是多麼大的諷刺！這事實的諷刺真是近於『殘酷』了！）

隨著陳雪屏的冷言冷語，在第二天，北大各院的牆上發現了一個「情報網」的佈告，寫著三條「本報專電」，大意說這次強姦事件是延安方面所發動的苦肉計，派其「八路女同志」來平引誘美兵成姦，以便擴大宣傳發動學潮。此外還有一些隱語，什麼「罷課吧，史達林的信徒」等等，其中有許多是文詞不通的。

　　北大同學在這樣的「政治攻勢」之下，絕未動搖，籌備會決定在二十九日晚開會宣佈三十日罷課和遊行。但是在開會的時候，突然來了中國大學的學生和一些不三不四的人物，手執木棍，腰懸手槍，霸佔會場，要求立即開會。籌備會見來勢不佳，宣佈停開。彼等竟喧賓奪主，自行召開，成立所謂「北平各大學學生正義聯合會」，罵了一頓蘇聯，做好幾項決議，什麼「誓為政府後盾抗議美兵暴行」（不知他們哪裡聽說政府抗議過），什麼「決不採取罷課遊行手段以免荒廢學業」等等。會開完了，就動起手來，把會場尤其是籌備會的所在地全部搗毀，又分頭出去把校中所有佈告標語一一撕去，臨末又捉住兩個籌備會的同學，大聲恫嚇，要他們回去告訴籌備會，明日不得遊行，否則以機槍對付。

　　繼「政治攻勢」之後，又來了這種「軍事行動」，籌備會表面上是瓦解了，然而點燃在北大同學們心底的憤恨愈益強烈。在天明的時候，（就是十二月卅日）校牆上又貼滿了佈告和標語，痛聲咒罵昨夜暴徒的行動，大操場上三三五五站滿了人群，然而就在這萬目睽睽之下，有一個穿黑長袍的不像學生的學生，一手摸著腰際的手槍，一手前來撕佈告。這種行為立刻激起了全操場人群的憤怒，群呼「打狗」，他拔腿就跑，但他終於被執住了，沒有打他，卻給照了一張像，教這個「北大操場上的英雄」英容永在。

　　空氣一刻比一刻緊張，忽然見有一大群學生擁著一位老者從紅樓那方面走來，老者在中間怒吼「我在北大十多年了，我從來沒有看見過北大被外人打進來過，我是向達，看你們誰敢來打我！」原來是歷史系教授向達先生。因為他進門時看見有人撕去宣佈罷課的佈告，另貼本校今日照常上課的條子，上去質問，致激怒了一些不像學生的學生。他們辱罵他，甚至想打他，大家依稀還聽見後面有人在叫「老不要臉，以老賣老！」在操場上的同學明白了是這樣一回事，齊聲高呼：「擁護向先生！」於是向達先生就在這般同學保護下離開了學校。

　　新聞記者群走向北大的校長室，這裏有北大秘書長鄭天挺，和清華校長梅貽琦以及周炳琳、錢端升諸教授，有兩位同學在哭訴校外份子來北大行兇以及向達教授被辱這些事。鄭天挺安慰了一番，說學校必想辦法，周炳琳教授則慷慨激昂，大聲說：「黨派必須退出學校，而國民黨應首先退

出！」這裏電話鈴響，原來是訓導長陳雪屏來電，說他今日因病不能來校了。陳先生病的真巧。

北大、清華、燕京等校負責人召集了一個會議，決定對學生遊行不加干涉，並與治安當局洽商保護學生，同時聽說行轅和美方軍事當局也協商過，這一天禁止美兵外出。（連軍調部美方人員都沒有回家吃午飯，都在辦公室啃麵包。）

時近午後一點鐘，中法大學同學高舉校旗走進北大操場，掌聲四起，北大同學高呼歡迎，緊接著朝陽大學也來了，北大也就把校旗抬出來，插在司令臺上。這時周炳琳突然出現在操場上，同學就高呼「擁護周先生恢復五四精神」！原來周先生正是當年「五四」健將，轉瞬三十年，如今已兩鬢如霜了。看著黑壓壓滿操場的人群，眼裏透著喜悅的光芒。

移時，清華和燕京的大隊也來了。他們是從九點多鐘就徒步出發的，走了四五個鐘頭才到北大，當經過輔仁的時候，他們駐足高喊「歡迎輔仁同學參加」，同時以手向宿舍樓頭招手，輔仁本來沒有組織的，臨時看見這種景象，熱血沸騰，就紛紛響應，一群群自跑出校門，加入大隊，他們還急急忙忙在鋪子裏買了些布製成一面大旗。

一點半鐘，約有萬人的遊行大隊出發了，為首以「抗議美軍暴行」的大纛領前，其次清華大學的隊伍約有兩千人，再是燕京約有千人，夏仁德教授和雷潔瓊教授都參加其中，接著是朝陽大學約五百人，中法大學約二百人，輔仁約有八百人，師大約一千人，交通大學約百餘人，北大先修班約五百人，最後是北大各院約三千人，匯合成一支萬人的大洪流。

這是「一二九」以後十年來北平城裏首次的大遊行。那次是對日本，這次卻是對美國了。歷史夠多麼殘酷！大隊直奔軍調部，沿途看不見一個美軍，只有一個美國人隨隊前進，他是《紐約先鋒論壇報》的記者，他說他要據實報導給美國人民。到達軍調部時，大門已緊鎖，當被大眾貼滿了各式各樣的請美軍撤退的標語。這時樓上卻擠滿了美方人員，於是每個遊行的學生經過門口時都用手指著門，大呼：「Get Away From China！」

離了軍調部，大隊直趨東單操場，這兒就是美兵實施暴行的地點，同學們紛紛演說，北大和清華的女同學把她們仿照「義勇軍進行曲」編制的「抗議美軍暴行曲」唱給行人聽，有的聲淚俱下。這時操場正面的美兵營

牆頭上探出幾個美兵的頭來，一個同學走上前去用英語告訴他們說：「中國人民要求你們回國！」他們異口同聲地回答：「Yes We Want！」再想說什麼時，美憲兵趕過來把他們趕走了。

這裏還值得一述的，就是燕大、清華的同學是從黎明五點就起床，八點由校徒步出發進城，一直走到東單，已經走了七個鐘頭，不但未息一步，而且粒米未進；這時他們才把北大同學帶來的饅頭拿出來充饑，而更感人的是北大三院的工役自動老遠的抬著大桶開水來供應同學。

大隊離開東單操場，向西行進時，突然有手持中國大學校旗的隊伍約二百餘人前來參加。這個隊伍喊的口號是：「打倒中國共產黨！」、「打倒共產黨員走狗！」、「打倒朱毛！」、「要求蘇聯軍隊撤出大連！」、「蔣主席萬歲！」等。大隊發覺了這群不速之客的來意後，糾察隊立即嚴密戒備，同學都三人一排，互相緊緊挽手，以免被人衝破行列，同時把大隊的六個口號，一萬多喉嚨高聲喊了一遍，把那二百餘人的叫囂完全制壓下去。那六個口號是：「抗議美軍暴行！」、「嚴懲肇事美軍！」、「美軍立即改變對華政策！」、「美軍撤出中國！」、「維護主權獨立！」、「民主新中國萬歲！」

大隊原欲往行轅請願，但當近南池子口時，中大的隊伍突然離隊飛奔向前，大隊就立即停進，改變路線轉入南池子。這二百多個不速之客反而被摔脫了，回首望了半天，沒奈何獨自走向行轅去。大隊的主席團得到了可靠的情報，遂決定為避免不幸事件發生，當即發出各校各歸本校的命令，解散了大軍。但另推二十餘代表赴行轅請願。

這二十多個代表是抱著「單刀赴會」的精神的，當他們到達行轅門口時，就被那二百人的隊伍所包圍，高呼反對共產黨的口號，並向他們中間擠來擠去，他們躲躲閃閃，抱著決不惹事的態度，作著最大的忍耐。後來行轅知道了，派員警來驅走了那批中大學生，這二十多個代表才又推出兩個代表來進入行轅，呈遞了請願書，內容如下：（一）請中央立即令美軍自中國撤退。（二）中美組織聯合法庭公審兇手，在判罪後遊行示威。（三）要求美軍在未自中國撤退前，繼續與中國人民隔絕，以免發生類似之不幸事件，影響中美人民感情。（四）公佈事實經過之真相。行轅李主任未在，由政務處張科長代見，允為代轉。代表辭出，這樣就結束了這一

次的大遊行。這次遊行之能未生意外，一因最高軍政當局之手腕靈活，亦因大隊主席團根據昆明遊行經過，極力避免與挑釁者衝突，使其無機可乘。

據熟知內幕者稱：這次遊行之能實現，實在於某種人物意料之外的，他們滿以為二十九日晚在北大會場的大示威，一定已經消滅了北大同學的勇氣。事實上這也確是事實，若非清華、燕京之進城，北大亦僅止於罷課而已。這支城外部隊冷不防插了進來，遊行形勢已成，這才使「英雄」們忙了手腳，臨時從中國大學搬救兵。中大學生是極其散漫無組織的。「英雄」們號召參加抗議美軍大遊行，同學們信以為真，踴躍入隊的最初也達千人以上。可是等到行至中途，聽見他們的領隊喊出的口號時，才發覺受騙，紛紛散去，最後僅剩下一二百人。一二百人與萬人相對，力量實在是太微弱了，還能起什麼作用呢。

有人說：這次遊行雖是為了抗議美軍暴行，然而大隊所防範的敵人不是美軍（甚至美軍自己也說願意撤退），而圖謀破壞大隊的也不是美軍，說起來真使人痛心：這是中國人中知恥對無恥之爭！

最可恥的「黃河之戰」

　　當去歲共軍奪長春時，《大公報》曾咒以「可恥」兩字，而現在，當整個北方的土地都快要燒焦了的時候，另一方面竟以黃河為武器而作為內戰的資本了。

　　自然黃水比機關槍、大炮、原子彈都要厲害，甚至比原子彈的威力還大，因為一枚原子彈的殺傷力絕對沒有黃河來的廣大。這使我們想起了廿七年的花園口的決堤。那時說是為了保衛中原，不惜犧牲，放黃河以阻敵人，這一「犧牲」是豫東的中牟、尉氏與皖北的太和、渦陽等十六個縣份的陸沉，三十多萬人民死於非命，六百萬人民失掉了家園，這苦難一直繼續了八九個年頭，以迄今日。

　　勝利以後，政府在內戰的炮火迷天漫地之中提出了「黃河歸故道」的計畫，這計畫說做說做，而且得到了美方的支援，也幸而得到中共方面的同意，據中共方面宣稱，他們同意「黃河復員」實在是忍痛答應的，因為黃河故道由長垣至利津入海，共經過廿一縣，長達八百公里，百分之九十以上是「解放區」的地區，將影響七百萬人民的生命財產，又說黃河故道經過了八年之後，經人民墾荒植樹，廣袤的河灘已經點綴起一片片油綠的麥田。譬如東平縣已有三百頃荒地變成了良田，利津近海的區域已幾乎是「滄變海為桑田」。又說黃河一旦回來，僅鄆、鄄、濮、壽、範、昆六縣就將有八百五十六個村莊陸沉水底，三十七萬九千多人口要失掉生命和家園。

　　這樣，在去歲一月間，政府提出復員計畫後，共方即與政府及美方在開封集會協商，會後合組勘查團，赴故道實地看看，經道一周的勘查，當時黃河水利委員會委員長趙守鈺就說：「百分之三十的堤壩需要完全重新修補。」因此緊接著又有四月十五日的荷澤會議，三方作過下列的協議：（一）故道先行浚河復堤，然後再在花園口堵口放水；（二）河道內村鎮遷移費已確定概算標準，由水利委員會轉呈行政院撥發；（三）施工機構由雙方派人合組；（四）逐步修復有關之交通，但保證不作軍用。此外並決定給予共區複堤工款二百六十四億，以及居民遷移費每名十萬元。

在這次荷澤協定之後，政府撥給了共方六十億復堤款，而河床居民遷移費則迄未發下，共方認為這是先決條件，須俟先決條件履行，然後始能開工，政府卻不顧共方修不修，自己先積極動起手來。早於三月一日就正式動工花園口堵口工程，以迄十二月初，口門舊線樁已經接合，大量拋石，距水面已不足三公尺，於是月中旬就已有一部分水流入故道。根據政府方面的報導，說：「在復堤方面，我方之堤段已陸續完竣，僅接近中共區之處時被阻撓，施工困難，無法如期完成。至中共區域以內堤段之修復，與歷來預定標準相去極遠，據聞甚至有將堤整段夷平，全失防水效力者，且有絲毫未加修復者，將來正式全線放水時，險狀不言而喻。」

如此這般，這方面決心要堵口放水，那方面決心不答應，到後來這方面就不管你答應不答應，我一定要放水，而且事實上已經放出一部分來了。

中共方面著了急，當司徒大使這次來平時，葉劍英當面大發雷霆，董必武也在南京正式提出抗議，他們要求堵口緩期五個月，並要求把欠款和居民遷移費發清。

政府迄今無同意的表示，但我們從中央社的報導中，知道政府決心要及時堵口，「因為凌汛時期一至，冰塊排山倒海而來，全部工程將盡付東流，故堵口必須在凌汛以前完成。」又說：「故道原屬河床，人民本不應居住」，又說：「黃河故道一片荒涼，極少人煙，中共聲稱遷移故道居民向中央要求鉅款，實係別有企圖。」末了說：「共軍自攻陷巨野、嘉祥，複以黃河故道積極活動。」這句話真是「畫龍點睛」，道破了心事，這說明了不管原初動機純正與否，而在目前是把黃河作為了武器的。

中共方面發言人說政府是「假談判，真放水」，企圖淹沒黃河下游七百萬居民，更企圖把蘇北和魯南「解放區」與冀魯隔絕。中共既這樣推斷政府的本意，所以就宣稱：「必要時，當地民眾將採取自衛自救之行動。」而政府方面就解釋這個「行動」是：「當黃河歸故道時，將攔河築壩阻水及中途破堤決水，促成仍淹冀豫之企圖。」

說到這裏，雙方的心事都已全盤托出，就是你要放水淹我，我也就放水淹你。

然而淹來淹去，都是哀哀無告的老百姓啊！華北的人民已經遭受了八年外戰，一年內戰的苦難，臨了還要製造一場洪水把他們衝洗的乾乾淨淨嗎？

　　執筆至此，不免想起了司徒大使於這次會晤葉劍英之後對記者所談的話。他說：國共雙方從來沒有同意過一件事，只有在這黃河問題上取得了合作，希望以此事為模範，雙方把合作的範圍逐漸推廣。——原來這完全是欺人自欺的幻想！

戰爭與和平
——聽三方面人士談和戰前途

調處三連環拆散後，內戰不宣而正式展開。一年來一切和平的幻影至是徹底粉碎，中國的前途只能決之於戰場了。北方的輿論界如《新民》、《世界》等報曾著論說要打就盡速的打，趕快打出一個結果來。這一種絕望後的悲鳴，可說是大部北方人的心聲。

既然非打不可了，那麼打的前途究竟如何，這又成了一般最關心的題課。記者有幸在一個短的時期裏遇到了幾位先生，尤其是國共雙方的負責大員，分別聽了他們對戰局的看法。

第一個是國共雙方以外的，可說是第三者的觀點，如果說「旁觀者清」，那麼他的意見是該值得重視的。他劈頭說，戰爭對共方最有利的一點是他沒有死守據點的沉重負擔，他可以機動作戰。至於國軍方面本身卻有三個難以克服的困難：（一）是都市與鄉村的矛盾。國軍僅能佔據著都市，廣大的鄉村都在共軍掌握中，共軍可以隨時出沒。更重要的是經濟封鎖，都市會讓鄉村給活活纏死，譬如冀東「綏靖區」，整整快一年了，永遠「綏靖」不了。（二）是關內與關外的矛盾的。因為國軍兵力不足，關外有事時，關內必須停頓，反之，關內有事時，關外就必須休息；駐在關外的幾支勁旅是常常調來調去、出入山海關的。共軍針對著國軍這個弱點，就捉迷藏似的，對關內外國軍展開走馬燈式的戰事，一年來這種例子很多，不必細舉。（三）是中央與地方的矛盾。中央與地方當局雖然同以共軍為死敵，然而又因為系統之有別，猜忌心理之不能泯滅，有時就會很微妙的產生一種三角形勢，或者說是借刀殺人的形勢。譬如前些時，南京發生過不少倒這倒那的「運動」，倒閻啦，倒馬啦，倒李啦……等等，被「倒」的沒有一個是正統出身的官吏。中央與地方間既存有這種芥蒂，在對共作戰上自然會減少效力的。在北方這種事實隨處皆是。目前的北平就是一個極現實的例子，誰不知道某某長官已經稱病多時了呀。

　　第二個是大同的統帥楚溪春將軍。在最近一個座談會上，聽到了這樣一位國軍指揮官坦白的答問，使人對戰爭有不少更深切的認識。楚將軍是十分豪邁的，有問即答，且極誠懇。他先解說共軍在全國分佈的情況，他說共軍主力在山西，例如共軍重要將領中的賀龍、劉伯承、聶榮臻、王震等部的根據地都在山西境內，陳毅、徐向前之在魯蘇，林彪之在東北，都是新軍。他說聶榮臻的部隊是共軍的精銳，因為聶部最先入張家口，得了不少日本的新武器，根據這個兵力分佈的情形，他斷定未來的山西是個大戰場，山西有如全國的大堡壘，山西若有失，國軍就萬難規複了。他又談了些大同守衛戰的情形，他承認國軍長於守而拙於野戰，這樣就經常處於被動的情態下；又說當大同危急時，中央以接濟為難，但解圍以後，就把這些接濟的話忘在腦後，就連請准的二億救濟費在四五個月之後才經他本人親來北平領到，幣值至少已經打了個六折了。他又說到當大同解圍後，他恐怕共軍再來，大同再被封鎖，就下令全城老百姓去城外運煤，以三天為期，一個錢也不要。又說目前大同守軍只有三團，而在城外的共軍則有十一個團。從楚氏這些談話中，不難與前面那個第三者所說的得到一些印證。

　　第三個是軍調部的中共發言人。在臨別北平之際，他對記者們說了些他對戰爭前途的看法。他的話很簡單扼要，他說目前中共有戰略就是消耗國軍的人力，人力的消耗是國軍的致命傷，因為新兵補充不易。縱然補齊了，戰鬥力也相差甚遠，非經過長期訓練不可，而這個長期卻是不可能的。又說美方只能給政府以物質上的申援，決不可能以人力相助的。

　　第四個就是葉劍英。在餞別之際，他解除了軍調部三方委員不單獨向記者發表談話的協定約束，暢所欲言地把他對目前戰局和中國的前途給記者群說了一個大概。

　　他說中國的前途就要由目前的戰局決定的。目前的戰局有三個中心區域，就是太原、保定和徐州。政府認為徐州一戰是決定性的一戰，但他認為根據共軍年來作戰經驗，共軍的目的在消滅對方的力量。所以徐州一戰決與不決，共方的指揮官必然是根據這個原則來決定。徐州如此，太原與保定亦復如此。繼稱：戰爭延長下去，愈長愈不利於政府，相反，卻有利於民主陣線。因為人民到了活不下去的時候，會起而反抗的，目前的學生運動，愛用國貨運動等等，都是這種民意的表現。戰爭發展下去，會

有一天政府兵力不繼，經濟崩潰，到了不可收拾的時候，那時候就到了政局開朗的時候。那會是一個聯合政府的出現，這個聯合政府可能有兩個方式：一個是反動派參加的，一個是他們不參加的。如果他們因戰爭失敗教育了他們，怕自身淪為戰犯而回心轉意與民更始，真誠的來實施和平與民主，那就會實現頭一個方式。但如果他們一意孤行，堅持到底，那就必然會引起廣泛的民主運動，相當於一九二七年的大革命，他們要被民主勢力所清算了的。所以無論怎樣，聯合政府是必然要實現的，它是中國唯一的前途。他又說中共為了減少人民的痛苦，早日結束戰爭，是希望實現頭一種方式的。他說民盟的政治報告說政府是「以和養戰」，中共是「以戰求和」，這是非常正確的。他估計全面和平的日子已不太遠，再經過兩三個月的戰爭，就可能取得這種和平。

末了，他又說中國是農業社會，百分之八十以上是農民，所以必須徹底摧毀封建勢力，才能實現民主，才能真正實施選舉制度，這樣土地問題就成了最嚴重的問題了。中共的土地政策在戰前是二五減租，現在也未採取沒收手段，且更兼顧到地主的生活，仍然是主張土地私有的。不過農民一旦翻了身，不免有報復心理，容或行動有過火之處，這點他也是承認的。

最後，他說民主是潮流，「潮流」二字的含義就是勢在必行，任何阻力都不能抗拒。譬如辛亥年前後的「剪辮子」，那就是一種潮流，中國人的辮子，早都一齊剪掉了，所以目前縱使是艱苦有，但光明必定到來。

使北平的記者們特別有所感觸的，是當軍調部解體之際，共方的人員都是抱著堅強自信心，對戰局的前途樂觀，即「走馬換將」歸來的周北峰少將，也說他在延安所見，中共的幹部都是樂觀的。

五月的氣息

　　五月確是不平凡的，被初春的風沙吹得迷眼的古城，一旦邁進五月，突然開朗地跳躍起來，給予人們的印象，也可說是刺激，是夠濃烈以至於富於啟示性的

　　北大、清華、燕京、中法、師院等校分別舉辦了一個「四五」紀念周，由五月一日起，逐日舉行科學晚會、文藝晚會、歷史晚會、經濟晚會、戲劇晚會，以及營火會等等，他們請了他們所願請的教授們講話，他們把「五四」的歷史使命，「民主」與「科學」四個大字貼滿在校牆上，也貼滿在人們的腦海裏。只要是參加過這些晚會或甚至是看過各報的記載的，都會得到一個明確的概念，即時代的巨浪終久是不可抗拒的。

　　他們痛心地提出：「五四」距今快滿三十年了，三十年已是一代，為什麼我們今天還要這樣熱烈地紀念它呢？就是因為三十年前的人民的願望到今天還沒有實現，而且甚至目前的現實要比三十年前還要黑暗，許德珩教授是當年「五四」第一線上的戰將，他大叫：三十年做了一場大夢，中年人可說是睡了整整三十年，我們現在來紀念「五四」，絕不是懷古，而是要重新推動「五四」運動。周炳琳教授也說：三十年後的今天仍值得紀念「五四」，這是「時代進步的悲劇」，而胡適之先生也大聲疾呼：今天仍需要「重新估定一切價值」！

　　是的，「五四」運動是必須重新發動的。

　　但這個擔子已落在新的青年的一代的肩上。「五四」時代的青年現在已是中年了，費青教授曾感喟地說：現在是青年人領導中年人向前走。這話真是一語中的。其他不說，只要是一個參加過紀念會的人，他一定會感覺到整個大會是完全控制在學生的掌聲和面部的表情上的，例如北大的歷史晚會上，當胡適校長講完話後，主席即宣佈，他們很興奮，興奮於當年「五四」健將現在又走到這一代青年的身邊。

　　胡適在對往訪他的學生，曾說過他的「五四」感想，他說：「在原則上，我並不否認學生的青年時代要有責任感，要說話，要做事，凡國家

政治未上軌道，未有合法的民意機關監督政府，則責任一定落在青年學生身上。青年學生無家累，無負擔，青年膽子大，不會瞻前顧後，所以敢出來干預政治，這是古今中外皆然的。漢朝的大學生，明朝東林、復社都如此，這是古今。中外呢？如俄國幾次革命，如一九〇五年失敗的革命是學生搞的，列寧本人也是學生，印度、朝鮮獨立運動是學生作主幹，日本明治維新亦學生為主力，歐洲的政治運動也沒有不是學生在發起推動的。總之，政治既不能令人滿意，又無合法民意機關監督政府時，責任一定落在青年學生身上，反之政治上軌道，又有合法民意機關，則沒有學生運動，如英美就是。這種發生學生運動的條件是倒楣的條件。我們總希望國家好，則你們，可以少管事多享福。」

胡適這番話是夠委曲婉轉的，但他畢竟道出一些真相，贏得他應得的掌聲。

而張東蓀教授，他在燕大的「五四」特刊上，更正確地指示出今日需要青年的一代發動全國性的愛國自救運動。他分析「五四」之興起，一由於連年內戰，民不聊生；二由於時代的沉悶，人們覺得非有徹底文化改革，不足以打開此沉悶，遂有民主與科學的提倡；三由於社會各階層都麻痹了，獨有青年這個階層是清醒的，所以由青年們挑起這個運動。而今昔相較，目前的內戰比「五四」當時更厲害，時局沉悶，也十倍於當時，一班知識階級的麻痹與不敢表示正義卻亦如當時有過之而無不及，所以他相信，這一代的青年必有一個更大的運動出現，因為客觀的條件已經具備了。

清華的吳晗教授也寫著：北平是「五四」運動的發祥地，北平的學校是「五四」運動的搖籃。我們在紀念屬於我們自己的日子的時候，我們應該大聲喊出：我們要發動一個「新五四」運動，我們要完成「五四」未完的業績，要實現民主和科學！但首先重要的是人權的保障，所以「新五四」運動應是人權保障運動。只有人權得到保障，才能實現民主和科學。

當這一代的青年領導著或是推動著中年人在發動一個「新五四」運動的時候，他們對於當年「五四」陣營裏的落伍者也給予無情的批判和清算。在壁報上，他們發表了一個「五四」人物志，分別作了一番審判。而在歷史晚會上，當胡適演說完畢，許德珩繼之登臺大吼，他於追懷當年蔡校長之「行己有恥」與「有所不為」的精神，尤其是說他永遠站在學生方

面成為民主的保姆這幾句火熱的辭句的時候，他的辭鋒直逼教職員席次，在場千百隻眼睛都得得清楚什麼人面部表情尷尬和不安於座。接著，容肇祖和樊弘兩教授也異口同聲痛責那些賣了「五四」精神的人物。樊氏幽默諷刺的口吻更激起滿場的笑聲。深沉夜幕下，廣場上黑壓壓的人群中，忽而是一片怒吼，忽而是一陣掌聲，忽而是一頓笑聲，置身於這種場面裏的群眾，他胸中起伏著一種什麼樣的情緒是不問可知的。

　　這樣的會一直繼續舉行了六七天。不僅是北大，其他各學府如清華、燕京、中法、師院……到處是「新五四」運動的呼聲，可以說古城大半的青年都起來了。在他們的影響下，正如許德珩教授所說：「睡了三十年的中年人」也醒來了。

　　古城是向五月邁進了，像這樣的五月的氣息，恍惚於二十年前北伐的前夕曾嗅到過的。

北平新聞界的苦難
──以最低的物質生活挑著最沉重的精神負擔

目前如果有誰來這「文化城」打聽一下那一類人過著最苦的生活，出於你的意料，絕不是小學教員、洋車夫，甚或妓女，而是號稱「無冕之王」的新聞記者。

除了老闆階級之外，這一群將近三百人的夜工（內勤人員）和腳踏車夫（外勤人員），他們在生活上正受著兩層的煎熬，物質和精神的。

先說物質生活，他們普遍的薪水是每月五十萬至九十萬之間，在北平沒有一個總編輯可以拿到百萬元薪水的，與此相比，公教人員的待遇大都在百萬元之外，勞工階級第三的工資是五萬五千元，洋車夫普通每天可收入三、四萬元，妓女是打一個茶圈五萬，住夜二、三十萬……這些人的收入都比新聞記者高一、兩倍以上，而且公教人員每月可拿到公家配給的麵粉和煤炭，新聞記者則不在配給之列，因為他們不是「政府人員」，偶或行轅施恩，而所配售的價格也遠高於公教人員，例如本月的麵粉，公教人員的配價是五萬，報館的則需十六萬五千元。再則一般人可以設法兼差，惟獨新聞記者很少這種可能。因為熬了一個通宵之後，白天要睡一整天的覺，哪還有時間和精力來做別的事？外勤人員有幸運的可以兼給外埠報紙發電，但這是極其少數的，因為全國有幾家報紙能有專電的？於是這批「無冕之王」便只能每月拿這幾十萬維持一家子的生活，現在是雜糧麵都漲到兩千五一斤了卻，煤球是百斤四萬，一個起碼的小家庭，即以三口來說吧，吃最壞最壞的飯，也需要五萬一天，然而我們的「無冕之王」們平均每天只能拿到兩萬、三萬，而且報館還是經常的欠薪或遲發，於是「無冕之王」不但無冕，簡直是變成無衣無食之王了。

物質生活是這樣的艱苦，而目前這些王爺的精神生活也許還更要苦些。一般立志投身新聞事業的人們，總以為新聞事業是超然的，是獨立的，是自由的，雖然在物質上苦些，但精神上是愉快的，至少可以免去了

官場中逢迎奔走笑臉取媚那些痛苦，然而殊不料目前報界精神上的痛苦實遠出於外界想像之外。

以內勤來說，有多種各式各樣的對象，不能提他們一個字，稍有不慎，立刻不是籤報館，便是個人遭殃，外勤則有許多明明發生新聞的地方，你不能去跑，一旦跑去，你會失了蹤。不過，這些畢竟還是有原則的，只要費些心機，還可以對付過去，最可怕是的有一些出乎常識或常情以外的打擊，那叫任何人都無從防備的，我以北平最近所發生的四個事件來說說：

第一是回胞搗毀《北平新報》事件：這事的起因是這樣，該報副刊編輯因排字房索稿甚急，即將南京《中央日報》拿過來順手剪了一篇短文，匆匆未及細看，就發了下去，他以為《中央日報》上的文字，絕不會有問題的，卻不料偏偏就發生了問題。那篇短文僅僅在開首提了一句回胞與豬肉的話，北平回胞認為是莫大的侮辱，就動員全市教徒，遊行全城，把該報打成爛泥，甚且堅持要交出該報編輯，並永遠禁止該報復刊。事後，未聞市府有何措置，反而下了一道保護宗教的命令。北平報界為此曾向市府抗議，何市長也無可如何，答應由市府賠償該報損失，但這不過一句話而已，該報迄今仍是一堆垃圾堆。

第二是蒙胞和《益世報》的糾紛，也同《北平新報》一樣，《益世報》的副刊編輯剪裁了外埠的一篇短文，那上面提到了蒙古的奇風異俗，說他們結婚時要供祠綿羊，當天一清早就來了三四十個蒙古學生，闖進編輯部，幸而屋內無人，未生事端。下午經該報社長到處叩頭求情，才算以刊了一個道歉啟事了事。

第三是蒙胞和《北平日報》的齟齬，有天該報本市版編輯在處理一個庸醫的新聞時，在標題上為求生動計，加了一行小題目：「蒙古大夫」，這是一句形容庸醫的北平俗語，殊不知這也惹了大禍，蒙胞聲勢洶洶前來指責，結果該報也只得發出一個鄭重的道歉啟事。

第四是飯店經理和《道報》的爭鬧。《道報》有天採用了某通訊社的一條社會新聞，就某飯店經理的女兒跟人私奔了，經理先生大為震怒，立即派了十個壯漢前來問罪，把該報負責人打了幾個耳光，還要責令該報更正道歉，該報負責人滿口答應，後來北平報界鉅子們看不過去，認為此例

不可開，向市長告了一本，給《道報》撐了一下腰，才沒有把這丟人的啟事登出去。同時該報原是某省的准機關報，就刊了一個頭條新聞，說他的董事長就要親自來平處理此事，飯店經理看出苗頭不對，才就此「隱忍」而罷。

以上這四回事，都是接連發生在一個月之內的，任何人都可從中領會到北平報人的痛苦，他們坐在編輯部戰戰兢兢地，在發每一條新聞的時候都要再三考慮會不會出亂子。

按下這點不提，還有更使人憤慨的是：這年頭做報要講「關係」。只要你「關係」夠了，你儘管可以大膽地嬉笑怒罵，於是你的報就可以大出風頭，提高銷數。反之，你只好噤若寒蟬，大賠而特賠，但即使如此，還討不上一個歡心。我舉幾個顯明的例子：

「戡亂」明令未下之前，許多報紙已受暗示，把「共軍」改為「共匪」，有的報紙沒有懂得這電用意的，曾受多方申斥，然而另一方面，直至今天，仍有一家大報獨自用著「共軍」兩字，決未聞受懲。

還有關於學生被捕或是有關政治內幕的新聞，一般的報紙，一字不敢提。獨有一兩家報紙可以編一個整版新聞登出來，它既不會受到「助長匪勢」的評語，從而一紙風行，大紅而特紅起來，不明底細的就崇拜之為「人民的報紙」。

就這樣，北平的報人，在物質上，他們過著不夠維持最低限度水準的生活，但在精神上，卻受著層層的意想不到的折騰。他們實際上不如一個妓女，因為兩者在精神上是有著同樣的痛苦，但妓女還過著比較好的物質生活。

奄奄一息的北平報界

三月十三日，這個不吉利的日子，在這天，北平全市沒有一張報紙。這並不是因為過年，而是全市的印刷工人因為活不下去而終於放下工作了。這在有著駱駝樣的忍受力的北方是罕有的事。

現在是雜糧將近三萬一斤了，而工人的待遇一個月仍僅百萬上下。他們的所得連他們本人都餵不飽，更不要提養家了。試問一天一個人吃兩斤面，僅僅是面錢每人還需一百八十萬呢！他們忍無可再忍，一致聯合起來，由印刷工會向報館的老闆們提出了要求；這要求也可憐得很，就是每個工人每月要一百五十斤雜糧面。

然而，老闆們毅然拒絕了。他們是不考慮別人的生存的。他們認為母雞不吃米也會下蛋的。一家老闆這樣憤憤地說：「在戰前，工人與職員的待遇的比率是一比十，而現在工人和職員的薪水差不多是平等的了。然而職員們並沒有說一句，工人卻吵得不得了。」

確實，職員生活的艱苦應該比工人還要加倍的。但他們為什麼不響呢？這有好幾種原因：

第一，北平各報的班底幾乎掃數是由敵偽時代的報館接收過來的。於是這些人的生命便完全握在老闆的手心裏。這是有事實證明的，據悉：某大報的一個職員，因為薪水太低而呈請辭職，老闆就把一張廣告小樣給他看，上稱：「查某某曾在敵偽時代在某偽報供職，確有漢奸嫌疑，本報不察，竟予錄用，現經發覺，著予開除，並告社會。」小職員一看，急得滿頭大汗，連忙告饒，請老闆開恩，於是就不給錢也得幹下去。這是所謂「戴黑帽子政策」。

第二，當然就是戴紅帽子了。時值戡亂，這頂帽子當然比上一頂更要厲害，識時務者為俊傑，您乖乖地吃著草擠著奶吧。

第三，一個報人，由於生活習慣很難改行，況且也無行可改。教員或公務員，沒有政治或裙帶關係是休想問津的。

　　由於以上這些原因，報館裏的職員，就確比工人還乖，乖乖地為老闆製造著奶。

　　不過，老闆們當然不是這樣說法的。他們說：「吾人側身輿論界，平素對於提高公教人員待遇，無不盡力呼籲，豈有對同艱共苦印刷工友，不顧及生活之理？但若事實許可，定當滿足其理想要求，無奈──。」（見日報公會告各界書）於是就勉勵工人「共濟時艱」，否則，就是「同歸於盡」了。

　　局外人常常納悶，報紙既這樣難以維持，老闆們為什麼一定要幹呢？這可見一定有可幹的道理的。

　　據悉：老闆生財之道有四：（一）可以領平價配給紙，一轉手向黑市賣出去（因為發行數量遠在配紙額之下）。（二）可以領平價配給粉。麵粉本來是配給職工的，老闆可以虛報名冊，配一次粉就可以大發一次財。（三）可以向國家銀行借錢，以低利借來，再以高利貸出去。（四）可以佔用敵偽產業。以上都是指普通「民營」報紙而言，至於有政治背景的，那當然更不必提了。

　　明乎此，就可以想像到老闆們對於工人的「造反」感到多麼憤怒了。據悉：日報公會在十三號曾派代表見傅作義總司令，《世界日報》社長成舍我很氣憤地說：「傅總司令，你不能專在城外戡亂，城內也需要戡亂的！」

　　在罷工之前夕，有家通訊社曾把工人醞釀罷工的消息發了出去，到是日深夜兩點鐘，老闆們知道了，大為驚悸，即刻聯名給這個通訊社打電話，要求撤銷是項新聞。該社答以職員早已下班，無人負責。後來竟商定由中央社向各報代發出一個撤稿的通知。一個老闆說：「編輯部都是同情工人的。這消息不撤銷，一定給頭條登了出去。哪還了得！」結果，關於北平工人罷工的消息，不但北平報紙從未刊佈，就連天津的《大公報》和《益世報》也一字未提。由此可見階層利害關係的一致性。

　　十三號那天，還有一個美麗的插曲。全市既無報，人心惶惶，莫明所以。等到下午四點鐘，竟有「號外」之聲，響徹街頭，市民爭購，原來是久已停刊的國防部新聞局所屬的《陣中日報》，發出三十二開的「小傳單」，上載一些極其平凡的消息，然而一萬塊錢一份，狠狠地撈了一筆錢。翌日某報稱之為大發「號外財」。

十三號那天，市長召集工人代表談話，說奉李主任之命，明天無論如何要出報，市府要強制執行。老闆們答應增薪百分之五十，當然距工人要求遠甚。有人說工會理事長被扣起來了，於是各報工人代表被個別擊破，各自回各自的報館，各自和各自的老闆談判。於是罷工一日，不了而了。當日深夜，黨政當局曾連袂巡視各報工廠，《益世報》曾刊出一個道謝啟事，內稱：「本報重要啟事，昨日本報排字工友部分復工，今日暫出四張一中張，敬希讀者諸君原宥。此啟。」

「又昨夜本報工廠，員工工作時間，承蒙市黨部金書記長克和、社會局溫局長崇信、警察局湯局長永咸，暨社會局徐科長、報業印刷工會理事趙錫慶先生等，躬親於今晨二時駕臨巡視，殷切勉，並此致謝。」

又十四號，中央社發出了這樣一則消息：「本市參議員丁履進等，於第一屆第一次大會時，曾提議本市新聞事業處境困難，從業人員生活艱苦，應予協助，而資救濟案，經決議送請市政府查照辦理，該會接市府函覆執行情形如下：（甲）關於協助新聞事業方面：（一）文化貸款現正在徵詢四聯分處意見；（二）增加報紙配額，已由市參議會逕電中央核示；（三）今後合理分配進口紙張，一俟中央准予增加，即行會同有關單位辦理；（四）（甲）運輸報紙部分，已由市府電轉內政部核辦；（乙）關於考核新聞事業方面，（一）考查現有新聞事業機構現正調查加強辦理；（二）對於新聞紙類，申請登記均經派員切實調查，如與有關各機關，亦先徵詢意見，作為准駁根據；（丙）關於救濟新聞從業人員平價面煤，歷次均有配售；（二）文化貸金，一經核定，即行會同有關單位處理；（三）保護新聞從業人員，已由本府面請警備司令部辦理，並令警察局遵照。」

這條新聞的作用，顯然在穩定編輯部的人心。內稱「新聞從業人員平價面煤，歷次均有配售」。據記者所知，半年內僅僅配售過一次麵粉，是三人兩袋。一次配煤，則因內摻石子甚多，花了錢領來竟不能用，而且也賣不出去，無人不喊上當。還有一次是過舊年時，市長發給每家報館三袋利朗粉，請各報社長轉發最窮苦的同人。結果是有的就直接救濟了各報老闆本人，有的是大家平分了，其中有一家老闆確實分發了三位同人，但是把大袋換成了小袋。現在罷工表面上是平息了，然而在物價這樣狂漲之下，縱然是牛吧，也須吃飽了草才能擠出奶的，不知老闆們打著什麼主

意。有人說現在肉比菜還賤，因為農家養不起牲畜了，所以都爭先宰了出賣，供過於需，於是肉價反而低於菜價，如此說來，牛的命運，也太可哀了，嗚呼哀哉！

哀話北平報人

　　自從金圓券的身價大貶以後，純良守法的老百姓從黃粱一夢裏醒了轉來，他們發覺穩定的生活僅有短短的一個月，市場立刻形成了決堤的慘相，一潰而不可收拾。這中間，受打擊最重的，莫過於公教人員的所謂「薪給階級」。因為「自政府改革幣制，厲行限價以來，公教人員的薪給凍結了，黑市物價反倒一刻三漲，而更嚴重的還是市上根本買不到東西。」（見五大學自治會支援師長停教宣言）這樣，薪給階級就陷於「以不變應萬變」的慘境。不變以是薪給，萬變的是物價。師院教授會慘呼：「薪金凍結，衣食無從，雖作育之有心，奈饑寒之難忍，天乎人乎，夫何使得我至於此極也！」王季高教育局長於同情小學教員罷教之餘，也感歎：當幣制初改之際，小學教師薪水六十餘圓，可買七袋麵，如今夠什麼用呢？（連一袋麵也買不到了！）樓邦彥教授更憤慨於教授一百幾十圓薪水，每日欲吃二兩肉而不可得！

　　而現在，於教育界大中小學罷教抗議之後，各公用事業如電信、自來水、電燈等等職工也都發出了饑餓的呼聲，每日打開報紙一看，滿紙跳躍著「總請假」這樣刺激的字眼，然而做報的人們呢？他們難道都是「楊妹」嗎？（可惜連楊妹也要吃飯的！）他們連哼哼的聲音也沒有。那麼他們都是豐衣足食嗎？外人一定會這樣猜測的。

　　筆者也算是一個新聞從業者，我不甘於沉默。我要向社會揭開這張白紙黑字的報紙後面的真相，請社會看這群報人（多麼美麗的名詞）在過著怎麼的生活。報人應屬於「自由職業」的範疇。一般人遂以為報人至少會過著醫生或律師那樣的生活，殊不知報人自己大多不能開業，僅能作老闆的夥計。他們的「職業」絕對沒有一分「自由」。他們的薪給，還不若公教人員還有一定的標準。反之，他們是隨老闆之便的，給多少就是多少。據我所知，在目前北平的新聞圈子內，一般的薪給多在三十圓至六十圓之間，給一百圓的可說鳳毛麟角，而且他們拿的是乾薪水，絕無一絲一毫的配給物。試想想，他們的待遇遠在一個小學教員之下，他們日常生活中，

從未敢非分妄想什麼「肉」（一兩也覺得太多了），連「面」也是偶然而偶然。他們經常吃的是雜糧！這兩天各報多批露特刑庭的生活，其實報人的生活與之相反，又有什麼高下？還不是一樣窩頭和開水。

一般人又以為報人雖然生活苦，但他們的工作是自由的，畢竟還是「自由職業」，其實，這更是皮毛之見。說真的，政府對於報人，在生活上不把他們當做公教人員，但在工作上卻是列入公教人員之列的。其所受束縛，嚴厲處甚或尤過於公教人員。於是管、教、養、衛四者，報人所得的是「管」和「教」，「養」、「衛」則不與焉。有偏激之士曾經憤慨萬狀，說報人還不如妓女。這句話，細細咀嚼，其實一點也不假。試看，政府對於妓女，還設有檢驗所，以至濟良所、救濟院等等，而對於報人呢？

我曾經聽過一位同業訴說他的一番經歷。他說他們的報辦得忤上意，即奉報社老闆之命，趨謁宣傳主管當局，當局給他三項指示：（一）不得報導政府官吏貪污的新聞，因為這樣會損害政府的威信；（二）不得報導物價上漲的消息，因為這樣會刺激市場；（三）不得報導學生活動消息，因為這樣會挑動學潮。這位同業銜命歸來，與老闆商議之下，迫於環境，即一一遵命施行，初以為報社會從此生活穩穩過下去的，不料逢迎了在上者的意旨，卻喪失了讀者的欣賞，不多幾天，報紙銷數猛跌，報紙的生命到了奄奄一息的危境。老闆慨然長歎：我們這一張報紙不但包不住他們的火，卻反而把我們自己也燒毀了，做了殉葬品了。

有人說：今日報人既然陷在精神與物質兩面的壓力之下，為何本身不團結起來，像公教人員，像公管機關的職工，也作一番掙扎呢？或至少也喊幾聲，出出悶氣呢？

這話問的很合理。不錯，以北平來說，新聞圈裏已有四個合法的組織：日報業公會、新聞記者公會、通訊社公會與外勤記者聯誼會，但是自成立以來，絕未聞有為從業員生活而吶喊者。這四塊招牌不過是作為通電連署之用，如或尚有其他用場，據筆者最近所知，是「記聯」曾經為他人舉行了一次跳舞會，「記者公會」曾經恭奉胡適校長作為榮譽會員，如是而已。

報人真成了一隻牛，它吃著草而擠著奶。現在快要連草也不給吃飽了。嗚呼哀哉！

石家莊易手後的華北局勢

　　石家莊，儘管平漢和正太兩條鐵路早已不通了，然而他仍然是冀省除了平津兩市外第三個重要的城市，他縮絡著晉冀察的交通，他是北方空軍大基地，因之他是河北全省政治經濟軍事的重點，只要看看他易手以後，有兩個專員公署和三十幾個流亡縣政府被俘，有五萬支步槍、千餘挺機關槍以及六十幾個火車頭，還有數不清的棉花和煤被陷，也就可以想見他的重要性了。

　　而還有更使人警惕的一點是：在兩年來的內戰中，共軍雖然由北到南，由東到西，遍處攻擊，但他迄未占過一個重大的城市，比如山西大同、太原、運城、臨汾，陝西的榆林，山東的濟南，以至東北的長春、永吉、錦州等地，雖然年來不斷的圍攻，但終未得手，而這次石家莊的被陷，卻說明共軍已開始實行攻堅了。

　　因之，石家莊一旦易手，平津保三城同感重大威脅，最明顯的反映是遊資南流和物價暴漲，以麵粉來說，幾天功夫由三十幾萬狂漲到五十幾萬，甚至於有拒售情形，有錢有勢的人在心不安了，而一般公教人員和貧苦老百姓則惶惶無以為生，又逢嚴冬開始，無怪北平警察局長湯永鹹氏要為冬防而心憂了。

　　找開地圖看看，目前河北全省，除了平津兩個特別市外，已無一個完整的縣份。恰像一個癱瘓了的老人，已全身麻木，只剩下兩隻眼睛在左右瞪視。北平和天津就是這寶貴的一雙眼睛。這兩隻眼睛東可以照顧到東北，西可以照顧到西北，而以北甯路和平綏路連接起來作為他的眼神經系。所以，在石家莊易手以後，很明顯的，國軍的應策是如何確保平津，又如何確保北甯和平綏這兩條僅餘的北方大動脈。如果這兩條路有變，則殘餘的華北會被切成三塊，關外、冀北和察綏變成了孤零零的絕地。蔣主席這次北巡，當然就是策劃對策和佈置局面。

　　根據北方軍事大員們的牢騷，他們認為華北軍事之不得手，主要在指揮不便和調動不靈。原來按照參謀總長陳誠的辦法，國軍要真正國軍化，

任何一個部隊都可以由任何一個將領指揮，只要國防部有令。這樣，要徹底洗脫過去軍閥部隊的遺風。無如在事實上，國軍的程度還不能夠有這樣的認識，或多或少，總還得留著私人派系的氣氛。即以華北的四五個軍來說，他們雖然都是中央軍，系屬卻各有所目，在指揮作戰上，長官如孫連仲或上官雲相便不能得心應手，一般一致認為傅作義所以能「旗開得勝，馬到成功」，最主要一點是他指揮著他自己的部隊，而不是別人的部隊。

的確，在華北這兩年的內戰中，傅作義是最出風頭的人物，他手下的察綏子弟兵，支持過歸綏和平地泉的攻防戰，解了大同之圍，攻下張家口，其後又出兵平漢線，最近又遠征遼西，都算是達成了任務，兩度「凱旋」。

於是蔣主席這次北來，為應對北方新局勢，便決定拔傅作義擔任北方軍事統帥，在十八日的行轅軍事會議中，據悉就是一個「布達式」，由蔣向華北各軍長、師長介紹傅氏，宣佈傅氏為華北軍事新機構（或稱「華北指揮所」，或稱「華北剿匪總部」，尚未決定）之負責人，訓示悉聽傅氏指揮。這次出席的重要將領有：九十軍長侯鏡如、九十四軍長鄭挺鋒、十六軍長袁樸、六十二軍長林偉儔以及三十五軍長安春生等。並據悉今後冀、察、綏、熱以及晉北的軍事，統由傅氏全權指揮。這樣，傅作義在事實上成了北方軍事最高統帥。察綏慰勞團來平轉平漢線慰勞其部隊之時，就稱之為「北方長城」。

熟習內幕的人說：傅氏對於這個新任務是並不樂意的，他曾誠心地推辭再三，無如最高統帥決意如此，便也只得奉命。據悉今年夏間，陳總長親訪張垣時，就透此意，經傅氏堅辭而罷。

傅氏為什麼不願榮升呢？打開天窗說亮話，這不是升官而是打仗。他當然自己知道自己的實力，傅氏所部也不過四個軍，然而他目前的防地要由陝壩，歷經整個平綏線，而包頭、綏遠、平地泉、大同、張家口，以達南口，再經熱河而達遼西，又要遠征平保線和平津線，子弟兵縱然能征慣戰，也恐怕顧此失彼。這兩天，綏南已在告急，清水河也有失守消息，同時伊盟烏旗也有激戰的電報傳來，風傳傅氏前些時在張垣一急，曾咬掉半個牙齒。

　　根據最近華中和華北軍事會議的情形看來，軍事負責人已深深感覺到部隊脫離人民的惡果，而想著努力建立地方團隊，想著建立子弟兵，想著曾國藩和左宗棠的勳業，想著有若干的「湘勇」和「淮勇」出來，打出一個中興的局面。在北方，最高統帥是把這個希望寄在傅宜生身上。

「水上漂」漂到故都

北平這古老的城市，在政治上，現在是又換了一個季節了。

自然，在物價直線上升的恐怖狀態下，一般官場以外的人民也許沒有這種敏銳的季節感的。他們也許沒有感到北平的政治氣氛有了什麼變化，然而他們至少知道「水上漂」在吉祥戲院演出了，「水上漂」這個山西梆子的劇團給這城市確實帶來了新鮮的刺激，應該能給予一般人民一點政治的啟示性。

號稱「塞外梅蘭芳」的「水上漂」，是隨著傅作義將軍麾師東進，而由綏遠、張家口逐步進入北平來的。如果是老北京或至少是民國十九年曾在北平城裏住過的，聽到山西梆子的歌聲，當必會興起一番感慨的。

民國十九年閻錫山率晉軍入據北京城，一時這古城裏充滿了三晉色彩，遍街是山西飯館，每家飯館裏都有幾個花枝招展的女招待，同時高醋的銷路也大為增漲。然而，曾幾何時，隨著晉軍的撤退，這些特殊的地方色彩也就像一陣風一樣，變的無影無蹤了。

以後是奉軍入關，則又滿街爭說「白玉霜」，每家商店都要播唱蹦蹦調，隨時可以聽到一聲「媽的巴子」，別是一番風光。而今一隔十六七年，這古老的北京城又塗上了三晉色彩，政局恍如棋局，老北京在記憶的帳上會再劃上一道。

自然，我們還不能把察綏的特殊風格一律看做三晉色彩，察綏雖然與山西有著濃厚的歷史關係，但正如美國之與英國，美國從英國分開後，就自成一個新大陸了。這次，傅作義將軍於接受「華北剿匪」大任之際，曾再三退讓，表示不能把山西也劃在總部指揮系統之內，「我反過來指揮老總了，哪怎麼可以……」於是掛酌再三，太原綏靖公署仍就存在，而把晉北和晉南劃入傅將軍麾下。閻主任於來電慶祝傅之新任時，仍首稱「宜生」，尾署「山手」，充分表示了歷史影響之深厚，不過電文語氣畢竟是不同了：「唯中央之命是從」。

就以「水上漂」來說吧，他雖然也標榜著「山西梆子」，但他與「山西梅蘭芳」的「果子紅」的腔調是有分別的，好像「水」是北路梆子，「果」是中路梆子，而且「水」殖民到塞外來已經有二十多年的歷史，差不多已變成「綏遠梆子」了。

「水上漂」二十年來在塞外變成家喻戶曉的人物。歸綏城裏有一首歌謠：「五台三件寶──閻錫山、趙戴文、水上漂，寧可死了閻錫山，不可走了水上漂。」由這首歌謠中，很有力地反映出綏遠人民對於「水上漂」的愛好。他和山西之統治者的閻、趙，同是五台縣人氏。現在趙戴文已經作古了，閻雖仍在，亦已居家六四的高齡，而「水上漂」雖已徐娘半老，非復當年風度，但他畢竟風雲際會，終於「走」出了淒涼的塞外，來到這繁華的北京城裏了。

多少又使人回味到十年前的宋哲元時代，他是抗戰前北京城最後的一個統治者，那個時候，中央的色澤在逐漸消退，地方的筆觸在節節加深，因為日本在逼著。

這番，隨著傅部健兒的東進，冀省府也改組了，先是孫連仲主席治下的省府委員曾來過一個總辭職，後來等到新省府的全部人事發表了，代表地方的參議會卻表示不滿，於是迄今，舊的沒有移交，新的沒有接印，元旦那天，因為有新舊交接的消息，卻害得北平城裏的記者們遍處尋覓冀省府而不可得，甚至連冀省參議會議長劉瑤章也不知他在哪裡。於是報紙上標出冀省府「罷工」的字樣。

冀省府已這樣難辦，於是一時盛傳的熱省府、察首府……改組的消息就逐漸不提了，據傅將軍的左右談，傅之出任「剿總」大任，並非出於自願，有點像是趙匡胤的故事，不過為之加黃袍的來守衛這個危城，結果不是部下，而是最高領袖。傅尤其忘不了抗戰初期舍綏遠而保太原的故事。那時他奉閻錫山之命，由綏遠到太原，是多年老家的綏遠不戰而棄，太原也沒有守得住，城破後，以悲憤的心境，又辛辛苦苦鑽隙北上，以謀重新收拾自己殘餘的老根據。

現在傅部是東進了，戰線由陝壩一直伸到山海關外，不過他的文武大幹部如孫蘭峰、董其武、曾厚載、陳炳謙、袁慶曾、王則鼎等等，仍然沒有離開察綏一步，可以看出他重視老家的安排和決心，而且事實就擺在

面前,當「剿總」大命一下的時候,綏南清水河和察東延慶一帶就告吃緊,他是刻刻懷著抄了後路的戒心。當傅在張垣就新職,於二十六日乘專車東下時,曾在昌平出軌,緊接著北平的四條鐵路平綏、平保、平津、平古同日被斷,一家報紙大字標著:「北平已成孤島,鐵路寸寸斷」,據說「剿總」對這樣的標題頗有微詞,會報上有人曾詢問這家報紙的背景,回說是中宣部,也就罷了。翌日,這家報紙的頭條標題是:「條條鐵路通北平」,可以想見編輯先生的匠心。

不管怎樣,「剿總」已定於五日在北平新市區正式成立了,傅本人確是受大命於危難之際,國內國際都在瞪著眼看他如何旋轉乾坤。

在古城的歷史上,現在又是一個新的季節了,「水上漂」有如當今的明星,高踞在古城的舞臺之上。

桃花扇底看新陪都

　　提起筆來，我首先要聲明一句，就是讀者切勿從這個題目聯想到「桃花扇的底看南朝」這句名詞，那會犯了「時代錯誤」的毛病。我所以揀了這個題目，是因為這個時候，作為平劇發祥地的北平，正在因了《桃花扇》的上演，而展開了新舊兩派的大鬥爭。一邊是以齊如山為首的正統派，一邊是以焦菊隱為領袖的改革派，他們同時演出了《桃花扇》唱對臺戲。前者仍墨守成規，死抱著「國粹」不放，後者則大膽地把平劇話劇化了，例如：分幕、佈景、燈光、效果、不畫臉譜，等等，可以說，除了音樂與唱詞外，完全與話劇無異。從而最重要的還是他的劇本，他是一個完整的有血有肉的藝術品，決不是一般平劇，僅僅以名角為號召，哼哼幾句老調而已。

　　這是兩個敵對的陣容，雙方除了戲臺外，並在報紙上展開了論戰。想想，這些為「老佛爺」慈禧太后所一手扶植起來的「京戲」，它具有了百年來根深蒂固的傳統，竟要為時代所淘汰，居然有人興起了反叛的大旗，這怎麼能不激起一陣狂怒的聲嘶力竭吼叫呢！聽說「國劇學會」方面已經下令，凡是參加了平劇改革派的《桃花扇》演出的演員，以後就休想再搭班演唱，就是說把這批叛徒開除出了「梨園」。不過事實是，雖在此種恐嚇之下，勝利的仍可說是改革派，因為他們演出迄今已有一個月，場場滿座，而齊如山先生的戲卻僅僅三天就偃旗息鼓了。從這也可看出「潮流」和「趨勢」。

　　也有人覺得奇怪，為什麼偏偏在這個「此時此際」演出《桃花扇》來呢？現在是東北軍事形勢惡轉，流通券和人都在拚命往關裏後撤，而北平擢升為「陪都」的時候。

　　新陪都是個什麼景象呢？

　　物價高漲，民不聊生，這是老生常談，軍情緊急，大員飛來飛去，這說來也沒有什麼稀奇，值得一敘的倒是漢奸無罪、污吏優待、法院榮封八字「有條有理，無法無天」、民主選舉出了人命案、北大北樓被封、胡適之校長大罵蘇聯……這些花花綠綠的社會新聞。

在這兩個《桃花扇》的劇本中，雖然都一樣暴露阮大鋮、馬士瑛這些貪官污吏的漢奸小丑罪惡，這個腐蝕中的小朝廷的形形色色，但是重心是不同的，譬如以處理楊龍友這個腳色來說吧，齊如山的劇本把他演成一個風流名士，而在「新平劇」裏卻把他描成一個幫閒的無聊文人，甚至是出賣友人與執行統治階級命令地的政治人物。而在「南朝」那個小天下裏，由於楊龍友這類人物的穿插，才愈覺有其戲劇的作用，因為從這類人物語言行動的變化上，觀眾可以清清楚楚看出這個大崩潰中的政治形態。

新陪都是怎樣宣告漢奸無罪呢？那是緊接著國府特赦「偽蒙」官員之後，名伶李萬春原以漢奸罪判處兩年有半的有期徒刑，忽然在坐了一年多的牢獄的中途，上訴起來，即經法院開庭，一審而宣判無罪釋放。如果李真無罪，豈非白白坐了一年多的監？法院應該怎樣賠償這份「冤獄」呢？但李萬春本人已喜不自勝，自然無暇再來個上訴，旁的人更不管這些糊塗官司了。

繼李之後，原判死刑而迄未執行的管翼賢，這位敵偽時代華北的最高新聞官，也要「發回更審」了，那當然是要起死回生了，他的門徒已在紛紛為之活動。注意，目前平津新聞界的中下級幹部大多數是管的門生弟子。至於其他判了死刑經年的王揖唐與金璧輝等等，也仍在高枕無憂地活著，金璧輝這個妖精甚至在近兩天發表了一篇長篇大論，報章爭為刊載，她在調侃法庭庭長，不該判她死罪！

怎樣在優待污吏呢？這是平津軍紀吏治督察團最為傷心的一件事。督察團是在去歲魏德邁特使走後成立的。成立之初，轟轟烈烈地放了幾炮，然而到現在了無聲無息地結束了。結束之日，團長李嗣聰大發牢騷，說該團曾接獲告密件三千多件，而該團半年來僅僅辦了三十八件，就這三十八件也沒有一件得到結果。譬如所捕的「大虎」天津警備副司令盧濟清、敵產處的趙英達科長、保定綏署的高參范崇谷諸公，都在獄中特別優待著（這是參觀後的記者群所說的），至於一再呈請司法部通緝歸案的天津最高法院首席檢察官陳嗣哲更是泥牛入海，了無下文了。

提起法院，幾乎成了督察團的死對頭，法院要員曾經公開地指責督察團大有侵佔法院職權之勢，並痛斥它不能「維持法院尊嚴」，這話從何說起呢？因為最近發生的「宋仁誥案」，把法院的「尊嚴」實在太那個了。

一個銀行老闆因為賴債，而硬把債權人誣指為綁匪，向偵緝隊一送，進門不問三七二十一，就是一陣毒打，灌涼水，臥冰──，不過雖然經過這一套體刑，還是逼不出口供，於是再往法院一送，幾條金子就買得推事老爺一番審，就判決一個死刑與四個無期徒刑。「犯人」當堂大哭，哭訴「借給人二百兩金子，竟落得一個死刑」！此一哭轟動了古城，人心不平，好事者送法院八字評語：「有條有理，無法無天」，「條」者金條，「法」者法幣是也。法院聽了有點臉燒，老羞成怒，居然招待記者，痛斥督察團不能維持司法尊嚴，因為督察團也接受了這個控告法院的案子。

於是這十足表示了是行憲之年，「民主」到了居然有人告起法院，法院也成為被告了。此外，還有種種花邊新聞足為民主時代生色，比如汽車接送選民、每一選民送給棉花半斤、教育會有四千會員可以產生八萬選票，等等。不過，其中最動人的還是參議員張漢傑的死，據說張是為某立委拉選票的，竟在開票前夕死在街頭，有人說是自行跌死的，有人說是被人打死的，後來把屍體拉到醫院割開解剖，還是得不出一個結論，竟成為千古疑案了。

街頭鬧民主，學府裏當然更要民主了，尤其北京大學，一向號稱「民主堡壘」，然而在本學期終了之時，學生們正預備在假期裏搞什麼補習學校、民間歌詠團這一類課外活動時，學校當局卻一聲令下，把活動場所的北樓封閉了，學生大肆抗議，學校當局自胡適之校長起，絕不為所動，而一口咬定封就封定了，理由是嫌他們吵鬧！學生無可奈何，就在零下十幾度的寒風中，於露天大操場舉行演講會，也居然有教授參加，教授講完了，學生當堂質詢，而且還博得掌聲，不可不謂民主！

這「民主堡壘」裏的「最高領袖」應該說是胡適校長了，因此他的一言一動都為社會所注目，最近關於他的消息，報紙上屢有記載，譬如因為他在南京公開演說時，舉例而言，說他的一個學生沒有考完畢業學分，而且寧願不幹助教，跑到一個銀行當了練習生，因為那裏薪水多。北大的學生們說他這是「造謠」，並且拿他的名句「有一分證據說一分話」來以子之矛攻子之盾，請他拿出他所標榜的實驗主義的精神來作一個「更正」，以免誤害了這個學生。然而他一聲沒響，置之不理。

其後，報紙上又刊出了他讚揚李宗仁主任競選副總統的「白話信」，李主任給他一封覆信，請他出來競選大總統，他客氣地謝絕了，說他絕無此意，不多幾天，他在各報刊出了一篇政論，題曰《駁周鯁生》，因為周氏有過一篇文章《歷史要重演嗎？》，說第一次世界大戰之後，因為資本主義國家為著防備蘇聯，而鼓勵德國再起，致有第二次大戰之再發。現在第二次大戰甫告結束，英美諸國又因同樣原因，盡力提攜德、日，因而周氏大聲疾呼：「歷史要重演嗎？」胡校長對於這位「老朋友」的言論，深致不滿，說想不到幾年不見，他兩人的意見竟致有如此的歧異，他正告周氏侵略者是蘇聯，決不是英美。有人就說：胡適攤牌了。

在前天的北大時事座談會上，袁翰青教授主講「原子能與世界和平」，他說目前美國並不敢冒然動用原子彈，因恐蘇聯也許也有了原子彈，於是戒慎戒懼，反而制止了世界大戰的發生。講完之後，他又站起來補充幾句，說：「如果有人說蘇聯是侵略的，就好像說人不是人，但硬要說人不是人，又有什麼辦法？」如此看來，「民主堡壘」裏意見是夠複雜的，這是一個小天地，很可以窺見新陪都的一斑，這桃花扇底的新陪都，以及它的一些楊龍友們。

新陪都政壇小風波
——記副市長夫人一腳踢死司機案

　　開春以來，北平政壇間的流言頗多。自平津兩市長飛京請糧去後，有一天各報刊出一則花邊新聞，說平津兩市有一個市長要更動，並說這是軍事當局的意見，這條新聞推敲起來，很為合理，因為自從傅宜生將軍開府北平之後，他常常發牢騷，深恨政治不能配合軍事。楚溪春氏就冀省主席後，就是力謀從政治上下手，想形成二氏在大同合作的再現。無奈冀省地盤已殘破不堪，目前華北兩大據點是北平和天津，而這兩個大城市都是特別市，並不屬於冀省的。於是有這番流言的乘隙而起。

　　而何、杜兩市長由京歸來後，報紙上卻又刊出這樣一則消息，就何市長說的，北平市府的副市長一職就要取消，以後也不再設立了。北平的副市長是張伯瑾。自從接收以來，他就隨著熊斌上任的。據說他屬於團方的系統，年來頗不得意。冀省府改組消息傳出後，他就積極活動，想另闢途徑。最初他想做教育廳長，但結果僅僅弄到一個空頭的委員名銜。

　　但在這時際，有天報紙一吞吞吐吐報導了這樣一則驚人消息。《益世報》和《新民報》說：「市府某大員之夫人，因急於赴友人家打牌，但車行中途拋錨，司機仰臥車底修理機件，夫人不耐，大怒，以腳狂踢，竟踢中腎囊而慘死，結果夫人付其家屬一百萬了事。」《明報》指出了真名真姓，不過另是一種報導方式：

副市長司機突患急病死

張伯瑾副市長專用公務汽車一一九〇〇四號，司機佟壽臣，天津人，住府右街厚達里，前晚七時車奉命開外出，比經返家，竟因急症不治死亡。佟某遺有妻及二子，身後極為蕭條，據聞佟某生前服務市府已十六年，人極老誠，其所駕駛之公家汽車，因使用年久，時常拋錨，小有損毀，時常墊錢修理。佟某於二十四日晚奉命出車，至東單又復拋錨，佟某當即臥倒車底修理，迄未修復，旋因急

病被人拾送返家，未悉何故，佟某下部尿水滿褲，腿部因尿泡多
時，肉皮變白色，未三小時不治身死。

　　這則離奇的消息不脛而走，甚至京滬一帶大報都以兩欄的地位刊出。
本月四日，本市中央社突然發出一條長長的「本市訊」。說是「前傳副市
長張伯瑾之汽車司機佟壽臣踢死事，經司機工會理事長楊志明等親自調
查，證明事實與報載不符」。說是他「先赴市府汽車管理處調查，據司
機助手謂：接得佟壽臣電話後，即由市府派車前往，至東單牌樓以西馬路
上，見佟某頭在車內被座子上，身子在座子下，兩腿在腳蹬上，我問他，
佟師父你怎麼了？他說：我頭疼，疼得很。你把車拉回去修理吧！我並將
他送回家，別情不知。工會負責人即赴佟某家裏調查，恰於是日正在接
三。據佟某妻謂：我丈夫送回家來，只說頭疼，頭疼，後來就不說話了。
又說：我丈夫未死以前，曾對我說：十天以前來汽車淨出毛病，張太太快
生小孩啦，打算請幾天假，太太生小孩時派別人去。張太太說我丈夫很忠
實，非要他去不可云云。工會負責人經查看佟某之會員證，係一五五八
號，確係該會會員。又問佟某之妹丈劉桂林及佟劉氏：你們是否在報上登
著張副市長夫人踢死佟壽臣事嗎？均答：『不知道。』並說：我給他穿衣
裳時，看小便處並無傷痕。外傳踢死，純係謠言。大約是腦溢血而死。因
他很胖，又是五十八歲的老人啦。又赴張公館調查，確係實情，據張副市
長謂：二十四日那天，因內人已到產期，命佟某開車赴醫院，不料行至東
單，汽車忽生障礙，不能行駛，佟即修理；彼時適余坐車返家，行至東
單，見佟在修車，內人在車內等候，當命內人乘余坐之車赴醫院，留佟司
機在該地修理。至報載內人踢死司機佟某一節，請想內人已屆產期，哪能
抬腿踢人云云。理事長楊志明等以司機工會係以謀司機同仁福利為目的，
對佟某家屬恤金問題，請副市長予以厚恤。張副市長亦表允許，此乃事實
經過。」末了又附一條「又訊」：「據司機佟壽臣之妻劉氏言：其夫確係
腦溢血而死。報載係張副市長夫人一腳踢死，絕非事實。」如此看來，這
一死真如「燭影記」一樣的神秘了。

　　五號，北平各報社長和總編輯接到張伯瑾和姚子和（冀省府秘書
長）、劉象山（冀省參議會秘書長）三人出名的請帖，在華貴的北平俱樂

部的席上，張氏以《北平時報》主人的地位向來賓致辭。（該報係張氏所創辦，新近改組，由劉象山任社長，張任董事長，姚係前任社長）他說：他非常感激新聞界同人，為他雪冤。這當然是指各報都刊載了中央社這則消息而說的。接著說：以他太太那樣短小，如何能抬起腿來踢死那樣胖大的汽車夫？又說他太太那天晚上就入院生產了，一個要臨盆的女人還能踢人嗎？末了不勝感慨的說：他流年不利，倒楣的事一齊來。「就以今天的事說吧，今天是童軍節，上午在國民戲院優待童軍看電影，原本僅約每校三個代表，結果來了好幾千，把樓板壓得吱吱直響，天花板也快裂了。我趕快宣佈散會。我自知這些時運氣不佳，萬一出了事，哪還了得？」說罷，滿席哈哈大笑。

在滿室笑聲中，有人問道：「張太太生的男孩還是女孩？」張氏欣然答道：「男的，也可以說是這次事件的禍根。」於是全席站起來，舉杯為副市長弄璋之喜道賀祝福。

在笑聲中，記者偷眼溜了一下席次，深覺詫異的是，中央社的一個編輯組長居然是首座，而大亨們如成舍我、張明煒、張恨水和季乃時這有名的「四大鉅子」反居其下。

接著姚子和起來，也為這事辨白。他說：他就住在張家，而且常常乘這部汽車，早就預感到要出事，因為車夫太老了，汽車也太破了。最後張氏說：他今晚還有一個廣播節目，十五分鐘就回來，請大家稍候。（記者按：他是平市童軍的長官）於是不久收音機裏播出他的聲音，強調著「智、仁、勇」和誠實。

席間一位不知名的客人向一個老闆打聽：究竟怎麼回事？那位老闆擠了一下眼，低聲道：「CC派要打擊他！」

「新路」摸索到北方來了

當東北戰局急轉直下，當蔣主席在牯嶺小憩，當司徒雷登大使發表「告中國人民書」，當謠傳宋子文將出組「自由內閣」，尤其是當「和談」不翼而飛的時節，在這國內空氣萬分緊張的時候，以資源委員會高級顧問錢昌照為首的「中國社會經濟研究會」在北平，這個新陪都——正式宣告成立了。它的出版物號稱《新路》，它的開會辭中聲稱：「在黑暗中為民族摸索一條可能達到光明的途徑」。又說：「我們真想尋求一條新路，試畫一幅建設新中國的藍圖。」

敏感的人們嗅到了一股濃重的政治氣氛，一時北平城又好像成了一個發作政治味的酵母所在地。

只見錢昌照的汽車連日向北大、清華和燕園不斷地飛馳，顯然他的對象是這幾個北方的最高學府，也即是司徒大使所最感遺憾的，認為不與政府合作的「知識份子」。

這個會在三月一日正式成立，他披露了他的發起人，一共五十九位，除大部系北大、清華、燕京三校教授外，還有一些民族工業家如吳蘊初、盧作孚等，此外值得注意的人物是邵力子和段錫朋。

三校教授群中，一向最活躍的政治性人物，如北大的崔書琴、雷海宗、鄭天挺，以及清華的趙鳳喈等，都榜上無名，尤其是連胡適校長也沒有參加，大家都很詫異，在記者招待會中，有人曾把這個問題提出來，答覆是：「胡校長德高望重，不敢高攀，不過曾經把會章給他看過的。」又說：「各大學校長都未邀請的」。會後有一位權威的記者說了這樣一句話：「該會唯恐社會對他的印象是不太左的」。這話很有道理，因為據悉錢昌照曾經拉過張東蓀、張奚若、吳晗、許德珩、樊弘這些「左派」教授，但都未能如願。

開成立大會選舉理監事的時候，推出來的三位提名委員是周炳琳、吳景超和孫越琦，周氏在這兩年來北方學潮中，以在反抗美軍暴行大遊行時表同情於學生而獲得擁護，其後當民盟被迫解散，他又一鳴驚人的領銜提出抗議書，但在這半年來，因為封鎖北樓等事件，北大學生又對他另眼相

看。在民主牆上貼出很多攻擊他的文字，他頗為之憤慨。吳是新近退出政治舞臺的清華教授，他本應能如翁文灝、蔣廷黻那樣受重用的，但卻有些「李廣數奇」。孫則系現任資委會副主委。

選出來的理監事共十四位，除錢、吳、週三位外，最引人注目而且最活躍的是《大公報》記者蕭乾，有人感到《新路》的一切很像是《大公報》，《大公報》這些時來不是天天登一篇討論「自由主義」的文字嗎？於是神經過敏的人又聯想到政學系，更有甚者，如天津《益世報》竟刊出一條花邊新聞，說這個會的經費是宋子文拿出他的全部財產十分之一而搞的，於是社會對於這個會的浩大經費發生濃重的興趣，傳說將來《新路》稿費是千字斗米，或千字百萬元，又說它的創辦費是百億元。在記者招待會上，有一個記者曾經問到該會經費來源，吳景超氏的答覆是向各工礦團體募捐得來，並笑稱：「絕不向新聞界募捐」。

以上是關於這個會的人事和經費的說法，至於它的主張，除了開會辭之外，還有三十二條綱領，是極其明朗的，不過全部都是原則。

吳景超氏在記者招待會上站起來劈頭一句話就是：「本會乃一學術研究機關，並非一政治組織，一切都可公開的。」而錢昌照氏在成立大會的開會辭中，也強調說：「提到研究兩個字，特別在民不聊生的今日，有些人不免把我們看作迂腐。另一方面，對於社會團體向來抱懷疑態度的人，或許又猜測到我們研究之外，說不定別有用心。」又說：「若謂借此參加政治或組織政治集團，則我們並無此心。」這些話在會外人聽來，頗有「此地無銀三百兩」之感。

他們主張些什麼呢？雖然口口聲聲說是並非政治組織，這三十條全是政治性的，在政治方面主張：「政治制度化，制度民主化，民主社會化。」「民主制度基於政黨組織之運用，國內應有並立的政黨，互相批評與監督，政黨不得假借任何口實使用暴力壓迫異己。」外交方面主張：「以內政的協調謀外交的協調」。「積極推行睦鄰政策，建樹獨立的對外國策。」又說：「反對以戰爭為國家政策的工具」。經濟方面則主張土地國有，工礦、交通、金融各種事業亦全面由國家經營。教育方面贊成個性的自由發展，學生應從事自動而公開的政治與社會活動，此外還有其他各種社會改良的建議。

這些言詞都是很美麗的，但它沒有指出究應如何促其實現。所以在記者招待會上，有人問到這一點時，吳景超吞吞吐吐未能說出一個具體意見，只說「這些都是我們的一些理想，究如何實現，猶待研討」。接著他就說這個會只是著重研究與調查工作，譬如中國有多少人口，國民所得有多少，等等。有一記者就說：中國眼前最大的問題是戰爭，如果戰爭不停，這些研究工作又有何用？一提到戰爭，吳氏就搖頭了，沒有表示半點意見。

還有的記者提出了若干難題，吳氏就閃避了。例如：（一）貴會之成立，恰在司徒大使「致中國人民書」發表之後，其間是否有所聯繫？（二）外間猜測貴會系一個「新的第三方面」？（三）貴會是否發動所謂知識份子大團結的運動？吳氏和錢昌照異口同聲說：這個會的成立動機遠在去年夏間，凡此不過是巧合而已，不過有人說到：「貴會雖非政治組織，但確能發生政治影響」時，吳氏欣然說：「能有影響，當然是我們所期待的。」

這個會成立後，官方默無反響，在成立大會上，社會部代表致訓時，低微聲調中，僅「戡亂」兩字特別清晰可聞，中央社發有關該會消息則寥寥數位。

一個由上海北來的該會主腦部人士對記者閒談：這個團體在主觀上確是想摸索出一條「新路」出來，也許在想著英國費邊協會那樣的遠景。不過在目前，鑒於司徒和馬歇爾希望中國政府擴大基礎，希望取得知識份子的擁護，則不管該會成立動機如何，這兩件事是可以連起思索的。司徒所指的「知識份子」無疑就是北方最高學府裏人物。所以雖然北方是在這樣軍事緊急之際，這個會仍然要迢迢地跑到北方來成立。不過，這位先生又說：他北上時曾得到主事者的保證，萬一北平吃緊，一定把他飛機撤退，一如東北工礦人員。那麼，這條「新路」也許是條「退路」的。——從它主觀上的政治作用看。

此路不通的「新路」

　　港滬文化界倒頗關心於「中國社會經濟研究會」所號召的《新路》，然而在發跡地的北平，反而無聲無息。記者昨天特意起了個早，跑到遠在東直門的該會會所，作了一番巡禮。這是一所摩登化了的滿清王府，夠得上富麗堂皇四個字的評語，尤其值得注意的是，在那座豪華的客廳裏，還懸著一對「慈禧皇太后御筆」親題的「福壽」字屏，這大概是昔日王府的遺跡，而被現今主人視為珍寶陳列起來。

　　不過，在這樣五進的大府第中，住著沒有幾個人，所以顯得特別冷冷清清，實在不勝其寂寞之感。重要負責人都不來，這裏住著的，只有十幾位中下層的工作人員，也可說是「雇員」，然而他們卻像一般衙門一樣，每日聞鈴上班，聞鈴下班。編輯部有李蕤和張若達兩位，他們是中層人物，本來還有一位高植，卻一去而不返了。李、張兩位苦惱萬狀，他們在這華貴「旅邸」裏，卻安不下心來。因為經常接到許多朋友們的來函，都是些義正辭嚴責難的語句，勸他們在這個旅館裏不要長時間的流連。從他們興致索然的語句中，知道一個規模宏大的會已經在收縮了。經費減少，冗員裁了，原初以報章豐富為號召的資料室，現在也把許多美國貨停了（捐贈者除外），最不可瞭解的是，該會會刊原定五月出版，可是到了今天連他們編輯部都不知道何日可出，但是南京《中央日報》在四號已經登出了《新路》週刊出版的預告。記者又特別詢問了一下該刊負責人吳景超教授，他說稿子是早已編好了三期了，只是登記證還沒有發下來，所以還不能確定哪天出版。原來是萬事俱備，只欠東風了。

　　以局外人看來，這陣東風還成問題嗎？然而它偏成了問題。由此也可見國民黨中央對它的態度。據說：錢昌照在該會成立之後，由平到京，曾謁陳佈雷氏，陳說最高當局認為他們的三十二條綱領都是反戡亂的，所以很不滿意，曾一度有意要邵力子、周炳琳等退出。──這是說，這條「新路」通往右面的路子是荊棘滿途，並不順利的。

左面的路呢？那更無須提起了。香港、上海，甚至四川、北平，都是予以迎頭亂擊，一個未出娘胎的孩子，已經是遍體鱗傷了。

中間的路呢？如果有所謂「中間」的話，這也是不通的。首先，復旦大學教授章靳以和張志讓就已經聲明退出該會，北平的費孝通教授也迭受朋友勸告，不予寫稿，不過，吳景超死釘不放，弄得他大傷腦筋。吳晗、張東蓀等幾位教授甚至有意效仿胡適一派人的「獨立時論社」，而組織一個「非獨立時論社」，把寫稿人的陣容劃分的清清楚楚，涇水是涇水，渭水是渭水，不容混淆。

三條路都不通，於是最悲哀的就是號稱主編的蕭乾了，猶憶蕭於二月中旬，隨錢昌照北飛故都，周旋於士大夫之間，真有點像曹阿瞞持戟賦詩時的神態，然而真的「曾幾何時，艪艫灰飛煙滅」，局外人實在不勝蘇東坡的感慨呢！

據說蕭正遭受著三層打擊。第一是《大公報》主人對他非常的不滿，認為他飛揚跋扈，已經違反了《大公報》之「個人退後事業向前」的八字社訓，所以盛傳他已脫離《大公報》。第二是他執教所在地的復旦大學，張志讓、章靳以的告退，當然大掃其興。但給他的刺激更深的還是他的學生。據說復旦同學曾演出一幕活報劇，有一個沐猴而冠的小丑走來，唱道：「我，『自由主義者』蕭乾是也，奉了司徒大使之命，前來中國開闢『新路』，諸位同學幫忙則個。」再給他更厲害的第三個打擊的，是他的英國夫人。據說他這位洋太太是享受欲很高的，他有點供養不起，於是歸國之後，就生裂痕，他深以為苦。最近她要生產了，就把她送到一個做醫生的朋友家裏，不料孩子養下很久了，她還是遲遲不歸，去一問，原來她已同這位接生的醫生朋友實行同居之好了。不但接了他的孩子，也接了他的太太，這是一幕最富刺激性的婚變，而有此三變，於是蕭乾就無心再來北平，無心再開闢他的「新路」了，由蕭乾本身的所遭受的三變，也就很可以看出「新路」本身的命運。路雖然是人走出來的，然而這條「新路」卻是「此路不通」的。

北平在學潮激盪下

　　在目前的北平，好像有兩個世界，一是各大學的學府，一個是學府以外的社會。廣大的社會群的鴉雀無聲的（連新聞界也包括在內），除了官方有時發動一些紀念會，由大人先生、貴婦名媛們致訓以外。然而在學府裏，卻正相反，可以說整天在吼，在叫！這些學生們一無所懼，他們任情任性，嬉笑怒罵，因此，一些報紙以外的消息，經常由這些學府裏傳播出來（或由壁報，或由傳單），而聳運這園外靜止的社會。──而官方所最感到頭痛的也就是這一點。官方人士不論大大小小，常在憤慨地說：政府花了許多錢，給這些學生們以公費，但他們白吃了，白喝了不算，不但不感恩，還要攻擊政府，這真是豈有此理。

　　從主觀的想法上說：官方的憤慨當然是極其自然的。

　　就以今年來說吧，北大、清華、燕京等校，經常在舉行著歌舞大會，最盛大的一次，是北大四院聯合舉行的，一直繼續了好幾天，偌大的會場（就是民初的國會議場）每天擠的水泄不通，節目都很精彩。有合唱，有邊疆舞，有秧歌舞，最動人的就是「解放區」所風行一時的新型歌劇《白毛女》的前半部（改名為「年關」）。這個劇本的故事據說是確有其事，它充分反映了農村中地主欺壓佃農的悲慘痛絕的實況，還有一個大合唱，我記不起它的名字了，是鼓勵抗日戰爭的情緒的，其中有一句獨白是「春天來了，總反攻的勝利就在眼前了」。這句話雖是指著兩年前的抗戰而言的，但是卻激起了台下雷樣的掌聲。

　　說起「扭秧歌」，從前是讀書人所不屑一顧的鄉下人的玩意兒，現在在學府裏卻已盛傳一時，隨時隨地會扭起來，唱起來，「扭秧歌」好像已經形成民族「土風舞」那樣的娛樂形式，大家感覺到也許從此我們中國人不再是不唱不舞而只會打麻將抽大煙的衰老民族了。

　　三月中，近千的天津大學生來平參觀，就形成了平津學生大團聚的場面。在北大紅樓民主廣場上，有過兩晚的「平津學生聯歡營火大會」，那景象是夠偉大的，成千上萬的年青人圍繞著赤焰高熾的營火，歌聲、掌

聲，此起彼落，平津兩地的學子們在競賽著扭秧歌。天津學生顯然還是
「初出茅廬」，笨拙的步伐激起了滿場的狂笑，但他們仍然拉開了一字長
蛇陣扭了下去。

就在這平津學生正沉醉於「大團結」的狂歡的時候，北平警備司令部
頒發了一道命令，說是奉中央令查禁「北平學聯」，說這是一個共黨的週
邊組織。——這像是一陣東風，把初春的學潮吹了開來，那來勢有如萬馬
奔騰，一發而不可收拾。

平津各校相繼罷課抗議。而其時又正值物價飛躍，白麵賣到兩百萬
一袋，而一般學校的工役還只有一百萬元左右的待遇，講師、助教也不過
三四百萬，大家活不了，於是北大、清華的講師、助教以及工友校警聯
合罷教罷工，要求給予合理待遇。連同學生的罷課，這就形成所謂「三
罷」。此外，教授們也個別發表宣言，予以支持和同情。

北大、清華、燕京三校的學生，正欲利用這個空閒而舉行政治、經
濟、時事等問題擴大座談會的時候，官方又進逼了一步，四月七日深夜，
警備部突然通知北大教務長鄭天挺，指名索要柯在鑠等學生十二名，限天
明交出，否則實行入校逮捕。

在學府裏，這真不啻一聲霹靂。北大的學生們全體集合到民主廣場，
把十名同學圍在當中，上千的學生手拉手形成幾道封鎖線。他們準備著如
果官方真入校搜捕，就抗拒到底。這形勢是夠緊張的。於是，幾經校當局
與警備部接頭，終於答應改由法院傳訊，局面好像已經鬆了下來。

不料，是日深夜十二時，正在戒嚴之際，突有兩輛大卡車載來四十餘
個蒙面人物，手持鐵棒及手槍，停在師範學院門口，逾牆打開校門，一擁
而入，逕入學生宿舍。這時正是夜幕沉沉好夢正濃的時辰，有八個學生從
被裏被拉出來，迎頭用鐵棒就打，鮮血灑滿了床榻，並不許他們穿衣，僅
著一條短褲，反綁了手架了出來，擲到校門口的大卡車上，鳴槍數響，呼
嘯而去，臨行並把三架收音機和飯團的現款三百萬一併拿去。（在師院教
授會所發的「四九」慘案的宣言裏，曾說到他們受傷的情形：「由東直門
第三區警署將學生八人領出，轉送北大附屬醫院時，多已血肉模糊，神魂
喪失，其中二人雙脛擊斷，雙手垂殘。屠宰餘骸，慘不忍睹，未被綁定之
重傷二人，一則胸腹內傷，奄奄待斃，一則頭部有二寸長鐵器傷口三處，

深及腦髓，左耳半去半存，恐有性命之虞。」又據被釋學生在記者招待會上的報告，說他們八人赤身露體，像豬一樣被投上汽車後，又用石灰及塵土將眼睛迷蒙，使不辨東西。最後被送到一雙貧民區的破房子裏，把全體扔到潮濕的泥土上，一日一夜不給飲食，也不給穿衣，有一個被逮捕者是穿著一身整衣服的，哀求監視者准予脫下來給同難者一些溫暖，竟遭了一頓亂踢，左眼幾乎踢瞎，還受了一頓臭罵：『媽的，共產黨還要醫生！』但終於找來一個，卻只拿著一瓶碘酒，就在糜爛的血肉上一灑，受難者『呀』了一聲暈絕了過去。最後監視者說：『你們這些小八路，等著今天晚上好好懲治你們一頓吧！』卻幸而在當天晚上被釋放了出來。）

　　師院全體學生痛憤萬狀，就不顧一切，全體於當日早晨九時出發遊行，向行轅請願。師院學生一向是沉靜的，這次卻敢於冒了大險，浩浩蕩蕩遊行請願起來。不久，其他各校亦紛起回應，城外的燕大、清華亦徒步入城，約莫有五千的學生不約而同齊集到行轅門口，遮斷了西長安街交通，黑壓壓的人群圍坐在廣場上，自朝至暮，苦等苦候，中間先後有師院以及北大、清華的教授會代表前來慰問。這在北平的學運上也許是破題兒第一遭，各大學的教授和學生組成了一條陣線，師生一體和當局對立起來，各校教授會相繼發表宣言，有云：「當此行憲初期，竟有暴力橫行，破壞人權，曷勝怪歎！」有云：「感於正常教育無法維持，不勝必悸！」

　　記得司徒大使曾歎息過北平教育界多是反政府的，現在卻完全證實了。也許更應可歎的是連一向被認為「三民主義堡壘」的師院師生，現在竟也造反起來了。

　　請願大隊堅持要立即釋放被逮同學，否則絕不返校，就要在大街露宿，一直等到深夜十時，據說當局得到了蔣主席的電示，告誡他們不要在國大開會期間鬧事，才答允學生的請求，把那八個學生由不明不白的地點送到警察局，再由警察局放出來。據說釋放之前每人給送來一套舊制服，讓穿起來，並把臉上的血跡擦淨，這八個人總算得了救。請願大隊狂呼：「團結就是力量！」行轅並開來幾十輛大卡車，要送城外學生回校，學生卻偏不坐，寧願步行了回去。行轅又怕特殊人物再鬧事，就在十點鐘發出臨時戒嚴令，讓學生們安全的散去。

翌日，有一個「反罷課反暴動」的遊行陣容出現街頭，說是在「民眾清共委員會」號召之下的，這陣容內除了幾百中學生外，有上萬的光頭短衣的人物，他們口呼他們才是真正人民代表，他們要肅清潛伏的共產黨，他們也向行轅請願，也那樣圍坐著，他們並在街頭貼了許多標語，如「殺豬拔毛」之類，但更觸目的應是「打倒官僚」四個字，這表示他們對行轅釋放學生深表不滿的。行轅之外，他們遊行的對象是北大和師院。他們包圍了沙灘區，北大取守勢，把一切校門都關了，大隊進不去就以磚頭投擲紅樓，把玻璃打得稀裏花拉。後來發現東齋的教授眷屬宿舍開著門，部分人就擁了進去，把吳恩裕等七八個教授的住宅大搞特搞，臨行並把校區作為戰利品而攜去，大隊雙轉到師院，時已入夜，師院亦緊閉雙扉，乃人手火把，鼓噪欲進，那時偏偏有一位女生由校外歸來，胸帶徽章，竟被大隊發現，就捉住痛毆，用火把把頭髮燃燒著，還用木棍向下部亂搗，據說後來有一位憲兵看不過去，生怕出了人命，就用兩手護著這女生的頭，好容易把她拖出來，送進校門去，最後大隊終於衝進了校門，不過，因為學生早已躲避一空，找不到對象，就只在牆上貼了許多標語。

有過這樣一場如火如荼的壯舉後，各大學全體教授都激動起來了，國立各校宣告一致罷教，師院教授尤為堅決，三度發表宣言，非俟懲凶之後始能複教。同時，平津九大學學生組成了「聯防會議」，北大、師院等校都選派糾察隊，不分晝夜巡視校園，並守住大門，非有學生證不得入校。

平津各國立大學，竟至「聯防」起來了，這「防」的對象，無疑就是政府當局，而這種現象，又是每經一次學潮而益趨擴張，一般人都不免詫異，當局為什麼要刺激學潮，這豈非自己在為自己開闢第二戰線？

也許政府終於看到了這一點，所以當青年部長陳雪屏和市黨部主委吳鑄人雙雙奉命，返平處理這次學潮時，都異口同聲採取疏導政策。陳、吳連日歡宴各校教授，警備司令部陳繼承和市長何思源並致函師院道歉，吳鑄人在市黨部紀念周上這樣訓話：「我今天要求我的同志和愛國家愛民族的學生和民眾，接受我的勸告，我知道你們都是義憤填膺、摩拳擦掌的要與潛伏奸匪拚個你死我活，須知革命不能單憑血氣之勇，一切行動，必須要在法律軌道以內，勿使親者痛奸者快。具體的說，你們如果知道誰是奸匪，誰是『共特』，你們可檢同證據，向治安當局報告，或向法院檢舉

控訴。」由此可見當局鑒於直接行動的後果，要改采合法手續了。不過，問題又來了，苦於得不到證據。歷次被逮捕的學生都不過是「莫須有」之罪，譬如遷延好久的「孟憲功案」，明明知道他既非「奸」亦非「共」，然而既經抓了起來，放也不是，不放也不是了。於是陳雪屏又直接與學生群談話了，他勸告學生不要受人利用反對政府，否則會有「大不幸」來臨的。學生卻說他們完全是獨立意志。而吳鑄人在他那天的訓話中，也提到了要「請學校當局嚴格禁止反戡亂反行憲，及詆毀元首、污蔑政府的宣傳」，此外又特別「忠告三位教授，再勿在『共特』所召集的會場中，憑一時之快，作刺激學生的言論，受奸匪利用，否則極為危險」。但這一番話，又激起了北大、清華、師院、燕京等校九十個教授的抗議，向他要證據，並問他是否在預謀「第二個聞一多事件」？

　　如此這般，北平這幾座最高學府，就成為政府戡亂過程中最難應付的對象。既不便索性解散，又須忍痛花錢，明知他們既非「奸」也非「匪」，然而他們卻要反政府。再則，他們既不吃硬也不吃柔，實在拿它沒辦法。這是一個沒法解決的苦悶，從而北方的學潮永遠激盪不已，不知何時可了。

戰火撲近北平城下

五月二十日蔣總統、李副總統就職大典的好日子，市當局早在籌備隆重的慶祝，但恰恰在盛典的前夕，西郊突然緊張起來，聶榮臻萬餘人於十七日深夜潛入西郊外圍，於十八日晨三時起，在溫泉、妙峰山及萬壽山北方六里的西北望等處與國軍展開激戰。一時西直門外宣佈戒嚴，各名勝區域斷絕遊人，停在飛機場的飛機都驚惶撤飛，海甸、成府等村鎮一律停市，清華、燕京等校都接到命令，在戒嚴期內禁止集會遊行。

城外炮火漫天，但城裏的人並不介意，只不過物價像是點著了火的爆竹，一鳴衝天，於是人心惶惶，惶惶於物價的飛躍。

剿匪總部，顯然在為了安定人心，在十九日晨發表了一個白話文的談話稿，說：「國軍現在完成了一個最好的計畫，這個計畫的執行，就是要殲滅聶匪一部分主力。可能今天晚上開始在西山一帶地區要打一個殲滅戰。截至現在匪軍都照著我們的計畫，聽我們的指揮，一步步走到我們佈置好的陣地來了。」又說：「北平人士不是都很喜歡到萬壽山、妙峰山一帶釣魚嗎？國軍也想釣魚，現在魚已經快上釣了。」於是剿總的機關報《平明日報》大字標著這次戰事是「釣魚戰」。

這樣，五月二十日這個好日子就在釣魚戰中過去，不能不說是有點掃興。同時，成舍我的《世界晚報》在那天突然放出一個離奇的謠言，說據京訊，香港已成立偽政府，主席是宋慶齡，副主席是毛澤東和張瀾。這個謠言在此時此際發佈出來，確實有點刺激性。好在絕大部分的老百姓都為瘋狂的物價而瘋狂了，很少有人還有餘力理會這些事，恰如剿匪總部所說，這夠得上一個「剿匪的城市」了。不過，在五月二十日那天，偏偏有被查禁了的「華北學聯」，在北大民主廣場發表了「五二〇周年紀念告同學書」，不免令人生「不識相」之感。

這個長達萬言的宣言，指出「在這歷史轉變的一九四八年」，經費危機加深了，美援加大了，日本法西斯復活了，勝利三年變成了「主人美國，經理日本，奴隸中國」的局面，歸結到——

不管怎樣，五月二十日總算平安過去了。太和殿前有盛大的慶祝會，中山公園有戡亂漫畫展，由「民眾清共委員會」副主委的中央社丁主任率領全市記者參觀一番，晚間，袁世凱稱帝的新華門前燈燭輝煌，而故宮門口更掛滿了「與民同樂」的宮燈，燈下有不少遺老遺少在緬想當年的「太平盛世」。（上八字皆燈上標語）

至於「釣魚戰」呢？二十一日，剿總政工處長閻又文宣稱：「平西竄擾匪部已肅清」，惟惜「此次釣魚僅釣到很少幾條」。又說：「根據投誠之聶匪部屬供述，聶匪由察南竄平西，曾大肆鼓動，謂國軍主力在察南，可乘虛而入北平，而戰鬥結果，匪軍企圖已成泡影。」

其實平郊經常就有著小戰鬥的，尤其在傅作義就任華北剿匪總司令的那天，專車由張垣出發，中途遇雷，驚險萬狀。當日《北平日報》曾以頭條標題報導：「鐵路寸寸斷，北平成孤島」，並說由那天起（三月下旬）展開了「傅作義與聶榮臻兩人的命運之爭」。

由純軍事觀點而論，這話不無道理。因為目前傅作義是「華北長城」，聶榮臻是共軍晉察冀邊區的統帥，兩人正是對頭。於是從三月下旬起，平綏路上就展開長期的「捉迷藏戰」，進進退退，或實實虛虛，無非各在想消滅對方的主力。這次平郊之戰，仍然是捉迷藏戰中的一幕，聶部的動向顯然在破壞平綏的東段，因為中段（張垣、大同之間）早已破壞成功了。從這次戰事發生之日起，北平、南口之間各站，如沙城、土木、狼山、沙河、清河俱告破壞，而康莊、西撥子車站並曾有過惡戰。土木站並有一列混合車被劫持，車站員工以及旅客四五百人俱被俘去。

現在快一禮拜過去了，平綏東段迄未修復。綏遠、大同、張垣與北平都陷於交通麻痺狀態，各個孤立，尤其北平，又形成「鐵路寸寸斷」的狀態。平古不通，津榆也不通，僅剩下平津這一小段。這種狀態當然可以聯想到五月入關的傳說，聯想到遼西熱南的緊張局面。這番平郊之戰無疑是一種配合行動。

「傅聶之戰」進行了約莫有兩個月了，在這個時期內，有過五個大的回合，值得一述。一是「淶水之役」。傅軍因情報不夠，精華所在的三十五軍幾乎全軍覆沒，軍長魯英麟和師長李銘鼎雙雙陣亡，傅為之痛哭三日。二是「香河之戰」。傅部另一精銳朱大純師以主動姿態攻入冀東，

說是要破壞共方的地道戰術的。據說朱軍到達香河時，不見一個共軍，就抓住老百姓，問地道口在哪裡，不答不知道，就用刺刀當胸一挑，一直挑到第十六人時，這人是個小學教員，他說出了地道口在某家的鍋灶下面，於是這條地道為國軍所破，但以後戰鬥，詳情不悉，僅據報載，在戰爭過後，軍方命令香河縣購置棺木三十餘具，以備安葬陣亡的官員，此事曾激起民意機關的反對。三是「冀中穿心戰」。號稱「大青山之王」的鄂友三軍，乘冀中共軍空虛，認為是「穿心戰」打擊對方的「空心戰」的大好機會，遂以急行軍姿態率領騎兵勁旅由天津南馳，馬不停蹄，攻入任丘與河間，但未及稍停，又復馳歸。不過，據說歸途在沙河橋曾遇一場惡戰，共軍以口袋戰術相候，張開了口，預備請君入甕，鄂友三回平後曾遍述這番奇異的旅行。剿總新聞處說是這番游擊，雖未占城奪地，卻帶回了「解放區」的民心。第四是「天鎮之戰」。守軍黃師全部被俘。當聶部點查俘虜時，詢問哪個是頭目，俘虜中有一少年站起來，指著黃師長說：「他是我們的電臺的台長。」黃師長深恐洩露其真相，情急之下，竟奪取長槍，欲刺死這個少年。說時遲那時快，當場的共軍卻一槍先把他刺死了。事後並把他的屍體送入國軍境內，所以在張垣的追悼會上，並未說明他的屍體是怎麼來的。第五就該說是這番「平郊釣魚戰」了，這場戰爭沒有結束，但從剿總發言人的談話看來，國軍這番釣魚顯然沒有收穫可言，魚不但漏網而去，且把餌也吞了去。但看平綏全段癱瘓，傅總司令連日於北平、張垣、大同之間飛來飛去，便知這場戰爭所造成的緊張氣氛了。

從北平看美國對華政策

在最近半個月內，東北和華北的戰火已經燒成一片，平津兩城也已遭受到燃眉之急的時候，貴賓如蒲立特大使和史培曼爾主教卻先後蒞平，而且都急急於會見作為「華北長城」的傅作義將軍和「北方知識份子領袖」的胡適校長，尤其他們都拒絕見新聞記者，於是大家就覺著有點神秘，而由此神秘氣氛中就產生出一種傳說出來。

從報紙上所獲得的消息是：蒲立特於下機之後，坐汽車進城時，對於北平城裏秩序之平靜感到意外的喜悅，嘴裏一直吵著要趕快見傅將軍，汽車把他送到剿匪總部後，據說賓主一見如故，且深恨見晚，當即作長夜深談，說是軍事政治無所不談。翌日即拜會胡適校長，說是交換了些關於華北局勢和文化界情形的意見，其後蒲氏飛還南京，在翁文灝院長的歡宴席上，就大為讚美北平之偉大，並說曾與傅作義長談，深覺傅氏剿共確有辦法，並深得人民信仰，惟力量尚須充實。要保全華北，須各方對傅儘量支援。

蒲氏走後沒有幾天，緊接著史培曼爾主教就來了，當日午間受文化界名流胡適、梅貽琦、陳垣等等之歡宴，晚間教會為之舉行盛大酒會之前，單獨與傅作義和楚溪春兩將軍作了兩小時的談話，據《世界日報》所載內容如下：「傅將軍表示：願其以宗教立場領導世界天主教友，認清共黨面目，對中國正進行的剿匪運動作精神上之協助，史則表示中國人之安全幸福，即為美國人之安全幸福。欲求美國之安全幸福，先使中國獲得安全幸福。安全幸福之來臨，則惟賴此次防共政策之成功。」談完話後，史於第二天就直飛東京會見麥克亞瑟去了。

這兩位貴客走後，留下了耐人尋味的傳說。說是美國為加強或是有效援華起見，有意要直接支援傅將軍，應給的物資也不必再經中央轉發，這一來，時間上既經濟，而且可以免除了中飽之弊。注意，美國人對政府中人士的貪污，實在是大傷腦筋的。

關於史培曼爾，則傳說更為離奇。說是他曾談到「太平洋戰線」，那麼，傅將軍也許已作為未來世界大戰棋局中一個有力的棋子了。

傅將軍是武的，關於文的是胡適校長，在司徒大使發表了直接警告中國知識份子的聲明之後，還未等政府當局王外長出來答覆，胡校長首先於五日就發表意見說：「我的意思和司徒先生的意思大體上是差不多，我們的結論是一樣的。」又說：「自己太不爭氣，只應該自己憂慮，不應該自己倒楣，也讓人家倒楣。看了人家復興，就眼紅起來。」末了，又轉而歎了一口氣說：「這種正當憂慮也有相當理由，但我們不可神經過敏，從這種憂慮就懷疑到盟國的政策。」最後還再三說：「司徒先生的文章作的不錯，也很懇切，大體上我很贊同他的意見。」

把以上這些跡象連穿起來，敏感的人們就覺著病號對華政策已在轉變中了，就是「美國將要不經過中央，自己直接來支援地方軍人以至地方紳士」，這使人想起了英國對印度「分而治之」的政策。

司徒這次不顧國際一般慣例，竟越過駐在國的政府，而直接向駐在國的人民發表恫嚇性的警告，就已充分暴露了美國這種心事。不過，司徒這種太露馬腳的冒失行為，可能是由於一時氣憤而來，在他，固已一向認為是「中國人民之友」，尤其是北方文化教育界之友，卻料不到這些被認為「友」的對象，竟直接反抗起來，他老人家的動氣是可以想像得到的。遠在去夏，司徒高唱知識份子大團結的時候，那時正逢東北緊張，國軍有總撤退的謠言，平津兩市卻分別由胡適、張伯苓兩位校長發起組織起平津「市民治」協會來，那時外間就嗅出一種特別的氣氛，說是華北會又「特殊化」起來，使人又聯想到宋哲元時代。又其後在錢昌照領導下的「中國社會經濟研究會」成立了，據說本來是要請胡適作會長的，因為他名氣太大了，不便擺出來，所以當時吳景超答記者的時候，曾說：「不敢高攀他老人家」。這些「會」的幕後，大家都已明瞭了，不必再贅詞。不過，由這些，頗可以看出美國直接支持地方紳士的意圖與跡象。

現在華北行轅已撤銷了，但預告中的政委會卻遲遲未能成立，政委會的主委本已決定由傅作義兼的，以求軍政一元化，這些時來傅已在著手安排人事，但最近聽說何應欽部長曾有電來，表示今日已行憲，軍政應即分開，於是華北政委會就犯了難產症了。

此外，可得而告的：華北民意機構曾迭請中央將平津兩市劃歸剿總，並請求將華北稅款也直接撥歸剿總應用，不必再解往中央多費一番手續，

最近並又堅決反對將唐山工廠機件南遷。凡此都會引起人一些聯想，聯想
起來，和本文主題是絲絲入扣的。

仲夏夜的噩夢

　　時序已進入仲夏，在中國是「七月流火」的季節，在外國也就是莎翁所謳歌的「仲夏夜之夢」的時候，其原因都不外是熱，因了熱，空氣似火，於是「情人詩人與狂人，想入非非莫與倫」了。

　　當戰火燒焦了半個中國的時候，高度熱逼著人要發狂，於是各種各式的謠言「流」出來了。南京和北平是謠言最盛的所在，我現在且把北平所聽到的報告一二。自然，這完全是一個「仲夏夜之夢」呢！

　　自從蒲立特和史培爾曼觀光北平之後，敏感的人們就已經覺出一種異樣的味道，都覺著要「變」了。緊接著就是北平市政府改組，緊接著就是李宗仁、張群以用司徒雷登三人幾乎是連袂飛平，上周還盛傳蔣總統與何部長也要分別由陝由京來平，召開一個重大會議，正在舉行中的市參議會就建議把北平作為「夏都」。

　　在中原戰局逆轉、人心動盪的時候，沉寂多日的李副總統，以及作為政府靈魂的張岳軍，以及友邦大使突然同來北平，究竟為了什麼？這不但北平人在納悶，恐怕全國都在急欲知其究竟。

　　然而，在表面上能知道的，李副總統抵平後僅僅發表了一個「官面」堂皇的書面談話，張群也只向清華、北大的教授們敘敘家常，並向琉璃廠的書肆買了大批的古籍，司徒則躲在燕園內飽受了他的學生一番指責，自承認美國扶日政策在技術上有點錯誤，並自承認學生愛國行動還應擴大，但應與政府合作。這樣無可奈何地表白了一番之後，說他確願辭官重返燕園，便懶洋洋地走了。

　　你從這些要人們的表面活動上，難得窺出一些真相，但聽了內幕中人一句話，會使你恍然大悟，會使你把一切個別現象都能連貫起來，越想越對勁。

　　一句什麼話呢？他說二氏來平目的完全相同，都在爭取傅總司令。而且張群比李宗仁還搶先一步，早來了兩天，當蔣總統離京西飛時，張群也就飛來了北平，華北政會會（與宋哲元時代的名字完全相同）就要成立，

有力方面都在推薦人選，有人說張群想推政學系的施奎齡和鄭道儒作副主委，而李宗仁也已把兩個副總司令和一個參謀長介紹進了剿總，不過這些安插人事還不是主題，主題是什麼呢？

天津《益世報》最近兩天曾有過兩個南京專電，惹起各方面重視與推敲，第一個是：「政府人士，已公開承認時局之嚴重，對行憲新政府的希望，日漸淡薄，據自臺灣小遊歸來的洪蘭友說：新政協，亦未始不為途徑之一。」第二個電訊是：「京中一般要員對當前大局，有形無形中流露出一種焦慮情緒，洪蘭友氏日前所透露的『變』，及注意北方局勢，頗引起國人揣測。據聞所謂『變』，既非向『和』的方向變，亦非向『裂』的方向『變』，而是一部分憂心國是，肯於負責，準備於萬不獲一，應機速起，支持地方武力，保全一隅，免受塗炭，醞釀著一種連衡的『變』。實際此種變，也可謂『以變應變』、『以變防變』。變的重心，自在北方。中樞當然不願大局至此種地步與出現此類局面，故已著手研究奠定北方局勢對策。今後施政與軍事重點，或即移向北方，藉以填堵北方人心的空虛，袪除無謂的彷徨。」

這兩個電訊，自然也只是一種推測，然而與目前事實印證起來，卻頗言之成理，譬如以「憂心國是」說，張岳軍來平逢人就說，我雖已下野，然而當前國家興亡匹夫有責，實不容無官一身輕呢！張群這次來，報紙上公開宣稱是「奉蔣總統之命，與傅作義商談某項問題」，這個「某項問題」，究竟指著什麼呢？有人就猜想到李宗仁的北來，由李而想到「支持地方武力」。張和李的北來是一個目的，卻是同床異夢，李抵平後的書面談話中，對傅讚揚備至：「以傅總司令忠貞果敢之精神與從事軍政之豐富經驗，相信必能使華北局勢日趨安定。」又稱：「余以為今日吾人克敵致勝最重要之條件，即在爭取民心，……傅總司令能著眼於此，余極希望華北人民對渠能付以最大之信賴與全力支持。」而在華北學院的歡迎會上，有人曾提請副總統實現競選時所提出之政治主張。李抵平後，各方均盛大歡宴，惟傅獨缺如。內幕中人說是避嫌。更可注目的是，除張群先李宗仁一日而來北平外，毛人鳳局長也接踵而來，引起更多的流言。

張群此來，除對傅有所「使命」外，另悉是想拉攏各校教授，如報紙所載：「視察人心向背及輿論動向」，也許是作為「變」的張本。頭一次

是由梅貽琦作東，與清華教授相見，梅為人小心，未敢邀請左派教授如張奚若、吳晗等，於是席間唯唯諾諾，看不見什麼「人心」，也聽不見什麼「輿論」，張群頗感失望，於是在第二次胡適作東時，就示意把左派人士也請來，不料在席間就以「在歷史上民變從未成功」為題，而激起一場辯論。樊弘和胡適爭執甚烈，胡適堅持正面意見，甚至說：「我比你讀的書多，你是學經濟的，你知道什麼政治！」於是雙方引經據典，舌戰不已。結果是盛會不歡而散。張群日內就要南返覆命，據說還要去昆明一遊，那裏當然也是「地方武力」所在之地。

張群和李宗仁來平之際，也就是蔣總統駐節西安，召集馬鴻逵等舉行軍事會議之時，馬家父子目前已變成了西北的重鎮。但此間又有一個離奇的謠言，說張治中曾「四上延安」，這大概是百分之百的謠言，我說現在是「仲夏之夜」，正是「想入非非莫與倫」的季節。

不過，另有些「實事」可資採尋的：

自北平市政府改組後，首先新市長劉瑤章就是傅總司令推薦的，繼之是警察局長湯永鹹被參議會趕走，接著民政局長馬漢三和幕後人物喬家才都突然被捕，琅鐺入獄，這都是意想不到的事，因為員警、民政兩局權威極大，是都直轄於保密局的。這兩天，市黨部主委吳鑄人也迭遭攻擊，他在一日曾為文申辨，說有人控他沒收東方文物圖書館的古版書籍，盜伐萬牲園的古樹，私吞敵產六百畝田，這都是「假話」，可是「假話說三遍，便成真的」，所以他要出來說明真相。他又說：「革命黨人是不怕流言的」。他又以甘地自比，說「像甘地那樣的聖人，還會遭到慘痛的結果」！

這些事實也許可列為「變」的徵兆，傅作義在參議會開會時，曾作大聲疾呼：「在今天借自己權力地位或特殊關係想作特權階級最為可恥！我希望我們要建立有正義有是非的社會，沒有所謂特權階級的存在。」劉瑤章的首次施政談話中也強調「今天的一切必須走向公平合理，尤其不能再讓少數人的利益妨害了多數好人的利益。」

洪蘭友說大局要變，並說北方首先要變，那麼，北方要怎樣變呢？像宋哲元時代的特殊化嗎？在李副總統招待各界的盛大酒會上，有一記者曾以此詢問胡適，胡適於瞪視對方良久之後，連說：「不可靠！不可靠！」

那麼，洪氏所說的「新政協」更為靠不住了。張群和李宗仁想向「不可靠」的路上邁步嗎？這真是一個難解的謎！也許等到眼前的中原大會戰結果揭曉之後，這個謎方會揭曉。

李宗仁在平與和謠

七月二十四日，北平各報刊出了一則驚人的消息，說據合眾社訊：
「副總統李宗仁之首席顧問甘介侯教授，率直否認李氏知悉華北國共和談
之謠傳。甘氏告合眾社記者稱：謠言事出有因，本人可保證李副總統與傅
作義將軍與之絕無相涉。本人不信謠言有事實根據。」另一個消息，則說
李氏日內即離平返京，將轉粵桂一行。

李宗仁來北平已有一個月了，謠傳是一直跟著打轉。但謠言都是黑
市，還沒有一次像這樣的公開而明朗過的。這時是太原被圍與保定吃緊，
謠傳共方將在月底召開「華北人民代表大會」、成立「華北政府」的時
候。更可注意的是，又恰是熊式輝、顧孟余以及彭學沛等等連袂來平，
「看看老友兼以避暑」時候，敏感的人們又會記起他們過往在政治舞臺上
的紀錄，顧和彭都是「老改」，而現在的由傅總司令起用的劉瑤章新市長
正是他們的曩昔的老同志，又會有一次「擴大會議」嗎？北方真成了謠言
的司令台了。

為什麼謠言要以李宗仁為對象呢？當然，大家會記起他的競選政綱，他
倡「革新」口號，並得到美國輿論的支持。最近一次司徒大使來平，在一次
公開的場合，曾偶然道及「和平」兩字，隨侍在側的傅涇波慌忙打住了他的
談話：「注意呀，一旁有新聞記者呀！」司徒和李差不多是連袂來平的。

李宗仁來平以後，迄至今天有三件事值得一敘，一是他初到之際發表
了一個書面談話，對傅總司令恭維備至，並主張建都北平。

二是他約請了北大、清華、燕京、師院等校的左派教授，舉行了一
個茶話會，他請到會的人士自由發言，那天到會的有三十多位，都是論壇
上的名流，計有張東蓀、許德珩、袁翰青、費青、周炳琳、朱自清、雷潔
瓊、張申府、馮友蘭、黃國璋、傅銅、王捷三、嚴景耀、翁獨健，以及
王之相、黎錦熙諸氏，而清華教授如有名大炮張奚若與吳晗則因校車在
「七五」血案的風潮中被迫停駛而不得進城未能參與。這個盛會延續達四
小時之久，座中所談的大都集中於「七五」血案，亦有談及大局的。

　　聽說頭一位發言的是張東蓀，他赤裸裸地說了他自己的看法，他否定了政府方面一切主觀的幻想。其他發言的如袁翰青，他請求副總統轉達政府當局，切勿將希望寄託在美蘇戰爭上！這會是一個大大的失望。還有馮友蘭，他說了一篇很中肯的話，他說每個階段的學潮都有一個總目標，除非這一個目標達到了，否則是壓不下去的。他舉例：抗戰以前的學生運動，總目標是抗日，一旦政府宣佈抗日了，學生莫不爭先樂為政府所用，竭誠擁護政府，現階段的學潮，其總目標是求政治之改革，如果政府仍是以不變應萬變，那學潮決不會有停息的一天。還有傅銅，他列舉政府違憲的事實，反覆引證，一個人竟說了四十分鐘之久，等於上了一堂法律課。其他大多數是談「七五」血案，一致主張政府應採取疏導政策，實行兩年來李宗仁的老辦法：「大事化小，小事化無。」有一教授更作幽默語，謂若有「職業學生」，是系與「職業政治」同時而來。政治家不夠風度，不知現實，故應先自反省，若說一萬人皆為職業學生，亦無此理。

　　這個會是有歷史意義的。臨末，李宗仁並沒有下什麼結論，但表示願與大家常常見面，多聽些意見。教授中亦有許多人表示希望李氏能常川住平。

　　一個「有職無權」的副總統，離開首都跑到政府大員所公開宣稱「要變」的北方，而又有這一番與政府立場相異的作風，謠言要從身上生根，那不是很合邏輯的嗎？

　　許多人喊喊喳喳說他要做「中國的華萊士」了，這是不明白中國並不是美國，絕沒有產生華萊士的條件。這次和謠雖然把他當作了目標，其實有如甘介侯所說：謠言事出有因，但與李、傅絕無關係。那麼謠言究竟是從那裏生出來的呢？這當然應該從有資格有力量寄託謠言的對象著想。

　　這兩天天津報紙說蘇聯駐華大使羅申少將有出面調停中國戰事之說，一般都以為這是變相的說法，按理應是蘇聯的對手——美國出面的。於是人們想起司徒大使這次來平時所說的「讖語」來了。

北方在突變中

「北方在變」，洪蘭友早在初夏的時候，就在首都發出這樣的警號，但那是作為政治上的冷箭而放出來的，卻萬不料經過了兩三個月之後，一場秋風，北方局面卻真的大變了，一百八十度的大轉變。

可以說從濟南失守之日起，北方就陡然緊張起來，以迄錦州會戰展開而達到了極點。蔣總統於十月初來平部署，並曾親臨葫蘆島視察，並對由臺灣調來的新軍訓話，經過這一番部署以後，以為國軍可以一戰而穩定東北大局的。在蔣總統之意，是要把長春的兵撤回來，增援遼西。殊不料長春的兵一個也沒有撤出來，錦州經過一天的奮鬥就告結束，瀋陽更是不戰而瓦解。這樣幾乎在半個月之內，東北三大據點全部喪失，三大據點的統帥，長春的鄭洞國、錦州的范漢傑、瀋陽的廖耀湘，沒有一個突圍；提到所有的兵力，更是令人慨歎不已。據一般估計，東北的國軍至少有五十萬之眾。

在十月三十日，東北大局已成定局。蔣總統悄然離平南返。而在他去的前後，更換了北平警備司令，並命傅部配合中央軍共三個軍，由保定南征，目的地是石家莊，旗號是「援晉兵團」，所給的命令是「不停的前進」。一般估計，國軍深信冀中是空虛的，可以一鼓而下這作為共方政治首都的石家莊。這樣不但可以挽回東北之敗的頹勢，並且可以穩定北方——即是平津兩城了——的人心。

然據昨天（十一月二日）的戰報稱：傅部於南攻定縣之後，突然發覺察南的聶榮臻部南調，魯西的陳毅北上，眼看要把這援晉兵團南北合圍，於是下令「回師兜剿」，並宣稱保定之南將有一場大戰。按聶榮臻與傅作義這兩個對頭，一年多來就在處處鬥智，卻始終沒有遇到過一回主力接觸，這一次是破題兒第一遭，這一場大戰的結果，無疑對北方的局面是有決定性的。

這樣短短的一個月，東北全盤變色。緊接著就是華北展開主力戰。西北則是：綏遠十多個城市於一夕之間撤守，包括繁盛的包頭在內，僅剩下

一個歸綏孤城。陝北方面，彭德懷部重臨涇渭河谷，西安所受的威脅僅次於太原。太原更是一夕數驚，岌岌可危，不在話下。至於中原戰場僅剩下商丘、信陽兩據點了。如此所謂「三北」已成了這樣一個破落的局面，所以盛傳中樞已在考慮放棄「三北」而守「三南」了。其中最主要的徵兆是平津及其他華北各城鎮的美僑已經奉命南撤，而北方空運中心也由北平移往天津。

一個月，只是一個月，北方「變」到如此程度。現在可說是驚魂初定，一般人才有興趣於研究東北之失的經過來了。關於東北這場突變，其實況報章無一字記載，長春、錦州和瀋陽這三大名城究竟怎樣丟的？如果是光看報紙，會使你愈看愈糊塗，莫名其土地堂。我現在將各方的消息，綜合報導於下：

有人說：蔣總統此番來平，曾三上西山，晉謁總理衣冠塚，而且是三次都曾掉淚的。這傳說也許有點傳奇味，但也不妨姑妄聽之。頭一次去的時候，據說正是長春兵變之後。原來總統下令長春守軍突圍，共方就開始廣播誘降，說長春茫茫孤島，能向何處突圍？結果守軍曾澤生部首先嘩變，回師襲擊守城部隊的李鴻部（新七軍）。曾、李兩部一向是互相水火，曾是雲南部隊，李是中央嫡系。在曾部變生肘腋之際，鄭洞國無能為力，翌日就廣播出他出席座談會的聲明。但官方卻一口咬定他是「殉國」。據說這是瀋陽軍事會議所決定，唯恐真相洩露會影響士氣的，所以「遺囑」、「最後通報」等等都發出來了。有人說：鄭洞國真成了「洪承疇第二」了。崇禎帝宣佈洪在遼西殉國，為之立廟哭祭，想不到他卻降了清朝，並領導清兵入關了。歷史真會重演嗎？

蔣總統第二次遊西山賞紅葉，恰在錦州危急之時。據說錦州只經過一天的戰鬥，就把范漢傑半年的心血化作烏有了。范本人化裝突圍，卻在東南郊蘿蔔吃的時候，被識破而成俘。范為一時名將，總統痛失股肱，怎能不一灑傷心之淚？同時在錦州被俘的，還有東北老將張作相（報載已輾轉抵津），據說他是由瀋陽去錦，料理他的銀號生意的，萬想不到住了一天就起變化了。

錦州丟了以後，總統又親臨瀋陽，作一番佈置，把駐瀋部隊幾乎全部調到遼西黑山、大虎山一線，以圖保衛瀋陽這個最後的堡壘。同時並由海

軍佔領營口,以圖打通瀋陽通海的門戶,而作撤退之計。據說廖耀湘反對西調,所以勉強到了遼西,這四師人不多天就糊裏糊塗垮了。廖本人下落不明,有的說在瀋時已遭槍斃。遼西一變,瀋陽便成了空城,守城的僅有周福成部一個團以及瀋市自衛總隊。據說到十月二十九日,這個自衛總隊長陳某已經與共方有了聯絡,而要對東北軍政首長有所行動,最主要的扣押衛立煌。這個總隊長猶豫不決,竟將這個「新任務」請示董文琦市長,經董「曉以大義」,未及行動,而董乃匆匆溜了出來,拉了衛立煌就上機場,這時留瀋飛機僅有三架,所以許多軍政將要人物都來不及撤退了。據說飛機裏擠滿了人。有兩個女人從門口擠掉下來,起飛時連門都關不上,衛立煌離瀋後,留在瀋陽的還有三個軍長:周福成、潘裕昆、龍天武。北平《世界日報》二日載稱:「三十日午後為雙方開始商談,瀋陽代表人物未詳,微聞以不使百姓慘遭塗炭為主旨。」如此這般,整個東北戰事(除了葫蘆島和錦西兩地外)就全部結束了。

　　蔣總統於三十日午後二時離平返京,經過半個月的策劃,東北終於全部不守。其他不談,僅僅部隊至少也有五十萬眾,已連同所有高級將領全部被俘(除了衛立煌、杜聿明二人僥倖脫險而外)。他懷著怎樣沉痛的心情,返回江東,是難以想像的。他走後的第二天,報紙發表了他的「答美記者問」,這也就不啻是他對當前時局的宣言,文末這樣說:「今日欲使世界人類得免於第三次世界大戰之災禍,尤須拯救亞洲,而拯救亞洲之努力,又應以中國為重心,此實為人類歷史上之空前偉大事業。余願美國人民及其政治家引為己任!」

　　這篇答美國記者問,據說是出之於陶希聖的手筆。陶氏是隨總統而來的。三號那天,平市新聞界四個機構的負責人曾為他舉行了一個歡迎會。陶氏以極坦白而悲傷的口吻講述當前形勢,他說今後大局當俟徐、蚌會戰而決定,如果這一仗打散了,整個中國也就完了。又說金圓券的失敗比東北軍事的失敗更為嚴重。今後中國的經濟以及軍事全要靠美國來支持了。言下不勝唏噓。與陶氏同來的鄧文儀也發表了一篇談話。他說林彪將有十二個縱隊入關,配合上聶榮臻的七個縱隊,將和傅作義指揮下的十五個軍決戰,而決定華北的命運。又說這個時間的到來,還有一個月的功夫,因為林彪需要一個月的部署,那就是說平津還有一個月的安定。一個月之

後怎樣呢？他勸告大家沈著鎮定。他相信「哀兵必勝」，而現在國軍是「哀兵」。陶氏又說有人提議以北平為不設防城市，他說這種想法是錯誤的。當初張自忠也是這樣想法的，結果日本人進了城，第二天就把他趕跑了。

　　北平城裏的人們確實還沒有想到或是感覺到北平已到了這樣緊急關頭，所幸陶、鄧兩氏的談話報紙都沒有發表，否則北平會突然慌張起來的。而目前北平所引為痛苦與恐慌的只是饑餓二字，連日公教人員都在接二連三的「罷教」、「餓工」、「總請假」，尤其整個教育界已臨解體的關頭。全市小學教員罷教已有一周之久了，迄無解決辦法。如果公教人員都已奄奄待斃，而政府熟視無睹，或只著急而無法可想，則社會的危機，縱能在軍事上打一個勝仗，也是解決不了的。有人說：「秋風已吹遍了北國」，這話一點不假。整個北方在變了，但先前是量的變化，而現在卻到了由量到質的「突變」時候了。

張申府其人

打開十一月三日的《世界日報》，載著民盟開除張申府盟籍的消息，在政治新聞沉寂的北平，這條消息確夠刺激的，尤其是自軍調部解散後，一直是「門前冷落車馬稀」的張申府的住宅，因了這條消息而又成了新聞記者出入之所在，張申府又成了新聞人物，他並且發表了書面談話，有所辨駁，……這種種使我忽然有動於中，我覺得站在我的崗位上，我是應該有所報導的，因為我知道更多些更確實些。（由於職業的關係，我和北平城裏搞政治的人們是熟習的，又因為是局外人，所以我的觀點自信是不偏不袒的。）

大家都知道，留在北平的民盟上層人物，有張東蓀、吳晗以及張申府、劉清揚夫婦，前二者是生活在學校中，經常跟同學接近，也經常跟文化界接觸。惟獨張氏夫婦好像是離群索居，他們好像隱居的這鬧市裏，試想一個搞政治的人卻脫離了群眾，脫離了社會，而他又偏偏有著旺盛的政治欲念，那麼他所搞的把戲自然會是閉門造車。我想他這次的「呼籲和平」，無疑就是由此而來。

我相信他主觀上還不至存有「反人民反民主」的意念，也不會如外間所傳，是「軍統的特務」。他可以說是一個十足的書生，尤其是一個不知世故的書生。（他的太太劉清揚也曾歎息過：「張先生應該是個學者，如果是在太平盛世，他的成就一定是了不起的，可惜偏偏生逢亂世！」）也就因為是一個書生，就做出了不少為人所詬病的行為，他自己也許還不自覺呢！

自民盟宣佈解散以後，這一年多來，他曾做過幾件很為內圈裏所指責的事情，我且舉其犖犖大者：

頭一件是：在民盟被迫解散之初，他以他個人的名義在報章發表了解散聲明，並特別提到：在民盟成立的幾年來，承蒙有關當局愛護協助，深為感激等等。這些話，當時吳晗等人就深為憤慨，本想為文闢斥的，但礙於環境而隱忍作罷。在張氏本意，可能認為是一些客套話，說說也無妨，

而且也許還含著求取安全的副作用。但他不知道這是搞政治，政治上要講節操的，一字一句都不能苟且的，他中了傳統習俗的毒，還以為這樣是講人情說面子的。

第二件就是在報章上發現了擁護唐嗣堯競選立委的啟事。這當然與民盟否認行憲的立場大相逕庭，無論如何是要不得的。據他本人辯解，他說這事是這樣的，有天唐嗣堯和他談天，說他要競選立委了，問他好不好，他礙於朋友的面子，就說了聲「好啊！」翌日，唐在聯名啟事上就把張申府的名字列為第一名；張看報後並未出來否認，當然就算是默認了。按唐在北平有一個「世界科學社」，借著這個機構做聯絡文化界的工作，他幾乎收容了所有的偽教授和老古董，經常有著集會，而張申府夫婦也經常是座上客。有一次我記得大概是歡迎李蒸的茶會，我以記者的資格出席，驀然相逢，張頗為之忸怩不安，未終席就偷偷溜去。從這一點，我看出了內心的苦悶。在他本心上，也許認為這是應酬，這是虛與委蛇，殊不知政治上講的是大節，緊要關頭，是一分一毫都不能差的。譬如以朱自清先生來說，當趙鳳喈也想競選立委而在清華園遍找諸教授簽名擁護時，他碰了不少的軟硬釘子，其中以朱自清先生的答覆最為得體，他說：「我們在私交上是朋友，但在政治上，我們是有異見的，所以恕我不能投你一票。」（大意如此）朱先生是一個無黨派的文人，尚且如此重視政治原則，相比之下，作為一個政治機構領導人物的張申府，確實是不能取得一般諒解的，無論有任何理由。

第三是他為一個態度不明的雜誌撰文，這個刊物誰都知道是什麼人所主辦的，其作用內圈裏也都知道，但在創刊號上，張申府夫婦為之大寫特寫，高談知識份子之任務，於是不明真相者就認為這是一個進步的刊物。因之，許多敏感的大學同學就認為張申府已經「轉變」了，死心塌地的為軍統工作了。

第四，就是他最近為文公開「呼籲和平」。這時恰在國軍在東北失利、華北震動的時候，又恰是張君勱入川遊說也在試談和平的時候。更巧的是，自他一聲呼和之後，南京教授群也和風相應。他本人也許真是如他所說，是「出於不忍人之心」，但他忘了他是個「政治人物」，他的談和絕不能與張菊生老先生在中研院評議會上的演說相提並論。作為一個「政

治家」，卻不知道政治原則！如果他僅是一個學者，那也罷了，可是他又偏偏有著熾旺的政治欲念，尤其熱烈的領袖慾。

　　在得悉民盟開除其盟籍之後，他憤慨萬分，除向往訪的新聞記者訴說不平外，並發表了書面談話，說：「三五分子，如果有權開除我的盟籍，未免過於滑稽！」

　　從張申府身上，我看到了所謂第三種人彷徨不定的悲哀！

記徐鑄成
──我所知道的一自由主義報人

　　一、在報壇寂寞的今日，偶然翻起剛剛由上海寄來的《鐵報》（7月30日的），那上面赫然有這樣一個標題《徐鑄成封筆》，吸引著我的注意。我讀了下去：

　　徐鑄成昔為《大公報》台柱，所撰社論犀利無匹，其後忽與王芸生有所扞格，遂拂袖而去，《大公報》當局對徐乃嘖有煩言，以是借題難之，要亦不為無因。溯抗戰勝利之初，《大公報》籌備復刊，徐氏由渝蒞滬，襄贊擘劃，貢獻殊多；及脫離《大公報》，乃專任《文匯報》總主筆；顧未久而《文匯報》乃以言論偏激，遭受停刊處分；徐氏心緒，遂複大惡。別報有延徐主持筆政者，徐輒婉辭，迄今猶無東山再起之訊。有詢其未來出處者，徐氏答曰：筆已塵封，不欲專度剪刀漿糊生活矣。徐氏好唱曲，暇輒寄情管弦，以舒其胸鬱勃焉。

　　這幾句報導中儘管有不少的錯誤（例如關於徐氏脫離《大公報》的原因），但我於讀罷後，不禁隨著一聲歎息，掩著報紙，陷在起伏的回憶的思潮中。

　　二、徐鑄成三個字是隨著《文匯報》三個字的起來而起來的。其實，他在報界已有將近二十年的歷史，而且這長長的年月，一直是為了《大公報》而消磨了的。由最初的國聞通訊社的記者做起，而駐外特派員、而編輯主任、而總編輯。他這樣在《大公報》的機構裏按部就班地工作著，但他的名字並未在報紙上露過面，因之他一直是默默無聞的。

　　真像拜倫的故事一樣：「我一覺醒來，發覺我已是名聞天下了。」徐鑄成三個字發了亮而是在《文匯報》創刊的時候。

　　「八一三」全面抗戰爆發，以迄於滬國軍撤守，上海各報一致停刊內遷，《大公報》亦分別撤往武漢和香港。是時輿論界有志之士，深覺上海猶有兩租界可佈置崗位，不可盡拋此「江東父老」於不顧。於是相約組織一新報社，並聘一英人作經理，掛起洋商招牌，以求生存。

這個新組織起來的報社就是《文匯報》。它是利用了《大公報》未撤退的機器和位址以至於大部分人力而起家的。其實在事實上無異是大公報的別動隊,而徐鑄成就是奉命留滬主持《文匯報》筆政的。

上海民眾當國軍撤退輿論消沉的黑暗悲痛的時期,《文匯報》突於此時出刊,它大膽地說出民眾所欲說的話,最要緊的是它發揮抗戰要旨報導國軍作戰消息以及政府軍政大計,使這個「孤島」在精神上得到與大後方取得聯繫,真如大旱之後得甘霖,令人興奮萬狀。尤其徐鑄成所撰的社論成為滬人每日必讀的文告,犀利熱情,勇敢的筆鋒給予黑暗中的滬人不可名狀的鼓舞以至於安慰,於是徐鑄成三字不脛而走,《文匯報》因之一紙風行‧銷數突過十萬大關。

「文匯像是一顆彗星掠過黑暗的天空。」多少人在這麼說著。

三、但隨著國軍作戰不利,敵人與漢奸逐漸向這成為「孤島」的兩租界施展壓力,尤其新聞界成了最顯著的目標。威脅與利誘像一把剪刀的雙鋒向報人伸了過來。

《文匯報》因為是所有洋商報紙中最大的一個,而且它團結著最大多數的有志之士,遂自然而然成了黑暗勢力最痛恨的一個目標。

《文匯報》被投過兩次炸彈,整個營業部炸毀了,職員中一死數傷。但它屹立不動,繼續努力。總主筆的徐鑄成收過兩次駭人的禮物:一次是一隻血淋淋的手臂,附上幾句話:「若再寫社論,有如此手!」一次是一籃馨香撲鼻的水果,仔細檢查之下,每隻果子都打了毒針。

在那個恐怖的時辰,滬上報人被暗殺的日有所聞,但除了極少數的降敵之外,大多數是抱著奮鬥到底的決心,以後到了最壞的情況的時候,幾家報館編輯部的人員就全部留宿在編輯室內,有時一兩個月足不外出。僅賴電話與家屬親朋通消息。

這一段抗戰史上可歌可泣的史實,當時傳到了大後方,就成為了夏衍先生新劇本《心防》的題材,我想每個中國的新聞記者都應該引以為驕傲的。

最可痛惜的是這個報人報國的時機未能彌留多久,汪逆精衛終於「組府還都」了,兩租界當局都倒了過去,於是「洋商」招牌也掛不住了。所有支持抗戰的大小報紙一律停閉,至此「孤島」整個陸沉,也就結束了上海報人這段光榮奮鬥的歷史。

　　《文匯報》停刊較早，它是首先遭受了敵偽的分化陰謀的打擊，敵偽在無計可施之時，就以大量的紙彈集中向《文匯報》的洋經理進攻，這個洋人，畢竟不如中國人有骨氣，中彈投降，於是《文匯報》所有編經兩部職員在徐鑄成領導之下，發表了一個義正辭嚴的聲明，明告社會此中內幕，並決心全體撤退，使偽《文匯報》也無從產生。

　　這是《文匯報》第一次的停刊。停刊後，徐鑄成即赴香港，嚴經理卻仍留上海，做著地下的文化工作，不久被捕，嚴刑不屈。當我于光復後踏進《文匯報》的會客室時，迎面就是掛著蔣主席頒給他們的獎狀。

　　「文匯真像是彗星，一掠就不見了！」當時黑暗的孤島，人人心裏有著這樣一個歡息。

　　四、《文匯報》的光榮促成了徐鑄成的成功，他這番由滬轉港，受到了張季鸞先生熱烈地讚賞，立即把《大公報》香港版總編輯的大任托給了他，而且口口聲聲認為託付得人。其時當上海孤島陸沉後，海外的香港在事實上成為了中國的文化活動的中心，各黨各派，以及敵人漢奸都在這兒做著製造輿論的工作，《大公報》仍然以其持中的一貫立場周旋其間。這個期間，徐鑄成的筆完全是代表著報館本身，是是非非都應當算在報館的賬上。

　　而作為他個人的表現，是在太平洋戰爭爆發，香港被圍的期間。

　　日軍攻佔九龍後，香港彈丸之地立刻變成一個小小的孤丘，排炮和炸彈一齊向這海中孤懸的一點集中發射，全港陷入極度恐怖的深淵。報紙當然全部停刊了，人們在四處逃難和掩避。即以《大公報》而論，大部分員工都躲入地下室，整日整夜蟄伏一隅，飲食行廁都不敢走到地面之上，而徐氏獨能鎮定應付，以輕快的心情，率領著一小部分年輕的同仁，仍然過著正常的生活日程。在炮火包圍之下給大家說說笑笑，並且每日按時「說書」，他的記憶力特強，口才尤佳，他能把幾部完完整整的彈詞如《描金鳳》、《玉蜻蜓》以及《楊乃武與小白菜》等等繪影繪形地講出來，使人聽了如醉如癡把一切眼前的恐怖和危險都忘得乾乾淨淨。他每日經常地從山坡上的宿舍，冒著炮火到市區與新聞界取得聯繫，有兩次曾經被對岸的日本炮手發現了當做目標，炮彈立刻在，身邊炸開來，幸而吉人天相平安無恙。

日軍侵佔香港後，環境的險惡要比炮火的威脅更為厲害。炮火是可以躲避的，而日本人的「訪問」卻是無法拒絕的，日本人首先要想把《大公報》「復刊」，把條件等等甚至薪水這樣細微的節目都提了出來。

這確是一個大難，卻也是一個人格的試驗。

夜裏，徐氏輾轉反側，終宵未曾合眼，在他的腦裏在盤算這個不能不立即答覆的問題。終於決定了：化裝出走。

我終生忘不了那個淒風苦雨的早晨，一行四人：徐氏和金經理誠夫以及一個廣東同事和我。四個化裝的「粵籍」難民登上了開往廣州的汽艇，四個人中三個人是既聽不懂廣州話更不會說一字一句，硬著頭皮衝去。

我迄今猶在心中感謝那位珠江碼頭上的紅衣女郎，她是一個翻譯，憑她幾句話，把我們從日本憲兵的留難中解救出來，她說：他們是多年在外的廣東人，所以連本鄉話都不會說了，現在因為皇軍解放了他們的故鄉，才趕了回來。

五、由廣州而韶關而桂林。太平洋戰爭爆發後，可說除了地皮外，香港的一切全都移來桂林，於是這個一向閉塞的小城竟承繼了香港遺產，而變為戰時中國的文化城。

這個文化城的造成，建築師應該說是由香港內移的文化人，而報人又是其中最重要的主力，那個時候，桂林新聞界的蓬蓬勃勃，雖不敢說是絕後，但確已是空前。領導群倫的是《大公報》，主持《大公報》桂版筆政的就是徐氏。

這裏我要插幾句題外話：一般認為《大公報》的成功，是由於胡政之先生的經營以及張季鸞與王芸生先生的文章，這固然是成功的因素，但並非全部。我覺得《大公報》的成功，大部在於中層幹部的健全。以全國報館來說，沒有一家擁有像《大公報》那樣素質高的中堅分子，無論是內勤與外勤。

然而遺憾的是：由於歷史既久，無形中在上層之間有一種官僚主義的作風在養成，因此上中層之間隔膜愈趨愈深，兩層之間鮮有談話，更說不上什麼感情的交流。於是中間分子全仗自己暗中摸索道路，走通走不通就全靠個人運氣了。

但是在桂林館由於徐氏個人性格的影響，上中以至下層之間竟打破了這種人為的牆壁，好像整一個報館生活在一個大的廳堂裏，上自經理總編輯，下至工廠的工人學徒都可自由自在地共同工作談話以及玩耍。整一個報館的空氣，是那樣的融洽無間。

桂林《大公報》是抗戰中期比較最滿人意的一張讀物，嶄新進步的作風，敢說敢言，是文化城的支柱，更重要的是維繫著大東南半壁的人心。我覺著這個寶貴的收穫主要就是靠著徐氏自由民主的作風以及他個人熱情的吸引力。因為在他領導與維護之下，中層分子可以儘量發揮自己的能力。

我舉幾個記憶猶新的例子。

如火如荼的桂林報界向貪污宣戰運動，自始至終是由《大公報》的內外勤領導進行著的。中間有關方面千方百引地威脅與恫嚇，例如某當局曾數度親臨《大公報》，指名抓人，但都經徐氏抵擋過去。他說寫那些文章的，就是他本人，如果要抓，就請抓他。

再如震動一時的子岡通訊，那都是些在重慶所不允許發表的，而每週寄到桂林來刊載。甚至渝館曾幾次關照不要登，但仍舊改一改登了出來。

說由這兩個例子，就可以看出能維護幹部，才能運用幹部，從而才得精誠團結把事業發揚光大起來。

六、桂林陷落前的最後日子，也是《大公報》最偉大的時代。他的社論真是賽過幾師雄兵，他的副刊成為真正人民的園地。但最後的時間終於來臨了，一部分中堅幹部雖曾要求徐氏領導他們組織一個《大公報》戰地版，隨著國軍轉戰前線，決不撤退，但徐氏礙於社命，無從答應。堅持到了最後的最後，終於忍痛放棄了這個辛苦經營三載的精神堡壘，全體員工徒步南行，參加了有名的湘桂大撤退的民族苦難。

等到逃到大後方之後，才知道沒有了桂林《大公報》，就沒有了可看的報紙了！這是貴陽一家報紙所說的話。

再等到逃到了抗戰大本營的重慶之後，像是從一場春夢裏驚了醒來，桂林時代成了記憶中的好日子，讓苦難的桂林人在秋雨連綿的雲霧重慶，想念著，追思著。

那是個不能忘記的憂鬱的時日。《大公報》各處的人馬都退集到了這唯一剩下的最後據點——重慶館，僧多粥少，於是不協調的老病大作，上中層之間的牆壁日益加厚，甚至上層之間也隔起許多的夾板來。

在這許多的夾板之中，徐氏緘默起來。再聽不到他的笑聲，也再聽不到他的議論。

七、「勝利」把他解放了，他奉社命飛滬恢復《大公報》滬版。同時《文匯報》諸董事亦集議恢復《文匯報》。這樣，兩張報紙都需要他主持，他在晚間是兩處上班，但一人精力畢竟有限，所以《文匯報》在復刊之初顯得沒精打彩，這顆重來的彗星並沒有吸人的亮光。

於是等到王芸生氏來滬後，他就堅決辭掉了《大公報》，走出了他這二十年來的家園。對於徐氏脫離《大公報》，一時成為上海新聞界的新聞，曾有許多記者來訪問他，在《人物雜誌》上有這樣一篇訪問記，他說明他出走的原因：「《大公報》雖然是我的家，但我不能作主，有妨礙到報紙立場的話我不能說，不說又於心不安。我主持《文匯報》，可以說我應說的話，成於我，毀亦於我，可以心安。在抗戰時間為了勝利第一，許多應說的話未能說，但是勝利以後，民主建國既然是大家所公認的，報紙應當反映民意，說話應當配合這個方向，沒有理由再使我們不自由發言，總不能說裹著小腳就不向前走？」

徐氏一旦以全部精力用在《文匯報》，《文匯報》這個彗星立刻光芒萬丈，銷數扶搖直上，在極短的時間內，它的聲音響徹了全中國。在擴版之初，徐氏就確定了《文匯報》的態度，他寫著：「一張真正的民間報紙，立場應該是獨立的，有一定的主張，勇於發表，明是非，辨黑白，決不是站在黨派中間，看風色，探行情，隨時伸縮說話的尺度，以鄉愿的姿態，多方討好，僥倖圖存。」《文匯報》有此基本的立場。而中堅幹部又都有這種共同的認識——即徐氏所說：明黑白，辨是非，面對真理，有所愛，有所憎。這就是促成《文匯報》起來的最重要因素。

在這裏，我還想附帶說幾句插話。《文匯報》之所以成名已如上述，但如果沒有經理嚴寶禮氏驚人的魄力，這張報紙根本就不能產生。嚴和徐的關係，說句笑話，真可說有些「管鮑遺風」。抗戰數載，徐一人獨自在後方工作，留在滬濱的家庭，便一直由嚴照料著，柴米無缺，安度過了長

長的黑暗的歲月，所以後來徐決心脫離《大公報》，而「冒險」與嚴合作，這也未嘗不是一個有力的因素。

八、然而這二度復活的《文匯報》，仍然是短命的。它夭折於抗戰時期，又夭折於建國時期。好像命運註定它就是一顆彗星。生命只是一閃的。

《文匯報》停刊後，徐氏曾去南京活動過一番，但終於決定不復刊了。在那時期，《正言報》主持人以友誼深厚，曾力邀徐氏加入該報，徐氏以這樣一句妙語作答：「我剛剛新喪，你就勸我改嫁，未免在人情上說不過去。」頗有寄沉痛於幽默之慨。

末了，我再抄一段徐氏對《人物雜誌》記者所談的話，以見其對目前中國新聞界的看法：

「目前新聞界發展到極可怕的時期：黑白顛倒。中國文人傳統的精神：春秋之筆，董狐之筆，貶褒極嚴，史家認為真理所在，振筆直書，雖殺其父子兄弟，在所不顧。這種傳統精神是可貴的！中國之有近代報業不過百年歷史，雖然在內容上技術上還很落後，但近幾十年來，的確有不少仁人志士如孫中山、梁啟超、宋教仁、于右任、邵力子諸先生投身新聞界，奮如椽之筆，啟迪民智，開創革命先河。《大公報》張季鸞先生曾經說過：『平常待人和氣，遇有大事雖六親亦不認，決不袒護，決沒有不敢說的話。』這次抗戰，陷區報人很多與黨派沒有關係，然而都有奮鬥精神，誅伐醜類，雖死不辭，前仆後繼，大義凜然。勝利以後，報人或者由於生活所迫，或者由於言論受制，失去了這種傳統精神。過去，有些報紙像鴕鳥一樣，對有些事情避重就輕，但還沒有指鹿為馬，顛倒黑白，可是，現在卻發展到對於血淋淋的事實都加以抹殺，反口噬人。這對於下一代青年記者養成不顧真理，歌頌暴力不以為恥，反以說謊為當然。這影響太大了！新聞界的遭遇，的確是空前未有的沉重，然而即使如此，也未必可以作為噤若寒蟬或顛倒黑白的理由！」

（三十六年八月十六日於北平）

【附錄】

郭根年譜

　　1911年，出生於山西省定襄縣鎮安寨村，原名郭良才，後名郭根，筆名焦尾琴、木耳等。

　　1918年，在村小讀書。時父親郭增昌因家貧赴保定軍校投考入學，期間加入共產黨，並且是中共北方軍事工作小組的成員。

　　1922年，在縣第二高小（位於神山）讀書。同學有智良俊等。

　　1925年，父親郭增昌赴廣州參加北伐，行前囑縣第二高小教師胡仁奎（蔣村人）攜郭良才赴北京求學，此後郭良才相繼在北京大學平民小學、北京師大附中讀書，居住於北京三忠祠等處，經常來往的同鄉有王伯唐、郭潔民（覺民）、周隆高等。

　　1928年，升入附中高中（高一三班），教師有林礪儒、石評梅、徐銘鴻、董魯安（于力）等，同窗有劉導生、徐世榮、張騄祥、金兆驤、姚鑒、夏承楣、范繼增、秦宗周、陳士龍等。期間曾加入共青團，受北師大學生李續剛（1949年後為北京市人大秘書長）領導。但因自由主義和個人主義嚴重，不欲為黨派活動所縛，曾被邀請參加中共直隸區黨員代表大會，會中因惦記女友而離去。

　　1929年，參加文學小團體「縵雲社」，創辦《縵雲》半月刊，發表詩歌《秋風》、《驟然》、《酒杯》等。

　　1930年，因團組織被破壞（中共左傾「飛行集會」等所導致），失去與組織的聯繫。也因身份暴露，無法升入北師大。與邵飄萍長女邵乃賢戀愛。

　　在附中學習期間，還曾擔任「校友會」執行委員、幹事、編輯。主編《校友會會刊》，並編輯《反帝戰線》，又加入「齒輪文藝社」等。

　　1931年，附中畢業後，考入山東青島國立山東大學外國語言文學系，師從梁實秋等。同學有臧克家（詩人）、高哲生（後在青島「中科院」海洋研究所任職）等。

　　同年與邵乃賢結婚。翻譯有美國女作家凱瑟的《我的死敵》（京報館出版）。

　　在青島參與發起組織「刁鬥文藝社」，在《刁鬥》文學刊物上發表有小說和翻譯作品，如《鬥爭》、《美國同路人的問題》等。

　　1935年，大學畢業後，赴歸綏（即呼和浩特）綏遠一中（一稱歸綏中學）擔任英文教師。時該校校長霍世休（清華大學國學研究院畢業生）是其在北平時的摯友。同仁有赫貴忱（後為山西太原工學院教授）、胡彥球（後為北京人民出版社編輯）。

　　同年，胡燕丘、郭根、龐學文等師生編輯出版有《三家村》，《沙駝》等文藝副刊。

　　1936年4月，霍世休、胡燕丘、郭根等聯合同道，創辦文藝半月刊《燕然》，這被時人認為是「綏遠文藝界的大事」。同時發起成立有文學團體的「燕然社」，社員多為中學生，由霍校長主持，刊物《燕然》半月刊則主要內容傾向於翻譯和詩歌。

　　抗日救亡運動興起後，發起成立「綏遠文藝界抗敵協會」，為常務理事之一。與友人章葉頻（1938年赴延安，後為內蒙古自治區文教局局長等）、王亞平（詩人）、袁勃（曾是漢口及重慶《新華日報》編輯，太行版副總編輯，晉冀魯豫《人民日報》副總編輯，《北平解放報》總編輯。後為中共雲南省宣傳部副部長兼《雲南日報》社長、總編輯，雲南省委宣傳部部長）、溫流、郭靈墅（山西人，後為內蒙古文史館館長）等組成的「塞原文藝社」成員相互切磋，討論文學，章葉頻撰有《關於郭根先生談新詩的韻律》、《由詩歌的內容和形式談起——再駁郭根君》等。

　　發表《現代美國小說的成長與維拉－凱淑女士——〈我的死敵〉序》（《燕然》1卷1期）、《魯迅先生》（1卷12期）等。其譯作《我的死敵》由京報館印出。

　　1937年，「七七事變」後，學校解散，其遂攜妻南下，經山西、河南、湖北、湖南等抵上海，參加了「孤島」上的抗日文化活動。

　　1938年，出版報告文學《烽煙萬里》（在報紙上連載達一月之久），因而受到許多報刊的約稿，遂在《華美晨報》、《華美晚報》、《華美週刊》、《新時代》等翻譯美國記者斯諾、貝特蘭的文章等，如《華北前線》等（長篇連載）。

　　加入「民族復興大同盟」（由反汪偽的小組織、山西人陳高傭組織的編譯所組成）的《新時代》半月刊編輯部（主編為楊聞斌）。同仁有孫雲峰、陳奕、葛志民、盧益、鍾秀英等。主持該刊的《小論壇》（短評）欄目。後得知該刊物是國民黨「文工委」組織的，當時標榜「抗日第一」，因此編發了一些有關抗日和反汪等的稿件，但不久刊物即被查封，其自稱是「愛國有心，報國無門」。

　　先後在報刊上發表《孤島青年的喉舌》、《西班牙見聞》、《納粹以外的德國人》、《奧大利亡國記》、《阪垣與平沼》、《沙遜一席說》、《貞節帶與保衛文化》、《和平》、《對華新認識》、《元旦誓筆》、《我還能說些什麼》、《關於排猶運動》、《英美在遠東關係》、《為正義而奮鬥的日本革命者》等，多為譯作。

　　除了為《密勒氏評論報》等報刊翻譯文章之外，還曾在家中的亭子間內秘密編印反汪小冊子，往淪陷區散發，其中有《蔣總裁言論集》、《汪兆銘怒打汪精衛》等。後又有《千夫集——各友邦眼中的汪精衛》（郭民編著，國民出版社，1940年）、《燃犀集》（郭民）、《辨奸集》（郭仁，香港申萱出版社，1940年）等結集。同年尚與國民黨上海救濟會建立關係。

　　1939年，《新時代》被查封後，又加入《現代中國》社，任編輯。社長為王艮仲（後為國務院參事、「民建」中央領導人）。《現代中國》系政治、經濟、文化綜合週刊，貌似超然，並突出報導盟國的消息等，但該刊半年後也被查封。

　　「孤島」時期，郭根除為《密勒氏評論報》、《大陸報》等翻譯文章，還為《前哨》、《文化列車》等供稿，並與主編蔡之華等相識。

　　郭根被汪偽政府通過法租界當局所通緝，其遂告別病中的父親和妻子，化裝潛往江南游擊區，活動於無錫、溧陽一帶。後又經國民黨江蘇省黨部江南辦事處安排，在江南行署擔任江南文化事業委員會《現代中國》的編輯。

是年冬，日軍和偽軍對江南一帶進行「掃蕩」，郭根隨部徒步南下轉移，因在大雨中連續奔走，至腿腳潰爛，後行抵江西「第三戰區」的上饒。

1940年，在「第三戰區」政治部任職，該部秘書長周紹成任命其為中校組員，負責《前線日報》的編務，他以岳母湯修慧「報門之婿」的教誨為由，拒不為官。時《前線日報》總主筆是宦鄉。同仁有周靈均等。此後，轉赴安徽廣德，又在江南游擊區編輯《江南日報》（其主編黃某已犧牲，遂繼任其職，僅兩月有餘），《江南日報》主要接收中央社等的電訊，表面是純粹的客觀報導，又無外勤記者。

是年冬，因妻子病危（後遺下3個兒女而逝世），潛回上海看望，從此脫離國民黨。上述情由，此後郭根在1949年後的歷次政治運動中都成為其主要的「歷史問題」，甚至因此被誣為「國民黨特務」、「國民黨黨徒」等，他自己也多次檢討自己「只有民族立場，沒有階級立場」，痛心於自己背叛了「貧下中農」家庭和自己青年時的「共青團員」歷史。

1941年，潛往香港，由岳母湯修慧（報人邵飄萍的遺孀）向徐鑄成介紹，正式加入《大公報》，任英文電訊譯員，後又參與編輯要聞。

與國民黨中宣部駐港特派員鄧友德、《大公報》經理金誠夫等相識。參加「國新社」。

負責招考《大公報》練習生、校對等，錄取有羅承勳（羅孚）、陳偉球、雷特、陳凡等。

是年冬，太平洋戰爭爆發，與徐鑄成、徐盈、羅成勳易裝逃往廣西桂林。

1942年，在「文化城」桂林大展身手，桂林版《大公報》名聲大震。

1944年，日本進攻廣西，遂轉赴重慶，在《大公晚報》任編輯，後因政見不同，被《大公報》主事者（曹穀冰等）撤職。

1945年，抗戰「光復」後赴西安，被《益世報》老總馬任天夫婦聘任為總編輯。（前《益世報》經理楊芳青回憶說：「1942年我和馬在天結婚後，相偕離開重慶到陝西創辦《益世報》西安版，郭根曾任總編輯。」見劉時平《從海外來鴻想起北平〈益世報〉》）。其時姚青苗任副刊編輯。與山西第二戰區駐西安辦事處主任杜彥興相識。

因社論經常被胡宗南派來的教官所把持和操縱，遂另闢「自由論壇」等欄目與之抗衡，尤其是報紙的副刊，由雷特等編輯，內容十分豐富和精彩。

年底「歸隊」，即赴上海任《文匯報》副總編、總編，又負責編輯《小論壇》等欄目。

1946年，是年9月6日，《文匯報》出版勝利復刊紀念專頁，內有徐鑄成《一年回憶》等，其稱《文匯報》復刊後，第1期（復刊至1945年年末）主要人員有儲玉坤、柯靈等，第2期（1946年）加入有宦鄉、陳虞孫、郭根、金慎夫、孟秋江、張若達等，「力量漸充實，面目也一新。」又自徐鑄成正式脫離《大公報》赴《文匯報》負責，乃為第3期，又加入有秦柳方、唐弢、劉火子、馬季良（唐納）等，「現在我們編輯部的同事，有六十多位，可以說全是無黨無派的自由主義者。有些是《文匯報》的舊同仁，有些是我多年的朋友，有些甚至在加入之前還沒有見過面，但現在合作起來，全像一家人一樣，精神上結成一體，工作的熱情都很高，我們有一個共同的目的：就是要把《文匯報》辦成一張像樣的報，憑事實報導，憑良心說話」，「我們都認為：一張真正的民間報紙立場應該是獨立的，有一貫的主張，而勇於發表，明是非，辨黑白，決不是站在黨派中間看風色，探行市，隨時伸縮說話的尺度，以回應的姿態多方討好，僥倖圖存。」

其實，編輯部中的宦鄉、陳虞孫是中共地下黨員。郭根則主要主持夜班編輯。

戰後國民政府「還都」後，蔣介石曾赴上海一行，「這在國民黨方面認為是頭等大事，徐先生（即徐鑄成。筆者注）對我說：蔣在逐步褪色。蔣到上海的那天晚上，我同郭根商量，把這條新聞放在一版下半版，由他發稿；我寫了有關教育方面的社論，放在上半版。這在上海各報中又是一個與眾不同。」（金慎夫《回憶在〈文匯報〉〈大公報〉的工作》）

與山西省省長趙戴文的孫女趙錦在太原結婚（由杜彥興介紹，趙錦係趙戴文之弟趙戴襄之子趙希復之女，時趙希復任山西審計處處長），當時閻錫山參加了他們的婚禮，並由「新郎」郭根與趙宗復（趙戴文的兒子，燕京大學畢業，曾任山西省新聞處長、代理教育廳長，中共秘密黨員，後為山西省教育廳廳長，山西大學副校長，太原工學院院長等，「文革」中死難）負責招待，當時閻問「新郎」如何對付共產黨，郭答可以採取「革命競賽」的辦法，閻聞之搖頭而去。

不久後赴北平，與山西閻錫山代表杜彥興達成「君子協定」（時閻錫山在北平積極聯絡民主人士，以製造輿論、擴大聲響），即由杜提供物質設施，由郭提供人力，雙方合作，互不干擾，並由郭在「二戰區駐北平辦事處」內設立《文匯報》駐華北暨北平辦事處，其時郭根已辭去上海《文匯報》總編之職，改任記者和特派員北上（當時他身邊還有一個《文匯報》的記者潘靜遠，潘後為李先念秘書，「文革」中死難），同時兼任山西「正中通訊社」（社長杜彥興）、北平《益世報》總編，並主編《知識與生活》雜誌。

時山西人姚青苗為北平「雪風出版社」總編輯，主編《雪風半月刊》，與郭根甚為熟識（後皆在山西大學中文系）。

其時，《文匯報》駐華北暨北平辦事處的電文經常是《文匯報》北方消息的頭條，甚至中共報紙也經常予以轉載，而郭根以「正中社」、《益世報》等為掩護，積極擴大社交面和採訪消息，但從遼瀋戰役打響之後，其處境轉為困難。

由郭根主持的《知識與生活》月刊，後與當時費青先生主持的《新建設》被並稱為北平的民主姊妹刊，此刊與中共地下黨崔月犁的直接領導有關，其編輯部設在西單高義伯胡同，並由郭根負責主持刊物的「半月間」、「隨筆」、「譯文」、「時評」等欄目。

1947年，郭根又兼任《真理晚報》主編。當時《益世報》報館內有中共地下黨員張青季、李炳泉、劉時平等，此外副社長陳北鷗是「民盟」成員，並與中共徐冰保持聯繫。劉時平在《從海外來鴻想起北平〈益世報〉》中回憶說：「因我們主要是利用這張教會辦的報紙的外衣進行地下工作，所以編輯部調來郭根任總編輯，兼編《真理晚報》。」

其時報界同仁還有趙西（後在《光明日報》）、郭大鐘（後在中國書店）、雷特（後在東北）、韓大南（後在上海公安局）等。《晚報》後被查封，郭根也受到傳訊，當時他表示自己系無黨派職業記者，奉行「有聞必錄」宗旨，而政府應尊重「新聞自由」的原則云云。

閻錫山的山西新聞處組織北平記者訪問太原，由杜彥興主編《前進中的山西》的通訊集，郭根拒絕前往，因此與杜彥興決裂。其時《大公報》的同仁徐盈也拒絕刊發山西當局梁化之的談話報導。後在國民黨北平市黨

部主任委員吳鑄人的逼迫下，杜彥興只好撤銷郭根的「正中社」總編一職，而當時國民黨特務王符、高培侖亦已打入「正中社」，企圖對郭根開展工作。而郭根也與北平國民黨新聞主管以及報人取虛與委蛇的姿態，如丁履進（中央社社長）、孫雲峰（「中統」）、唐嗣堯（「軍統」）等，藉以掩護自己的陣地。

北平時期，還相識有徐一誠（山西北平辦事處交際科長）、陳過、馬作輯（二人係妻舅關係）、劉士毅（山西《復興日報》記者）、常風以及梁綖武、牛青庵等山西報人，其中徐、陳、馬後來是山西大學的同事。而郭根主持的《知識與生活》也曾刊出過一些有關當時山西的文章，包括閻錫山的講話等。

郭根除為《文匯報》等積極參與報導「沈崇事件」等學生運動的消息之外，又向中共影響下的「國新社」等負責報導山西方面的消息，並向太原郭今之等辦的《民眾日報》等提供稿件，揭示國民黨風雨飄搖的境況。

《〈文匯報〉大事記》載：這年2月4日，「二版發表木耳（郭根）的北平通訊《最可恥的「黃河之戰」》，說『當去歲共軍爭奪長春時，有人曾咒以『可恥』兩字，其實這整整一年來國共雙方在任何地區所進行的爭奪戰都是可恥的。」一如劉自立先生在《懷念王芸老——讀〈一代報人王芸生〉》一文中說：「新記《大公報》關於抗戰和內戰時期國共兩黨的政治紛爭之報導和言論」，「其中最為嚴重的爭論，就是關於長春之戰。由於長春之戰極不人道的圍城戰術，令得這次戰役以百姓死亡幾十萬人作為慘重代價，由此引起王芸老的憤慨，寫下《可恥的長春之戰》。此篇社評發表以後，新華社刊發陸定一執筆的社評《可恥的大公報社評》。」無獨有偶，一年之後，郭根也以「木耳」的筆名在《文匯報》發表了這篇《最可恥的「黃河之戰」》的北平通訊，顯然，這就是所謂「無黨無派的自由主義者」的言論，內戰把所有的中國知識份子推向兩極，「不歸於楊則歸於墨」，而在保持中立已經幾乎沒有什麼迴旋的餘地可以商量之時，這種言論是很可以為人詬病的，《〈文匯報〉大事記》所述的這聊聊幾字，顯然就是這種褒貶的意思。

又，時民盟華北總支部領導人張申府後來曾回憶說：他當時在北平「華北學院」執教，「有山西籍記者某，要辦一刊物，向我約稿。我一貫

是反對內戰的，便寫了《呼籲和平》一文，給華北學院的山西人某某看，他建議我投給《觀察》雜誌。」（見章立凡：《翻開塵封的歷史——記張申府先生》）隨後，這篇文章遂成為讓他後來名譽掃地、也讓他痛心疾首的往事，後來當他回憶起1948年時，他說：「在這一年裏頭我還寫了不少文字，可是在9月裏寫了一篇荒謬的《呼籲和平》，誤信人言，竟投登在當時極流行的《觀察》上，於是受到黨的最嚴厲的批判。我的政治地位從此遂完全掃地。」（《所憶》）張申府晚年回憶的所謂「山西籍記者某，要辦一刊物」，就是當時的郭根要辦《知識與生活》，向他約稿，結果張申府寫了《呼籲和平》，但他寫完後給了不知名的「華北學院的山西人某某看」，結果又轉投給《觀察》了，此後波瀾驟起，不過如要說到起因，說郭根給張先生惹了大禍是不過分的。後來張先生寫回憶，那心情是十分後悔又沉重的：「一篇為自我表現、輕信人言而放棄了一向投稿原則、毀滅了一生政治生命的東西。」如今有人發現了一封1949年張申府寫給周恩來的信，信是用鉛筆豎寫的，信中反映了他因寫《呼籲和平》一文而遭受到眾人紛紛予以「誹謗」的後的極其苦悶與不解的心情：

「恩來吾兄：

　　十二月一日在津曾交在此間工作的陳先生（廣東人）轉上短箋，後於二十日陳君讓人傳來兄之口複，囑我安心，並從事保衛北平文物工作，心感知己！現在北平幸獲和平解放，通信已得自由，甚願將先後情形，再為兄詳盡陳之。文過飾非，意圖狡賴，那絕非弟之為人所願為。所以瑣瑣不能自己者，遂表明事實，略白心跡而已。當以三十年友情察之。弟實在萬沒想到，此次竟受到這樣嚴重的誤會與打擊。照此情形，天地雖大，實無弟容身之地。誤會之發，固由於《呼籲和平》一文，而連帶的當有解散民盟華北總支部，聯名登報為唐某競選偽立委，及向自由批判投稿之事。所加罪名，則有民主叛徒，反人民反民主，偽裝民主，壞人，賣身投靠，軍統走狗，特務小卒，偽自由主義分子等等。今願在分條聲敘之前，先就一般情理申述之。弟自幼傾心革命，半生窮困生活。此情為兄所素知，諒亦我兄可深信。天天盼望人民革命成功。天天詛咒

蔣政權崩潰。何至在革命成功的前夕，在反動統治垂垮之際，乃出而變節，乃謀為之救駕。人非至愚，何至出此三尺童子不為之事，而謂弟獨為之乎？弟為革命已忍了三十年，何至一年半載再不能忍受，果不能忍，也應早歸明路，何至甘趨黑暗，自取毀滅。弟固天天反對狂妄，自信尚非喪心病狂之人。何至竟有此放棄革命民主主張，背叛人民的狂悖之舉。去年（一九四八年）九月後我曾公云，兄等所幹的乃是驚天動地的事業，深恨自己為書所累，不能前來轟轟烈烈地共同奮鬥。此云至少清揚曾親耳聞之……」

1948年11月，《益世報》副主編陸複初（中共地下黨員）緊急通知郭根：其名字已在國民黨的秘室通緝令之上，北平中共地下黨遂緊急安排他轉移出城，並由交通員田路（後為彭真秘書）護送其前往中共華北局駐地的河北平山。《知識與生活》亦在出至第35期時夭折。此前郭根已與中共地下黨的崔月犁、周榮鑫、張青季等建立了聯繫，並受地下黨的「文委」的領導（「學委」設在《益世報》報館內，由經濟版編輯張青季負責）。

其時，還曾刊文於上海《文匯》半月畫刊、《民主》週刊（鄭振鐸主編）、《創世》、《展望》週刊、《週報》（唐弢、柯靈主編。柯靈在《〈週報〉滄桑錄》中稱：《文匯報》同仁多在該刊上發表過文章，如「陳虞孫、徐鑄成、劉火子、張若達、木耳等，也都給《週報》寫過稿」）、北平《中建》半月刊等，如《此路不通的「新路」》、《北平在學潮激盪下》、《太原——古城遲暮的縮影》等。

在河北平山中共中央華北局等待安排工作，期間曾會見過周揚、張友漁、平傑三、張磐石、成仿吾等，參觀了《人民日報》、《大眾日報》以及華北大學等，後范長江指示其赴北平接收《華北日報》。

1949年，新中國建立前夕，以軍管會人員身份，隨大軍開入北平，參與接收敵報，隨即在臨時成立的《人民日報》資料室任副主任（時社長及書記為馬建民），後轉往《北平解放報》工作。其時同仁有袁勃、馬健民等。

結集出版《北平三年》（由「知識與生活社」刊印），這是他在北平新聞報導的集粹，也是他的代表作。

不久，因供給制家用不敷，以及感到黨報不如民營報紙自由，遂返回上海，任《文匯報》副主編。

1950年，與趙錦離婚。

在上海，由巴金的平明出版社出版了歷史讀物《百年史話》（先在《文匯報》連載），受到廣大讀者的歡迎，此後至1955年，共印有30版，發行至60萬餘冊。

在《文匯報》主持「編者的話」等欄目。其時同仁有柯靈、黃裳、唐海等。

1951年，曾擬赴北京參加籌備創辦《中國青年報》，不果。

1952年，經劉導生介紹，赴山東大學，任《文史哲》編輯，兼講授新聞學（著有《新聞工作的理論和實踐》，未出版），為中文系副教授。與校長華崗有深交，其時同仁有高蘭、趙儷生、劉泮溪、孫思白、黃壽祺、蔣祖怡、黃季方、向錦江等。

1953（4）年，由臧克家介紹，赴北京擔任人民出版社中國歷史編輯。期間撰有《岳飛傳》，未出版。其時同仁有王子野、郭從周等。

1955年，由時任山西師範學院院長的梁園東（山西忻州人）聘為中文系教師。後在「肅反」運動中受到審查，又因與同事私議江青與毛澤東的關係遭上告，處境艱難。

1956年，上海《文匯報》復刊後，又返回上海《文匯報》工作，任副總編。集有《報章小品》、《時事走筆》等剪報。

與《文匯報》接線生顧景梅結婚。

1957年，在「反右」前夕返回家鄉，在山西大學中文系（時賀凱任主任）任教，此後一直都是副教授的職務。

著有《雲崗散記》（山西人民出版社）。

「反右」運動中，因有「同情右派」（即《文匯報》的徐鑄成、浦熙修以及徐盈、彭子岡夫婦）的言論，受到批判。後被指稱為「漏網右派」（事見徐鑄成的回憶等）。其「反右」時期的文章剪報，後為學生馬續忠拿走而遺失。

　　1958年，在「大躍進」運動中，因在食堂與人說自己「妻離子散」（即妻子也上山參加秋收、小孩只好託鄰居照看）而被告發，當時他因關節炎發作，又無藥可治，以及吃飯吃不到熱飯，又無意中說自己「像坐牢」，這一言論亦被告發，遂因「錯誤言論」受到批判。

　　時中文系主任為王純青，同仁有馬作輯、楊達三、馬雍等。

　　1961年，從杜任之處聽到傳聞：侯外廬可能調至山西大學任校長，此後又由山西大學黨委書記李希曾放出口風，結果被劉梅（校長）、宋華青（副校長）、張誠齋（中文系書記）等批評。

　　1962（3）年，在北京中央社會主義學院學習，期間曾給江青寫信，想會見一下「老同學」，結果江青通過辦公室復函，婉言謝絕。

　　期間，還發生了他要求訪問地主的事件。起因是學員赴河北廊房農村參觀社會主義教育運動時，因郭根自視自己的家庭成分是貧下中農，因而認為自己對貧下中農有所瞭解，但卻不瞭解地主，所以提出要求參觀地主的生活，結果中央社會主義學院的領導聶真予以批准，但後來卻受到「喪失立場」的批評，他自己也通過「思想鬥爭」，承認自己此事反映了「內因為主，外因為輔」，是自己敵我觀念嚴重不強所致，而返校後又受到統戰部的批評。

　　另外，在中央社會主義學院組織的赴河北霸縣參觀「社教」運動過程中，他瞭解到基層幹部存在腐敗問題，而當時「民盟」中央胡愈之也在參觀中認為這與毛澤東所認為的基層幹部大約有百分之九十五是壞人的結論是相符的，而與中央社會主義學院的報告相反，遂在座談會上認為學院方面存在有「兩面派手法」，要求瞭解真相，因此又受到聶真校長組織的批判。聶真是郭根的山西同鄉兼友人梁寒冰的夫人聶元素（聶元梓的妹妹）的哥哥。

　　1963年，擬為《學術通訊》撰寫邊區回憶錄，為此訪問過胡仁奎、劉定庵等。

　　1964年，被貶到教育系教授寫作實習課。

　　1965年，在外文系教授寫作實習課。

　　1966年，初，在給外文系學生上課時，提出所謂「政治掛帥」就是擁護共產黨、擁護社會主義，以及有「為人民服務」的思想，學生揭發沒有

提及擁護毛澤東思想。又被揭發在授課時稱讚三十年代文藝、同情「四條漢子」（周揚、田漢、夏衍、陽翰笙）、誣衊史達林「肅反」、鼓吹「一本書主義」（以過去山東大學的學生李希凡為例），等等。

「文革」中多次被揪鬥、抄家，以及遭受「外調」人員的呵斥。

又，在晚年曾參加系裏的新年晚會，向留校的學生劉向東打趣，故意唱《東方紅》，歌詞卻為「西方紅，太陽落」等等，受到當場批判，指責為世界觀問題，其時正是全國教育界批判「兩個估計」之時，因而受到嚴重的批判，他自己承認這是為「兩個估計」製造了材料，等等。此後即沉默不語，又無所事事，老年癡呆症逐漸加重。

《山西大學史稿》（山西人民出版社1987年版）載：1976年的「四五」運動，「太原的廣大群眾和山西大學師生紛紛到五一廣場獻花圈、寫詩詞，以實際行動支持『天安門事件』的革命行動，舉行悼念周總理活動，組織遊行。中文系老教授郭根先生等也冒著危險，到五一廣場參加悼念活動。」

1980年，患賁門癌，經手術後稍有好轉，後腫瘤全身轉移，漸趨削瘦。

1981年10月，終於不治，逝世於太原山西腫瘤醫院。享年70歲。

後記

　　寫在這裏的，既是對父親文字的導讀，也是我對家族和先父的一些記憶和緬懷。

　　那也是歷史的一個視窗。

祖父郭增昌

　　先父人生的定格，一定是最早由他的父親的影響形成的。（另外一個是他的堂兄郭挺一）

　　那是已經遙遠的事了。

　　祖父郭增昌，山西定襄鎮安寨人，我對他最早的認識，是從他入保定軍校時開始的。因為家庭貧困，於是「好男當兵」，他是第8期騎兵科的學員，學習期間加入了共產黨，也就是說，他是山西早期的共產黨員之一。

　　保定軍校是中國近現代史上人才眾出的場所，它先後為北洋以及各地培養了大批軍事幹部，即以晉軍為例，楊愛源、孫楚、榮鴻臚、周玳、杜春沂、傅作義、魯英麟、李生達、王靖國、李服膺、趙承綬等出自該校，而後來國民黨的高級軍官如陳誠、張治中、黃紹竑、劉文輝、劉峙、薛岳、白崇禧、顧祝同、何健、熊式輝等亦由該校湧出，第8期就有陳誠、周至柔、馬法五等。在保定，郭增昌結識的最好的朋友是金佛莊、郜子舉，這兩個人後來都是黃埔軍校的學生隊長（還有郭俊）。保定軍校地處京津一帶，從「五四」開始就深受中國現代革命運動的影響，保定軍校也開始為開設者之初衷相違，比如郭增昌他們曾成立有「壬戌社」，據金佛莊烈士的《自述》，它是以羅致各省革命軍人同志以謀中國革命為宗旨，而入手處即是掌握軍事勢力以改造中國。

　　也是為了探尋改造中國的真理，郭增昌參加了由李大釗等發起的北大「馬克思學說研究會」，據其成員之一羅章龍後來提供的名單，這個中國最早的共產主義研究團體的山西成員，還有高君宇、賀昌、王振

><th></th></a>

翼、石評梅等,而這個團體的參加者不獨局限在北大,後來它影響波及至平津等地。

1920年3月,北大師生李大釗、鄧中夏與山西人高君宇等醞釀發起成立馬克思主義研究團體,為建黨進行思想和幹部的準備工作,於是就秘密成立了「馬克思學說研究會」,到了1921年11月17日,再由高君宇等19人公開在《北大日刊》公佈成立啟事,遂將之作為公開團體,吸納會員。《啟示》稱:已籌得120元購書費,擬購備《馬克思全集》英、德、法各語種一套,以為收藏、閱覽、開會、討論之用,「我們的意思在憑著這個單純的組織,漸次完成我們理想中應有的態度」,也就是以馬克思主義在中國的勝利為懸鵠。

當時北大的校長蔡元培一向倡導「思想自由」,就為這一團體提供了便利,在北大二院(馬神廟理科)設立了辦公室和圖書室,並題名為「亢慕義齋」(英語「共產主義」之音譯),門旁兩邊的對聯分別就是中國共產主義之「南陳北李」(陳獨秀、李大釗)的一句名言:「出實驗室入監獄;南方兼有北方強」。蓋陳獨秀曾云:「世界文明發源地有二:一是科學研究室,一是監獄。我們青年要立志出了研究室就入監獄,出了監獄就入研究室,這才是人生最高尚優美的生活」;李大釗則曾感慨南方青年較北方青年的強悍更富於活力,若南北青年濟濟一堂,致力於革命學說的研究和運動,則中國當日趨強盛。這幅對聯反映的是革命樂觀主義的精神、情操。

按「研究會」的章程,對會員的要求是「對於馬克思派學說研究有興味的願意研究馬氏學說的人都可以做本會的會員」,可申請加入,也可由會員介紹,外地可通信加入。時在北大讀書的山西人高君宇係發起人之一,由他介紹,便有「太原中學」(即太原省立一中)的王仲一(振翼)、賀其穎(昌)以及時在保定軍校學習的郭增昌參加,這還有在北京高等師範學校讀書的石評梅。那時高君宇正與石評梅相戀,感情之外更有思想的交流和提高,石評梅的加入無疑是高君宇的介紹了。以上五人即是「研究會」山西的早期會員(可見於羅章龍的《椿園載記》),後來該團體人數增多(達百人有餘),如鐵路系統中即有負責津浦路工人運動的王荷波(他是山西籍貫)、正太路的孫雲鵬、京綏路的張太清、京漢路的史

文彬等。這個團體與當時北大的「平民教育講演團」（其中的豐台組書記也就是原太原一中的李毓棠）都是中共成立後北方區委的週邊組織，其活動一直開展到1926年「三一八」北方革命形勢逆轉之時。

「研究會」的「研究」方法，主要是學習（搜集書刊、討論）、宣傳（講演、翻譯並出版）馬克思主義，尤其「特別研究」《共產黨宣言》以及關於勞動運動和遠東等問題，並擬「固定研究」馬克思學說（唯物史觀、階級鬥爭、剩餘價值、無產階級專政等）、社會主義運動（各國的比較和批評等）以及俄國革命，也研究「世界資本主義掠奪弱小國家（如中國）等實況」。它是革命理論結合中國實際的一個研究團體，同時也是一個革命團體，如日本《昭和八年年鑑》就稱之為「五四」運動的「指導者」。

在中共中央文獻研究室編寫的《毛澤東年譜1893-1949》中，提到毛澤東在大革命的武漢從事農民運動，有主持武漢中央農民運動講習所，並負責講授「農民問題」和「農村教育」等，當時這四百餘學員的「農講所」，是「聘請周以栗為教務主任，陳克文為訓育主任，季剛為事務主任，郭增昌為總隊長」（上卷，第186頁）。郭增昌為「總隊長」，是因為他是保定軍校出身而懂軍事的人，又是中共早期從事軍事運動工作的人員，可惜其中他的許多事蹟已不可考了。如今可以確認的是，作為早期中共北方重要的幹部，郭增昌是北方區委軍運工作小組成員，後來這個小組升級為軍事工作委員會，他也是成員之一。中共早期刊物《中國青年》（第19期）有他的一篇工作報告《中國兵士狀況及我們運動的方針》，由此可以看出：在大革命時期，他是較早提出應該重視武裝鬥爭，「作軍事運動」，並「應當從下級軍官及兵士著手」的，所以後來在延安整風運動中，為了吸取歷史上「右」的或「左」的錯誤，毛澤東和中共中央決定編定《六大以前》等檔，其中就收有這篇文章，而很多人也是因為這篇文章知道了郭增昌的，如薄一波後來也提到過這篇文章，在他寫的回憶錄《七十年奮鬥與思考》的上卷《戰爭歲月》裏，他提及他在太原國民師範學校時走上革命的道路，其中說到：「賀凱和郭增昌從北京到太原來了，他們都是早期的共產黨員，在北方區委李大釗同志直接領導下工作，也都是定襄人，與我鄰村，原來就認識」等（賀凱，當時在北京師範大學學習，後來是山西大學中文系主任）。

說到祖父，在我大學畢業後曾短暫從事過文物工作的幾年中（山西博物館、山西文物局），最值得紀念和自豪的，是我發現了祖父與徐向前元帥等山西第一期黃埔學生合影的照片，那是1984年的事了。那幅為我發現和考證過的照片，刊登在翌年北京《文物天地》的第2期上，當時徐向前元帥還特地為它撰寫了說明，不久之後，照片中的一位健在者即西安的任宏毅先生與我取得了聯繫，進一步說明了照片當時的情況。徐向前元帥回憶說：「1924年，黃埔軍校招生，我和山西五台同鄉趙榮忠、白龍亭、孔昭林、郭樹棫等去上海參加初試，又遇山西同鄉王國相、朱耀武、李捷發、薛蔚英、任宏毅等，十位同鄉到廣州復試，全部錄取，成為黃埔軍校第一期的學生。」郭增昌和他們的合影，就是在他們畢業時拍下的。當時他以職責所在，是負責介紹投考黃埔軍校和後來武漢軍校的任務的，在徐向前元帥的回憶錄《歷史的回顧》中，徐向前回憶自己投考黃埔軍校是放棄了小學教員而往上海投考點報名的，因為「我哥哥認識一位姓郭的軍官，答應保舉我去應試，我即下決心考軍校」。這「姓郭的軍官」，大概也就是郭增昌了。任宏毅回憶當時他的投考，也是郭增昌所介紹，是寫給招生辦的王柏齡的，任宏毅還說郭增昌與照片中的賀昌是密友。後來進入黃埔軍校的山西人，還有程子華、王世英、常乾坤、郭炳等。

北伐戰爭開始後，軍事工作加緊，郭增昌奉命進行策應工作。1927年初，他隨軍開入「紅都」武漢，相繼在國民革命軍總司令部參謀處和武漢中央軍事學校政治科任職，這些工作崗位聚集著當時的許多風雲人物。是年1月，保定軍校的同學、中共傑出軍事幹部、國民革命軍總司令部警衛團團長金佛莊在杭州策反，被孫傳芳捕獲，壯烈犧牲，隨後郭增昌作為其同仁、同學、袍澤，發起了追悼，這張啟事刊登在當時的《漢口民國日報》，或許也是巧合，金佛莊烈士與郭增昌的兒子郭根的丈人邵飄萍烈士都是浙江東陽人。

郭增昌曾供職於武漢中央軍事政治學校訓練部，也就是黃埔六期的教官了。國共合作的廣州國民政府和中央黨部北遷，黃埔軍校政治科也同時遷到武漢，後來就擴大籌辦為武漢軍校，由鄧演達以及中共的惲代英等負責。當時郭增昌是鄧演達、董必武、包惠僧等組成的招考委員會成員，學員（培養連排級幹部）來源包括山西等地，分別由國民黨省黨部、中共

各級組織介紹報考，山西學生有程子華、曹壽銘、曹海龍（他們是由省委派赴的，張文昂等向他們提供了路費）、郭炳、李逸三、段復生、王亦俠（女生隊唯一的山西女生，後為張稼夫夫人）等，徐向前當時以厭惡軍閥（他在國民二軍岳維峻部任團副，後來在根據地作戰中他消滅了岳維峻部隊，岳被殺，這是一個有趣的故事）而再度南下，在「第二黃埔」的武漢軍校任少校隊長，後來他回憶說：「這所軍校，有不少老師和學生是共產黨員、共青團員、國民黨左派人士；軍校又是在北伐戰爭的勝利高潮中成立的，直接擔負著為革命戰爭培養軍政幹部的任務，因而革命性、戰鬥性、紀律性相當強，真正繼承和發揚了黃埔軍校的革命精神。」也是在那裏，徐向前轉變為一個共產黨人，在他回憶中，那裏「常來常往的一些共產黨員給了我很大啟示和幫助，他們大多是黃埔同學或山西老鄉，又是活躍分子，如樊炳星、楊德魁、吳展、李楚白、賀昌、程子華等，我們常在一起聚談」，「我原來對共產主義和共產黨的一些模糊認識逐步得到了澄清」。1927年3月，他由樊炳星、楊德魁介紹加入共產黨。徐向前、程子華、李逸三、郭增昌後來還參加了討伐夏鬥寅以及慘烈的廣州暴動，程子華也就是在突圍戰鬥中傷殘了的。

武漢軍校是一所革命大熔爐，它還湧出過羅瑞卿、許光達、符浩、葉鏞、趙一曼、黃傑（徐向前夫人）、張瑞華（聶榮臻夫人）等一大批革命兒女。郭增昌當時是軍事教官，他是教馬術的，此外他也是軍校校務整理委員會的成員。1927年3月，原來計畫籌備成立的湘鄂贛三省農民運動講習所擴大為中央農民運動講習所，毛澤東、鄧演達、陳克文為常務委員，由毛澤東實際總負責，不久學員擴招到17省合700餘人，自第2期起又特別注重北方，山西也有學員50餘人（第1期僅7人），而郭增昌又是這所大革命時期著名的「農講所」的學生總隊長。

由毛澤東開創的武漢「農講所」，宗旨在「養成深明黨義之農民運動實際工作人員」，由國民黨（農民部長鄧演達）與中共合辦，在開設的29門學科中，軍事訓練是郭增昌承擔的（每日須操練2小時至4小時），而總隊部共計4個隊部及1個特訓隊，則是由郭增昌總負責的，這是一個光榮又重要的職位。大革命中農民運動是非常重要和關鍵的一環，矛盾和問題也出在對農民運動的估價和態度上，應該說郭增昌是有幸親歷和目睹這一

偉大事件的。當時在武漢「農講所」工作的還有山西文水人張稼夫，他是教務主任周以栗的妹妹周敦祜（楊開慧同學）介紹去講授農業常識課的，後來他也加入了共產黨，那是武漢政府警衛團黨代表（後來犧牲）曹汝謙（即曹壽銘）介紹的。

不久，大革命失敗，武漢軍校師生組成第4軍教導團南下參與發動了廣州暴動，其時在武漢的山西革命前輩還有趙品山、趙爾陸、杜任之、高歌（高長虹之弟，負責國民革命軍總政治部《革命軍日報》的副刊《革命青年》）、王之銘（高君宇的妹夫）以及閻錫山參加「清共」後返入武漢的王瀛夫婦等。在汪精衛的武漢政府背叛革命之前，武漢和南京兩家分別爭取閻錫山，當時在武漢山西革命前輩們十分關注家鄉的動態，4月，右派的梁永泰北返策應「清共」，知悉此事的武漢「山西武裝革命同志」200餘人致信山西當局要求予以查辦，乃「梁永泰此次回晉攜有英國牧師森浦兒津貼一萬幾千元，收買山西青年，做破壞工農運動之反革命宣傳，此種事實為吾輩查覺，已呈中央黨部請其嚴重查辦，並永遠開除黨籍」（《漢口民國日報》）。「四一二」蔣介石實行「清共」後，武漢山西學生又通電討蔣，及至山西發動「清共」，武漢山西革命同鄉成立「旅鄂同志幹事會暨審查委員會」，以「應付山西反動派勾結一部反動軍人壓迫、毆打、拘捕、驅逐出境」我山西革命同志，這中間都有郭增昌活躍的影子。

再後來，郭增昌在嚴重的白色恐怖下輾轉各地謀生，因而與黨失去聯繫而脫黨，他從此離開了令人炫目的政治舞臺。

北京師大附中

那是一個暮春的4月，在一個下弦月的夜晚，一群中學生圍坐在學校的荷花池前，他們歌唱、輕語。坐在最高一層石階上的一位女教員，突然被這夜的靜謐和爛漫的歌聲感染了，她回過頭來，對一位來自家鄉的學生——不，當這位女教員不久遽死後，在追悼會上，這個學生帶著哭聲說：「我們的感情不僅是鄉誼，先生對於學生，朋友對於朋友，而是姐姐對於弟弟」，那時她曾對他說：「在這裏求學真是幸福呵」。她就是石評梅。那麼，那個同鄉的學生呢？原來是李健吾，他是先父入校前的校友了。

是什麼學校能夠讓他們這樣持久地感動了？

讀讀這所中學的校友名單吧——趙世炎、劉仁、劉導生、于光遠、張岱年、高元白、徐世榮、高景成、李健吾、杜任之、劉岱峰、李先桂、蹇先艾、朱大楠、林庚、張駿祥、張騄祥、鄭天挺、楊伯箴、史樹青、張承先、李琦、李德倫、余遜、周祖謨、黃仁宇、何兆武、于浩成、藍英年、聞國新、顏一煙、陳遵嬀、張鈺哲、段學複、郝詒純、閔嗣鶴、錢學森、馬大猷、赫崇本、池際尚、姜泗長、李漪、汪德昭、張維、陸士嘉、劉恢先、熊全奄、高振衡、雷天覺、張炳熹、林家翹、陳閱增、吳樹德、齊樾……，他們都是先後在這所中學畢業的，你會在中國現代史的辭書或各種學科的工具書中找到他們的名字。

作為一所百年中學，它是輝煌了。它就是北京的師大附中。

當中國開始進行它的近代化歷程時，走在最前面的恐怕就是教育，這道理很好理解，百廢待興而人才難求麼，於是這也就有了中國的名校如京師大學堂（北京大學）和北洋大學堂（天津大學）、「遊美肄業館」（清華大學）等，還有一批中國的「教育之父」們，如張百熙、張之洞、孫家鼐、嚴復、蔡元培等等。還有麼，就是附中和他的老校長林礪儒。

師大附中是1901年正式成立的中國最早創辦的3所公立中學之一（其前身是「五城中學堂」），得領時代的新潮，又因為是中國最著名的師範大學的附屬中學，在最新的教育理念指導下，它幾乎總是在不斷地進行「教改」，如林礪儒校長很早（1922年）就主持「三三新學制」，試驗自編教材、自訂課程標準、自訂學則等。汲領了世界教育先進潮流，參以實情而創新，這所學校從此也就人物輩出，讓人得見中國現代教育的實績。但是，「附中的確是一個青年們能安心讀書的好場所，教員授課是那麼努力，職員辦事是那麼認真，設備又是那樣齊全，一切一切都使人有相當的滿意。雖然，卻仍有美中不足之點：附中總是顯得那般死氣沉沉暮色重重似的，沒有一點帶著生氣的表現，沒有一個健全的團體活動，先生自先生，學生自學生，或班與班之間，甚至各個同學間，每天總是漠不相關，散散漫漫的。因此，附中於是免不了要受『書呆子製造所』以及『一具失了靈魂、各器官分了家的活屍』之譏了」（穆勒《漫談附中團體事業》），這樣的牢騷我在附中的刊物上見得很多，先父也是因為參加政治

活動而得了一個「品行有虧」的處分，於是他畢業後憤而離開京城去投考名氣尚不能與北大或師大相較的青島大學了。但即使如此，附中的空間也開拓得很可以了，看先父保存下來的附中學生刊物就能感受到這一點。

現代教育，以社會交往性活動的空前開闊而灌注了民主、自由、人權等世界普適基本理念的普及，從而成為一所嶄新的意義場所，如人所言，「五四」是中國現代知識份子的出生證，知識份子的擔當，其角色的安排和使命等由是而起，那時的附中亦為之一變：「五四運動在附中亦起了發聾振瞶的作用，迫使同學們從一味讀書的濃厚氣氛中走到現實的社會，走向『外侮憑陵，國將不國』的當時政治環境」（金保赤回憶，見《校慶八十周年紀念冊》），後來的抵制日貨、「三一八」、「一二九」諸運動莫不如此，而校友趙世炎烈士就是由無政府主義而共產主義的踐行者。不過，當學校不再被「圍牆」所範圍時，它一定也會有「圍城」的窘境和吊詭的，如中國教育史上著名的梅氏兄弟之一、附中教員的梅貽瑞先生就痛慨「五四以來大學的學生多半不肯安心用功，思出其位，什麼都想干涉，對於學校用人行政苛責搗亂，無所不至」，且「自從社交公開，青年男女乍脫樊籠，什麼戀愛神聖，直是擾亂意志的魔頭」，他於是痛斥學潮和戀愛自由等為「愚蠢的自殺之計」和「流行病」（《辛酉一班卒業紀念冊》）。不能不承認這也是時代的流弊，或者是「救亡壓倒啟蒙」這個主題下的話題之一，但畢竟那是時代的大潮，現代教育不能再是範圍在一牆之內「君臣父子」的綱常教育了，它甚至可以是現代政治和思想運動的場所和溫床了，趙世炎乃至編《中學文革報》的遇羅克不是都有此自覺的擔當嗎？

當年的師大附中是現代中國中學教育的試驗飛地，其中最讓我感念的是它的眾多學生社團。

現代教育的學校也是試驗人類應有權力（言論、結社、集會等）的場所，附中的許多社團也是在「五四」時才如火如荼出現的。批評政府，監督政治，正是「書生意氣，揮斥方遒，糞土當年萬戶侯」。學校是污濁社會中的一方淨土，學生是「思出其位」的社會良心，比如讀1932年《附中新聞》上一篇《剿匪》的短評，你大概會驚訝於這些中學生的見解了：

「江西剿匪聽說是很順利，把紅軍打得東零西碎，不亦樂乎。真是叫我們心服拜倒，蔣總司令的神通廣大，馬到成功。可是我們在這個當兒，細細一想，呵呵，又不免為那可憐蟲兒捏了一把冷汗。恐怕要功虧一簣吧。農民要納重重的租稅，受了劣紳土豪地主的壓迫，他們為了要求生存，於是不得不起來反抗。工人把即便是一滴血都出賣給資本家了，但是每日的工資絕對不夠維持自己或家人的生活，他們為了要求生存，於是不得不起來反抗。大多數的中國人，受了近年來內外交厄的直接間接影響，吃飯都成了問題，他們已經急迫的生出『建設新的合理社會』的要求，全國騷動了！這偉大的騷動，不是槍炮所能消滅的！槍炮只能暫時殺害了民眾最前線的先驅，可是那無數索衣要食的難民自後方來！喂！統治階級！你們不要做這徒勞無益的傻事，快快收回殘酷的槍炮，想法兒拿出衣飯來！要不然……！」

把它和一年後發表於大刊物《自由言論》留美大教授彭文應先生寫的《剿民乎？剿匪乎？》相較，你幾乎找不出什麼差距。你能說他們不過是些中學生？社會關懷之外，當然他們還須自律，這在當年就有「自治會」的普遍設立。

「自治」，是現代社會的象徵，民主的試驗，附中的學生自治會是趙世炎發起的，後來還有學生會、校友會等（先父曾任學生會主席、文書、監委等，又曾任《校友會會刊》編輯等。錢學森和熊大縝曾是校友會會計），雖說開初不免嫩稚，卻起於心思的沉重：「『中國人無論作什麼事，單獨的幹起來還行，若是兩個人合作一定難免中途出岔』。這是外人評論中國人一種普遍的論調。此外更有人說：『中國人不但團結力薄弱，就是自治的能力也十分缺乏，如果沒有人監督，是不會作成什麼事的』。以上兩種評論實在是中國國民性的寫真，這種脾氣也確有改良的需要。本班和同校其他各班的自治會便是應這個需要而產生的一個組織，它創設的目的是想在無形中養成合作的能力和自治的習慣，以洗雪那些外來的詬辱」，於是他們嘗試著「自治」，「小小的心境裏都放著一個神聖不可侵犯的自治會」（《初中戊辰級畢業紀念冊》）。

這裏的一些照片就是當年先父參加的附中學生會、校友會、《校友會會刊》編輯部的舊照，能夠保存到今天，誠為不易。

這不易的另一層意思，是當我們不由回想起我們的中學時代，雖說我們不能高估我們先輩們「自治」的水平，彷彿應了「不是多少，而是沒有」的讖語，我們那時還有這些「自組織」麼？一但「學生會」、「班委會」悉數被整合進全能主義架構中變成政治權力的玩偶，所謂自由交往、公共輿論、社會空間或市民社會皆被「黑洞」所吞噬，那也就離專制不遠了。

據說歐美的同學會（校友會）是西方社會中民間組織的源頭，則中土「自治會」等的消失也即現代教育乃至政治的一個逆轉，連帶作為現代學校傳統之一的活動和形式——社團、演講、辯論等，也相繼消失殆盡或徒有空名了。這不光是中學，研究中國現代大學歷史的謝泳不就在《大學舊蹤》中寫有《大學裏的自由演講》、《清華的校園民主》以及《過去的大學辯論》麼？當年附中的文學社團甚至被寫進文學史了。比如李健吾他們的文學創作、話劇表演就是那時開始的：「附中是培養我的文學興趣最早的地方，我學習寫作，就是從這個學校開始的。我和李健吾、朱大楠等兩三同學成立了曦社，還辦過兩期《燼火》雜誌」（蹇先艾《畢生難忘》）；李健吾先生也回憶說：「我那時還在廠甸附屬中學讀書，班上有幾位同學如蹇先艾、朱大楠等等，很早就都喜歡舞文弄墨，辦了一個《燼火》週刊，附在景爸（即景梅九先生，晉南人稱父執和前輩也為「爸」）的《國風日報》出版，後來似乎還單獨發刊了幾期，那時候正是魯迅如日向午，徐志摩方從英倫回來。我們請魯迅到學校演說過一次（即《未有天才之前》），記得那次是在大禮堂，同學全來聽了，我們幾個人正忙著做筆記。魯迅因為在師範大學教書，所以我們拜託先生們（大都是師範大學畢業生）去請，也還不太困難。因為我們各自童心很重，又都始終走著正軌上學的路子，以後就再也沒有和這位流浪四方（我們當時不懂什麼叫做政治的把戲）的大文豪發生實際因緣。」（《懷王統照》）

雖說李健吾他們那時還不諳「政治的把戲」，疏離了近在咫尺的魯迅，不過他們也真算有幸，除了請魯迅、郁達夫等講演，近水樓臺，附中還經常從師大請老師來講演和指導，這有楊樹達、黎錦熙等等。就說文藝吧，如李健吾在附小能得王統照先生的提攜，在附中呢？除了主編《文學旬刊》的王統照先生之外，「徐志摩和我們就比較往還多了，他住在石虎胡同松坡圖書館，蹇先艾的叔父是館長，所以不似蹇先艾和他那樣熟，朱

大楠和我卻也分了一些拜識的光榮。徐志摩到我們教室講演過,是他回國第一次講演,事後他埋怨蹇先艾,連一杯水也不知道倒給這位詩人留學生喝。但是他很喜歡我們這幾個沒有禮貌的冒失鬼,後來他在《晨報》辦副刊和詩刊,就常常約我們這幾個不成熟的小朋友投稿子騙錢。」為什麼說投稿是「騙錢」?他們窮呵,後來回憶這段歷史,李健吾先生幾乎哭著寫道:「蹇先艾和我能夠騙到一點文章錢,回到家裏覺得分外體面,好象這就是一種表白:『媽!你看!我會賺錢了!』後來讀大學,李健吾又親炙於朱自清先生。幾度沐浴春風,也就成全了健吾先生了。

「曦社」還曾得到茅盾等的關注,茅盾編寫《現代小說導論》,就把它擱在首位,「對我們四個孩子來說,成了一種獎勵和榮譽。」(李健吾《五四時期北京學生話劇運動一斑》)如同李健吾等,從全國各地來求學的孩子們在附中發現了新大陸,「一進附中,看著校園到處都是壁報和文藝園地,我狂喜了。」(郭根《培育了我一生的師大附中》)也是從山西來到附中的先父不久也辦起了「縵雲社」,參加了「維納絲劇社」,並主持了《校友會會刊》。那時他們沐浴「五四」的餘暉,而校園裏也依稀可見當年「思想自由,相容並蓄」的遺風,如《校友會會刊》發表有紀念馬克思的文章,國民黨市黨部派人來捉人,「林礪儒先生大義凜然地站出來頂住,說不能由總編輯負責,是我們教師沒有仔細審查稿,我們要做檢查」云云。(同上)其實,教師麼,從來就是社會最具活躍的組織者和輿論領袖,他們不是教誨學生「學成文武藝,售與帝王家」的鄉願,不是教導和灌輸學生甘心去做「小草」抑或單一角色的「螺絲釘」的二道販子,自然更不是局促於飯碗、做阿世之好的陋師、腐師,所以你看:附中的學生後來大概心底裏都存有幾位先生的影子——附中主任(即校長)的教育家林礪儒以及中國教育世家的韓振華,國文老師也是「五四」幹將的錢玄同(《校友會會刊》上「疑古」的題簽就是他的手筆),後來投筆從戎參加福建事變、犧牲前自題墓碑為「社會主義者之墓」的徐名鴻,不甘亡國奴出走解放區的董魯安(即于力。徐、董也都是《校友會會刊》的教師編輯),新女性也是新文學女作家的石評梅和黃廬隱(有多少附中的同學曾感動於她們「娜拉出走後」的命運呵。在石老師的葬禮上,數百名她生前呵護和愛護過的學生們放聲大哭,又從那以後,他們又不約而同地經常到

陶然亭去祭掃那一對感天動地的戀人——共產黨人的高君宇和附中女教員的石評梅），化學家和教育家（後也是大右派）的傅種孫等等。附中的學生也曾辦有面向社會的「平民學校」，蹇先艾他們都當過這所學校的小教員呢。

如今呢，有名的中學都是名牌大學的預備班了；名牌大學呢，又是西方學府的預備班了。何以如此，值得深思。

當年師大附中以校風優秀、基礎扎實，大凡畢業生不約而同都放棄免試的機會進入師大、南開、燕京而去投考水木清華，這倒不是說彼時現代工具理性和科層制已經是「看不見的手」成為絕對律令（其時附中已實施文理分科。此之優劣，可從長計議），附中的學風還是講求全面發展的：「我們這班是理科，但大家對國文、外語都很喜歡，對其他功課也是很用功的，小說也看得不少，那是還開了一些社會科學的課程，歷史地理不用說了，還有倫理學、心理學」（程侃聲回憶）。附中的體育也是出色的，先父曾和寫《城南舊事》的林海音的夫君夏承楹先生就曾是附中「對球」（排球）校隊的主力（《校友會會刊》編輯部的成員中，先後有夏氏兄弟的夏承楹、夏承楣，邵氏姊妹的邵乃賢、邵乃士。當年先父「早戀」，熱戀的對象就是同窗、報人邵飄萍的長女邵乃賢，後來他們結合了。李健吾先生呢，是和北洋司法總長張國淦的女兒張傳真相戀，但後來沒成，於是與同學尤炳圻的妹妹結成連理），那支球隊甚至在全國都有些名氣的。於是，我們才能看到從附中走出來的一隊英武，那均勻發展、諸科悉稱的洋洋灑灑的「千里馬」大軍。問題是到了後來，學科判然而分，文理兩歧，長此以往也就是我們經常面對的積重難返的素質教育問題了。

重新翻檢師大附中的材料，在《師大附中初中戊辰級畢業紀念冊》中看到許多後來的名人的少年照片，那是青澀年華的影子吧。其中就有熊大縝。由他，不由聯想到先父的後半年。

那是一個花甲前的冤案了，是謂熊大縝的冤死。所謂「出師未捷身先死，長使英雄淚滿襟」，當年冀中根據地發生過兩個冤案，其中之一是「漢奸」、「特務」的清華高材生熊大縝的被處決，那時他不過26歲呀！

在錢玄同先生題款的《京大附中初中戊辰級畢業紀念冊》中，1928年初中畢業生的全體同學像片出現在我的面前，驀地，這個名字立刻吸引

了我——熊大縝。一副純樸稚嫩的樣子，這就是熊大縝呀。畢業冊上，每個人都有同學們的評語，熊大縝乃「贛之世家子也，昆仲六人，君行五，天賦尚不惡，惟性頑皮。殆年十二，與兄大紀同考入附中，旋因事休學，繼年復入校隨此班。遊嗜運動，然體力不足，多無成，惟精足球。學業平庸，於數學特饒興趣，故成績亦稍佳。君無所志，但願終身兒童而已」。那還是很孩子氣的，天真爛漫，這如果以後不在社會上消磨掉，就有危險了，如同徐鑄成先生為先父去世撰文，稱其葆有天真，而「天真對於報人不啻癌症」（《舊聞雜憶續篇》），果不其然，熊大縝的冤死，亦未始沒有「天真」的成分。

熊大縝喜數學，與同窗汪德熙相仿（對於汪的評語，有「性篤實恬靜」，「功課尚佳，受兄益極多，長於數學」等），後來就考入清華，讀物理，畢業後進研究院，師從葉企孫先生。中學時的熊大縝是「頑皮」，大學呢？韋君宜回憶其人，說：「記得一位比我早三班的同學熊大縝，平時不大活動，很用功」，但「從抗戰開始，他這個書呆子便拋棄了出國留學的機會，大學助教不當，跟到冀中參加革命」。這個變化是那時很普遍的，韋君宜自己就是嘛。這是中國知識份子的天性，「天下興亡，匹夫有責」的信念是深深埋在他們心底的，雖然程度不同，如葉企孫就有西方科學家的粹然問學、慎行冷靜、超然黨派政治之上的性格心態，其弟子的熊大縝師葉如子（葉大師是清華院有名的「三大光棍」之一），專業學問之外，這師生二人的政治黨派見解就不會高深到什麼地步，不過「書生上馬能擊賊」，民族有難，熊氏親赴根據地，葉氏在平津以及香港等地策應，不料結局出奇地令人意外，如韋君宜之歎：這熊同學，「他是學工科的，在部隊主持科研工作，製造了炸藥、手榴彈，還跑到北平為部隊採購藥品和電臺，誰想到這個人後來竟以特務罪被槍斃，而且正式通報，明正典型。同學們見到都既驚訝又傳以為戒，一提起他就是『隱藏的壞人』。」（《海上繁花夢》）悠悠眾口，他的同學以後誰還敢再提他呢？於是他是被遺忘者。

1986年，中共河北省委為熊大縝平反。我找來《呂正操回憶錄》，書上是這樣寫的：1938年春夏，中共黨組織動員了許多平、津、保的學生和知識份子來冀中，同時運進了大量藥品和醫療器械以及收發報機的零件，

北大、南開、協和、留學生、教授，進了根據地，清華就有熊大縝、汪德熙、李廣信等，其中門本忠負責爆破隊研究室，後來在反掃蕩中英勇犧牲（被日本鬼子用鐵絲穿進鎖骨遊街再遭殺害）、張芳試驗雷管致殘。熊大縝呢？脫下西服，研製炸藥、地雷、雷管，終於用它切斷了華北的許多鐵路，又裝修短波通訊工具，曾鬼斧神工設計用豬尿脬從平津向根據地運送真空管。這個本來將去德國留學的清華學子，在冀中發揮所長，先後擔任軍區的印刷所長、供給部長、研究所長，卻不料1939年在轉移途中，「被晉察冀軍區除奸部突然秘密逮捕，同時株連從平津來冀中參加抗戰的知識份子近百人。」熊氏被處死後，又宣佈為「漢奸」、「特務」，這不幸被受梅貽琦校長之命滯留天津設立臨時辦事處支應南下師生並保管校產的葉企孫所測得。

　　葉企孫在後來的交代回憶中，說起熊大縝那個案子，「老實」交代，他是早就擔心熊的無背景而榮膺要職的，「恐無好果」，為什麼呢？是有限的人世練歷經驗所提示？是對心愛的學生和助教熊大縝其性格等的深刻瞭解？抑或一個清華學人對迷離模糊的中國實際政治的悵惘？而這種悵惘是否又落實到擔心戰爭環境下政治黨派對「上馬擊賊」的書生充分信任和寬容？終究老師比學生老成，不過葉先生的專業是物理（堪稱中國物理學之泰斗），但要讓他明白中國政治那是不靈的，所以他那時對河北呂正操與鹿仲麟雙雙不能合作抗日很有看法，他哪裡知道統一戰線內部會有複雜激烈的鬥爭的奧妙，熊大縝也終失於「天真」（實際上他已經處於被監視的處境），也居然會不假思索接受了一個來自「天津黨政軍聯辦」的抗日統戰組織的試圖溝通雙方的良好願望，於是他的被殺即有根據地錯綜複雜的對頑鬥爭以及軍人幹部和知識份子幹部隔閡猜忌的複雜背景，也有始自蘇區大肅反以迄其後不時發生（比如延安「搶救運動」）的左的錯誤方針影響，於是中國少了一位物理學家，那位葉先生也被視為老牌國民黨「CC系」了，數十年後因而被捕和審查，他的晚年是十分不幸的。

　　熊大縝同學，後來很少被人提及了，只是到了1957年，他生前的好友錢偉長在北平即將解放時的一句私下講的話被人揭發了，那是他對黨內一些錯誤做法的意見，他說：「用得上你就用，用不上時就槍斃，像蘇聯對待托洛茨基，中國對待熊大縝那樣。」（見《首都高等學校反右派鬥爭

的巨大勝利》）當然，這是了不得的「黑話」了。可是當年葉企孫、熊大縝、錢偉長、汪德熙、葛庭燧、閻裕昌、胡大佛等，他們都是在冒著生命危險向根據地進發的呢。

完全沒有想到，整理附中的材料，自己的心情竟會如此沉痛。那麼，再換一個角度看看吧。

花樣年華

師大附中，那時這所學校親聞石評梅馨欬的山西同鄉學生，前有李健吾，後有郭良才（他的戀人是報人邵飄萍的長女，也是石評梅生前最喜愛的學生之一，後來石評梅去世，學校舉行悼念會，她在大會上做了沉痛的講話）。那麼，說說他和她的故事吧。

這也是一個鄉下人「喝甜酒」的故事了。話說上世紀的30年代，北京（當時是北平）城裏有幾位大家閨秀是許多青年學子所私下愛慕的，比如沈從文所執著追求的張家小姐的張兆和，而《京報》社長的邵飄萍雖然早已以身殉報，被北洋軍閥的「二張」張作霖、張宗昌所殺戮，但是他遺下的幾位閨秀也曾是當年讀書京城的若干學子追慕不已的，這從現在出版的學人何茲全等人的回憶錄中還能憶及和看到。

30年代，似乎還是講究結婚門當戶對的年代吧？然而差矣，彼時《京報》已經由民國著名女報人、邵烈士的遺孀湯修慧所「復活」，雖說尚不能與邵飄萍時代的《京報》相比，卻也算得上是京城的一張大報（現在的《新京報》據說就是承邵烈士之餘緒的），於是你想：邵公館的女子，可曾好攀？然而卻有一個從山西到北平讀中學的鄉下人，他最終卻以其豔豔的才華和翩翩的氣度贏得了邵家長女的青睞，他們在師大附中讀書時開始墜入熱戀，也許這在現在，那就叫「早戀」吧。

其實，沐浴了「五四」的光輝，30年代的高中學生們已經駕輕就熟地追求起戀愛自由，在同樣的學校，這位鄉下學生的師兄，如李健吾、夏承楹等，也早已墜入愛河，而且那似乎已經是社會上的風氣了，比不上後來我們讀書中學乃至大學，可憐受「文革」無愛又無性的文化所薰陶所冶煉，二三十歲的人了，硬是一個沒有情感可以傾吐的「憤青」。

　　高中畢業以後，邵家的小姐升入北師大讀書，那位鄉下人呢，卻因中學讀書期間過於活躍（他不僅是「校友會」的中堅力量，相繼還辦有文學小團體的「縵雲社」和「維納絲劇社」，並主持有《校友會會刊》，當時校園裏也依稀可見「近水樓臺」的蔡元培「思想自由，相容並蓄」的遺風），在他所主持的《校友會會刊》竟「公然」發表有紀念馬克思的文章，中共地下黨也對他進行了工作，於是國民黨市黨部聞訊派人來捕捉他，好在校長林礪儒先生站出來頂住，只對他稍加訓誡，但是在畢業的評語中卻有一條「品行失檢」的記錄，於是這位鄉下人受了刺激，放棄了在北平升大學的願望，遙遙地前往青島讀大學去了。不久，邵家小姐為情所繫，也放棄了在北平繼續讀大學的優越條件，迢迢地去青島做「伴讀」——也就是成為青島大學的一員「旁聽生」了。（當時青島大學的女旁聽生一共有3個人：邵飄萍的女兒邵乃賢、沈從文的妹妹沈岳萌，以及當時名叫「李雲鶴」的江青。李雲鶴，那時她剛剛掙脫了不如意的初婚的樊籠，從濟南逃到青島，來找她當年的恩師、原來山東省立實驗劇院院長的趙太侔夫婦。就在青島，在這個中國表演藝術家的搖籃裏，這位初嚐人生甘苦的活潑女子是那麼憧憬著未來，又那麼熱愛著戲劇和新興文化運動，她在那裏也開始成為大學生、也是學生運動領袖俞啟威（即黃敬）的女友，他們和那位鄉下人一齊參加了「左翼文學」的活動，大概也是相同的時候，他們都在他們的花樣年華——俞啟威是21歲，李雲鶴是18歲，或者喜結連理，或者宣佈實行了同居）

　　這也就又留下了一段讓這個「鄉下人喝杯甜酒吧」的佳話。在先前，這是沈從文先生的故事，其後，則是另一位鄉下人的故事了：當這位鄉下人的大學生與邵飄萍長女戀愛且要結婚的時候，邵飄萍業已墓木已拱，當時的《京報》是由湯修慧女士打點的，而在民國歷史上，湯女士是有名的女中豪傑，老報人包天笑在他的《釧影樓回憶錄》中曾稱之為「現代女界中是不可多得的」女性，於是，最終她也放手了愛女的自由，讓一位鄉下小子喝了「甜酒」，成全了這一對情侶的摯愛。在這一對新人實行結婚時，她還在婚禮的請柬和報紙上刊出了這樣一條獨具匠心的廣告——在標名「黃金時代」的邵家後人的照片上，湯女士題寫了如下的文字：

　　「我家二十年來所積下的二萬三千金，另一萬金是利息。」

　　這說得就是邵飄萍的三位「千金」、二位「弄璋」的公子以及這鄉下人但帶來「利息」的毛腳女婿（據我所知，邵家的另一個女兒後來嫁給了音樂指揮家陳傳熙先生）。那時的時尚還有刊登訂婚或結婚的啟事，或者向親友贈送締結這種良緣的通告，這是1932年2月14日郭良才和邵乃賢兩人實行訂婚的「通告」：

　　「我們為了這種必要、即在我們兩人的關係上須有一種表示，因此，我們決定從現在起宣佈訂婚，謹將這個消息報告於關心我們的相知們！」

　　在文字下方，是他們的相片，那是用心狀製成的，隱約可見的還有一行英文：「Hence we two are one」，意思是「從此我們兩個人結為一體」。

　　湯修慧女士不僅成全了一對新人，後來她還培養那位鄉下人的毛腳女婿承傳了邵烈士的事業。在中國新聞界泰斗徐鑄成的《回憶錄》中，有這樣的記載：1940年，「我在香港又與（邵）飄萍夫人湯修慧先生見面。她以民族大義為重，毅然拋開《京報》館及所有產業，隻身到港，……她有一長婿郭根，青島大學畢業，中、英文均極有根底，但為人吶吶謹厚。湯先生向我介紹，我即延入《大公報》，頂蔣蔭恩兄缺，編輯要聞。」此後1941年，徐鑄成兼任《中國評論》總編，又交「由郭根負責編稿工作。」至太平洋戰爭爆發後，香港淪陷，徐、郭逃出香港，在桂林開館（《大公報》桂林版），復又因豫湘桂戰役國民黨軍隊潰敗而遷往重慶，遂由徐主編《大公晚報》，並由「先期到渝之郭根任要聞編輯」，後來郭根被《大公報》中的右翼勢力排斥出報館，即「某日，忽以主標題未按（曹）谷冰意製作，立以『不服從上級命令』之罪，宣佈開除。」再到戰後的1946年，徐鑄成也退出《大公報》復歸《文匯報》，跟隨其到《文匯報》的就有原《大公報》的郭根等，《文匯報》復刊和改版後且由郭根任總編輯，當時編輯部中還有黃裳、柯靈、劉火子、李龍牧、梁純夫、金慎夫等。「到了是年底，郭根辭去總編輯職，自願赴（北）平當特派記者」；「去北平後，他寫了不少有關學生運動出色的報導。」

　　邵飄萍的《京報》，其報格後來在《大公報》、《文匯報》等報紙上都有所體現，他的未曾謀面過的女婿也成為中國新聞史上一位資深的報人（後來轉業到了教育界），然而他的愛女卻在抗日戰爭爆發後滯居上海，在生產了三個子女之後，因貧病，終沉痾難起，撒手人間，可歎的是當時

她的愛人正在前方的生死線上從事著抗敵的新聞事業，一對夫婦竟不能有一個生死離別的機會了。

先父的一些師友

在先父的日記和照片中，有一些我能夠知道的人和事，其中是一些他的師友。這裏說說幾位印象深刻的人。

先說梁園東，他是歷史學家。

梁園東早年讀書北大歷史系，曾經在《京報副刊》等發表文章，不過用的是筆名，也許就至今還沒人收集過他的這些遺文。後來他在上海大夏大學教授歷史，由於參加了名噪一時的「中國社會性質問題」大討論，聲名鵲起。記得當年他響應在商務印書館編刊的胡愈之就「夢想」的話題徵文，實際是以此來調侃和扯淡國民黨政府，梁園東的徵文，居然是對非但沒有言論限制而且言論自由的民主政府的企盼，他說：「必須什麼樣的政府才不怕人推翻，因此什麼話他也不怕你講，或者他還要你講，以至於他雖要你講，你也無話可講。」那意思是說政府是「民享、民有、民治」的，它不義人民可以推翻他，當然它應該更不忌諱人家講話，甚至於你不講話它還要請你講呢，這似乎就是孔子說的「天下有道則庶人不議」的境界。然而後來這位歷史學家的命運，竟是格外的坎坷。他曾與金克木等在國民黨搞的武漢大學的「六一慘案」中被捕，後又成了山西著名的「大右派」，乃至在「文革」中屈死。這本集子，收入了他的書信照片，我是以此來紀念他的。

再說智良俊。他也是先父的同鄉和摯友。不過，他似乎與梁園東有所不同。

我在《老照片》發表過一篇他和父親的文章，那是由他贈給父親的一張照片說起的。

──「送給我的知友良才。南京『一二一七』慘案被難留影。俊，一九三二年一月三日」。1931年「九一八」後，他去南京參加請願抗日運動，結果竟被「外戰外行內戰內行」的國民黨軍警所毆傷，為了紀念這民族的恥辱，智良俊把他受傷的照片複製送人，留作歷史的見證了。那個時

節，有多少像他一樣的青年對死抱著「攘外必先安內」的錯誤國策不放的國民黨政府失去了信念，轉而把國家和民族的前途寄託在那神秘又新鮮的西北，智良俊後來就輾轉去了抗日根據地了。

他曾是北平大學法學院的學生，也是北方左聯的成員，經歷了北平學生南下示威團赴南京請願被毆驅散的一幕，他攜筆參加革命，後在中共北方局、晉察冀邊區工作，曾是中共河北平山地委書記，及至紅旗漫捲，大軍開入北平，他與父親都隨軍開進古都接收敵報，從此又都從事了新中國的新聞和出版工作。此前智良俊服務於《晉察冀日報》，從總社國內新聞組、資料編輯室到新華書店分店和總店經理，他與鄧拓、胡開明、馬健民、胡錫奎等一齊渡過了戰爭中的艱難歲月，而《晉察冀日報》的山西同仁還有鄭季翹、杜導正等前輩，它還集合了後來新中國新聞和宣傳戰線上不少的幹部，如王子野、王惠德、馬寒冰、范瑾、周遊、吳硯農、婁凝先等，當然也有張春橋這樣的人物。此外智良俊也是新華書店的元老，在晉察冀時代，這家書店在鄧拓領導下，曾出版過極具歷史價值的首版《毛澤東選集》（1944年5卷本和1947年的6卷本），不過智良俊是極內斂的人，對這些他很少落筆，更絕不宣傳個人，記得先父曾要為他寫傳，他是不由回拒了的。

智良俊是共產黨人，他不居功，不邀官（沒有當過什麼大官，在我記憶中，幼年或少年地，我曾隨父母到他任職的河北正定、江蘇徐州做客，彼時他是縣委書記、市政協副秘書長，以及徐州醫學院圖書館館長，而在他離休前，則是全國政協文史辦公室主任），是非常本色的人，這樣的共產黨人，老實說，在我有限的接觸中，是並不多見的。如今他早已去世了，或許沒有子女，我至今還沒看到有關紀念或宣揚他的文字，不像同鄉的薄一波、胡仁奎等，或多或少，都有紀念碑式的文字在世，於是我在這裏寫一點對他的懷念文字。

山西定襄同鄉，以及早年的共產黨人，還可以提到賀凱（他與先父晚年都在山西大學從教）。

關於賀凱，薄一波的回憶錄《七十年奮鬥與思考－戰爭歲月》中，提及「賀凱和郭增昌從北京到太原來了，他們都是早期的共產黨員，在北方區委李大釗同志直接領導下工作，也都是定襄人，與我鄰村，原來就認

識」，薄一波是定襄蔣村人，郭增昌是定襄鎮安寨人，賀凱呢，則是定襄南蘭台村人，都相距不遠，山西辛亥革命的元老之一，就是賀凱的先人賀炳煌。

賀凱早年在太原省立一中讀書，期間與同窗王振翼、李毓棠等發刊《平民週刊》，迎接「五四」新思潮，恰好校友高君宇由北京返省，即在母校等處召開座談，探討如何在山西開創局面進行民主革命運動，而那個時節正是青春中國的青年們發誓徹底改造國家的火熱時代，當時中國社會主義青年團在上海成立，高君宇也在北大參加了「馬克思主義研究會」並參與組建了北京共產主義小組，於是高君宇在「一中」與各校進步同學秘密會議，不久就籌建了太原的社會主義青年小組，到了1921年5月，太原的團組織宣告成立，賀凱就是其中成員之一。就在他1922年畢業入京、讀書北師大的前後，由太原「一中」湧出的他的同學紛紛擔綱了革命重任：王振翼（中共勞動組合書記部分部、「鐵總」的負責人）、賀昌（團地委以及安源、直晉區的團負責人，後團「三大」中央委員兼勞動部長等）、汪銘（在校發起「見聞觀摩會」等）、李毓棠（北大「平民教育講演團」豐台組書記），同年中國「社青團」「一大」正式在廣州舉行，王振翼代表出席，選出高君宇等5人為中央委員，各地也相繼成立區委，如毛澤東在長沙、高君宇在北京、惲代英在武漢等負責，不久團中央批准了太原地方團執行委員會細則，（此前團中央取消了太原團自定的章程，以為：「本團為集中的組織，全國規章應歸一律，不當有地方章程之發生。」）後來高君宇代替生病的施存統出任團中央書記，這個階段，賀凱是在高君宇直接領導下（高又在李大釗領導下）開展團的工作，又由之介紹加入了黨組織的。

賀凱後來擔任了團北京地方書記一職，這是一個非常重要的崗位。在高君宇奉命南下任駐粵特派員後，大革命高潮前的醞釀已經進行，率先就有北京的民權運動大同盟運動，其時高君宇又因黨務活動辭去團內的任職（後以中共代表身份參與團的領導工作），由賀昌補入團中央委員兼經濟部主任，並負責團刊《先驅》的編輯及任命為發行主任等，賀凱則由先前的團地方書記辭職，與何孟雄、範鴻喆等組成改組後的北京地方執行委員會，另外，賀凱還是中共北師大的支部書記，國共合作後，還任該校國民黨俱樂部（實即國共合作的黨部）組織委員，後來大革命中北京的各種政

治運動他都是弄潮兒:「三一八」、「五卅」、工人運動(全總)、學生運動(組織讀書會等),幾無役不與。

　　1924年,大革命漸趨步入高潮,高君宇在太原籌建了山西的黨組織(那中間又有「一中」的傅懋恭即彭真、張叔平等的身影了),北京則是「山雨欲來風滿樓」,我曾有幸讀到此時賀凱給鄧中夏的一封信,信中報告了北京團的狀況:「此間近來增加會員甚多,然缺少教育,大多數均連本會組織小冊仍未看到,刊物只有《中國青年》每期能收到」,他根據團組織活動呈現內部渙散而建議:「本會的教育甚為緊要,近二年來內部渙散實由於此,蓋大多同志均不明本會意義,故無興趣,所以他的做事行動,好像與本會漠不相關,所有活動作事者,作來作去,仍然不過是幾個少數人,所以我們今後應注意實行以下兩點:1、揀熱心的未作過事的與他一種事,使他與本會發生密切關係,總一句話說:就要注重新分子。2、地委每星期須派人去各支,一方面訓練會員,一方面要調查書記盡責與否,這樣書記不至於敷衍了事,必定要負責.」鄧中夏與高君宇都是北方黨的負責人,其時高是地委宣傳部長,又兼北大校長辦公室秘書,加上身體一直不好,於是黨刊的《政治生活》就由賀凱等參與編輯發行。

　　賀凱早年投身革命,其消息卻很少被人所知,我曾因寫作邵飄萍的傳記檢閱「五四」「四大副刊」之一的《京報副刊》,才讀到他寫的《蘇聯革命紀念中的列寧》,以及在《覺悟》(《民國日報》副刊)刊登的《赤色的路》,甚至他從事新文學創作的小說《祭灶節之後》、《沙漠裏的旅行者》(刊於《晨副》)等。很難想像,在山西大學與我為鄰的賀凱先生,曾經還有這些雖說有些粗糙但卻熱力四射的文字,那依然可以感到一個理想主義者的企盼和追求:「世界好像一個周身發瘡的病人,躺在地上正呻吟著,活潑潑的青年人——我們一條路上的同伴們,都拿定堅強的志願,用明晃晃的刀子實行外科手術,想要救出這個整個兒的世界,找到人類底幸福!在頂天立地的一張大黃紙上,公佈出一切吃人肉的惡鬼的最後判決書,在一個不可思想的大斷頭臺上,把他們殺了個乾淨,救出許多的不見日光的囚奴!」或許那個時代的許多青年都是相信要走「赤色的路」的,「我們相信從此路走去,一定能救出這將死的整個兒世界,找到人類的幸福。」賀凱原先也是堅信著:「人類是上進的,不是退後的,愛自由

的，惡束縛的」，於是他執著地走著。1926年「三一八」慘案發生，賀凱的同窗好友范士融（北師大國文系學生，由高君宇介紹，與賀凱一同加入國共合作的國民黨，是北京第7區黨部書記）不幸犧牲，北師大為之舉行悼念，賀凱致詞曰《站在我們死者之前》，他低沉地說：「我們在陰沉冷寂的操棚中，站在我們的死者——范君柩前，給他行過最後的訣別禮。他從此把革命的負擔交給我們，我們是如何的驚懼恐惕，怎樣才能不負我們的死者？」繼之他呼喊：「血鍾撞開了，踵著先烈的血跡，曙光在前，奮鬥奮鬥！打倒一切帝國資本主義！打倒媚外軍閥賣國政府！為中國復仇！為范烈士復仇！」

賀凱在京讀書期間參加革命，期間往來家鄉，多有革命任務，這在薄一波的回憶中可見一斑，如1927年1月，賀凱返鄉，與薄一波、郭巨才（即郭挺一）、師祥甫、史雨生等召集中共定襄支部開會，籌組中共定襄縣臨時委員會等。後來大革命失敗，賀凱失去黨組織聯繫，並輾轉各地求生，期間還曾被拘捕過，於是與郭增昌一樣，也不得已而退出了令人炫目的政治舞臺。

早年的賀凱，以後遂以學者面目而出現，這樣的例子似乎很多，只是可惜為人們有意無意的忽視或者淡漠了，於是他們早年的光彩，竟消遁了。

彼時先父的師友，當然還有很多，這裏我只述說了3人，其餘的，多多少少在日記注釋中都有所介紹，限於篇幅，也就不一一陳述了。其實，他們中的許多人，我會用相當的文字來研究和介紹的（比如郭挺一、胡仁奎、霍世休），且待將來吧。

青島大學

現在的山東大學，其前身之一便是上世紀30年代初成立的國立青島大學，而它又是由1926年夏從省立農、礦、法、商、工、醫6所專門學校合併成的省立山東大學改稱而來的，這彷彿就是雞生蛋、蛋生雞似的關係，不過在這一遷變的過程中，歷史的嚴酷和冷峻就凝結在這中間，給現在的這所百年學府平添了幾許辛酸和深沉。

　　1928年南京政府實施第二期「北伐」，欲北上幽燕，一舉消滅北洋殘餘的張作霖奉系軍閥勢力，在途經濟南時，竟遭日軍出兵干涉，並發生了震驚天下的「濟南慘案」。省立「山大」因而停頓，後來南京政府大學院令改為國立「山大」，等到濟案解決，又奉教育部之令再改稱為國立青島大學，由何思源、趙畸（即趙太侔）、蔡元培、楊振聲、傅斯年等成立籌備委員會籌措之，至1930年9月，乃正式成立，由楊振聲先生任校長，趙太侔先生任副校長。此前學校曾在北平、濟南、青島招考新生，先父就是從北平師大附中考入青島大學的。

　　「青大」是接收了原省立「山大」以及私立的青島大學成立的，校址從前就是德國的「萬年兵營」，它依山而立，氣象萬千，加上青島本來就風景秀麗，滙泉、嶗山、海灘、陽光、准山城、各式國際風格的建築……，很是吸引人，不僅教授們雲集青島（如先父的老師梁實秋和校長楊振聲以及趙畸、聞一多、方令孺等就被稱為此間善飲的「八仙」），先父後來也就把青島視為他的第二故鄉，念茲在茲了。

　　先父原在北平讀書，原本可以在那裏讀大學的，但因為他是學生會以及各種文學小社團的骨幹，在30年代初時代風潮的裏挾下嶄露頭角、追求革命，參加進步活動，主持刊物發表進步文章，被校方給予了「特別懲戒」，一怒之下，他離開北平考取了「青大」外文系，而系主任就是魯迅對頭的梁實秋先生。後來父親的同窗臧克家回憶：彼時梁先生，「面白而豐，夏天綢衫飄飄，風度翩翩」，學生都知道他和魯迅是論敵，於是好奇地問他，梁「笑而不答，用粉筆在黑板上寫上四個大字：『魯迅與牛』」。

　　「青大」成立時可說是名師眾多：校長楊振聲此前服務於「北大」、「中山」、「燕京」、「武大」、「清華」各校，以清華文學院院長履新「青大」校長，自是頗獲人望。教務長趙畸（後為張道藩）是戲劇改良運動的人物，此前服務北平「藝專」和北大，也是因為他和夫人的關係（其夫人俞珊出自世代書香門第的俞氏家族，俞夫人的祖母即曾國藩之孫女，祖父也即魯迅在南京上學時的校長俞明震，叔叔呢，就是大名鼎鼎的國府要員、當過國防和交通部長的俞大維，姑姑則是傅斯年夫人的俞大采。俞珊畢業於南京金陵女大，後投身戲劇運動，曾是「南國劇社」的扛鼎人

物，主演過《卡門》和《莎樂美》等，紅極一時），「青大」不久進來一對新人（見後），當時是極普通的事，後來卻是要「驚天地泣牛鬼」的。

草創時，「青大」三個學院——文學院（中文系、外文系）、理學院（數、理、化、生四系）、教育學院（除教育行政系外，還有「山東特色」的鄉村教育系），分由聞一多、黃際遇、黃敬恩任院長，此3人皆是留洋學人，而文學院中，聞一多先生此前是中央大學外文系主任和「武大」文學院長，此外古典與新文學以及西洋文學諸大家之梁啟勳、黃淬伯、游國恩、丁山、張煦、沈從文、方令孺、孫大雨、洪深、老舍、王統照、田漢、趙少侯、郭斌龢等，理學院則有傅鷹、曾省之等。就是辦事人員之中，也是藏龍臥虎，如吳伯蕭先生彼時就是教務處的職員。學生中呢？物理系有俞啟威（即黃敬。他一定是受了家族中俞大維先生的影響才熱愛上物理學的。俞大維先生曾是中國著名的物理學家，他留學德國，後走上從政的道路），中文系有臧克家，似乎先父提起過他們當年在「左聯」的影響下從事進步活動，則還有王林（作家）、崔嵬（表演藝術家）等。

30年代的大學，學業和政治註定是發生衝突的，也正是在「九一八」後，偌大一個中國，找一處安放平靜的書桌的地方已是不易，何況洶洶人流的大學。我看過「青大」的學程表，以我讀書大學的經歷，只能叫一聲慚愧：人家中文系開的課——國文（A、B、C）、名著選讀、文字學、文學史、小說史、音韻學、唐詩、宋詩、近代散文、詞學、駢體文、目錄學、文學批評史、戲曲概論、中國學術史概要、毛詩學、楚辭學、文選學、樂府詩研究、高級作文、古代神話、詩家詞家專集、經史子部專書研究；外國文學系呢：各種外語不論，小說入門、戲劇入門、英詩入門、莎翁、浪漫詩人、英日俄法德文學概論、聖經、古典神話、西洋文學批評史、傳記文學研究、希臘悲劇、英文演說、維多利亞時期散文與詩、英國戲劇研究等，此外還有十數種共修（必修、選修）的課程，在父親的遺物中，我也看到過他當年的課本、筆記、作業等。但是他們真的是「醬」在這學問的海洋中了？以及只是教室、寢室和球場（先父曾多次作為青大排球隊的主力參加華北運動會等）的三點一線？

也是「九一八」後，風傳日軍將在青島登陸，楊校長急令遣散學生，等到時局平和後繼返校讀書，學生卻再也不能弦歌不輟了，到南京

去請願！後來梁實秋先生記載了學潮，在教育家和學人看來，那算是傷心事了：

「1931年『九一八』變起，舉國惶惶。平津學生罷課南下請願，要求對日宣戰，青島大學的學生也受了影響，集隊強佔火車，威脅行車安全。學校當局主張維持紀律，在校務會議中聞一多有『揮淚斬馬謖』的表示，決議開除肇事首要分子。開除學生的佈告剛貼出去，就被學生撕毀了，緊接著是包圍校長公館，貼標語，呼口號，全套的示威把戲。學生由一些左派分子把持，他們的集合地點便是校內的所謂『區黨部』，在學生宿舍樓下一間房裏。——後來召請保安員警驅逐搗亂分子，員警不敢進入黨部捉人。這時節激怒了（張）道藩先生，他面色蒼白，兩手抖顫，率領員警走到操場中心，面對著學生宿舍厲聲宣告：『我是國民黨中央委員，我要你們走出來，一切責任我負擔』。由於他的挺身而出，學生氣餒了，員警膽壯了，問題解決了。事後他告訴我：『我從來不怕事，我兩隻手可以同時放槍』」（《悼念道藩先生》）。

學生請願返校，見著的卻是一紙開除30餘人「首要分子」的佈告，學潮乃起，彼時這也不獨「青大」一家，梁先生寫信給徐志摩報訊，徐回信說：「好，你們鬧風潮，我們（光華大學）也鬧風潮。你們的校長臉氣白，我們的成天的哭，真的哭，如喪考妣的哭。」那時，校長也真不好當。「青大」楊校長辭職，趙畸繼任之，但「青大」元氣已傷，楊振聲、聞一多、沈從文、方令孺等相率離去，再過幾年，日本人呼嘯著打進濟南（我藏有幾張彼時日本人拍的所謂「勝利歡呼」的照片），山東大半已淪陷，「青大」也就渺無聲息矣。

說起「青大」，免不了的話題頗多，用一本山東的刊物《老照片》集錦的題目「另一種目光的回望」，或者「塵埃拂盡識名人」，即便是說「老大學」的「青大」，也能說出新的況味。這比如說梁實秋。

梁實秋在「青大」還兼任了圖書館主任的職務，不知怎的，遠在上海的魯迅聽說了這樣的傳聞：他說到中國自古皆然與大一統匹配的文化專制、禁書和文網時，忽然說到：「梁實秋教授充當什麼圖書館主任時，聽說也曾將我的許多譯作驅逐出境。」（《「題未定」草》）又明白無誤地稱：「梁實秋教授掌青島大學圖書館時，將我的譯作驅除。」（《曹靖

華譯〈蘇聯作家七人集〉序》）不過，這似乎從來也沒有人證實過。先父是讀外國文學系，又師從梁教授作畢業論文的，但我沒有聽他說起過這事（他後來從事魯迅教學和研究），臧克家先生後來回憶，卻是：「我想不會的，也是不可能的。」（《致梁實秋先生》）這應該算是一個人證。梁先生自己也有過一個說明，他說：「我首先聲明，我個人並不贊成把他的作品列為禁書。我生平最服膺伏爾泰的一句話：『我不贊成你說的話，但我拼死命擁護你說你的話的自由』。我對魯迅亦復如是。」的確，臺灣封鎖魯迅的書，梁先生是反對的。至於「青大」時的傳聞，他解釋說：「我曾經在一個大學裏兼任過一個時期的圖書館長，書架上列有若干從前遺留下的低級的黃色書刊，我覺得這是有損大學的尊嚴，於是令人取去註銷，大約有數十冊的樣子，魯迅的若干冊作品並不在內；但是這件事立刻有人傳報到上海，以訛傳訛，硬說是我把魯迅及其他左傾作品一律焚毀了，魯迅自己也很高興的利用這一虛偽情報，派做為我的罪狀之一。其實完全沒有這樣的一回事。」（《關於魯迅》）這也應該是不錯的。

先父在「青大」時，還參加過一個「刁鬥文藝社」的文學團體，並在《刁斗》發表過作品（小說《血的買賣》和《夏天最後的一朵花》、《鬥爭》以及譯作《美國同路人問題》、論文《論短篇小說故事之演進》等）。其中的《鬥爭》就是描寫學校生活的，說的就是學潮中的學生和既得利益的教授之間的衝突。所謂教授呢？「不學無術，徒鼓如簧之舌，運用其江湖伎倆，上課時廢話滔滔不絕，對於課本則從頭至尾一氣念完，從不作字句之解釋」，又「別出心裁，暗施麻醉伎倆，因謂彼能介紹同學往某某大雜誌投稿，同學等年幼好名，遂為所惑」云云。這可能就出自彼時「青大」的真實素材。不過，這一成立於1934年1月的組織和刊物，自然是受到梁實秋先生、沈從文先生、趙少侯先生們影響的，它的藝術觀點也就是「忠實於人生，忠實於藝術」，「不以成見來看東西，也不以偏見來詮釋那掇拾了來的人生現象，這是因為『人生』是異常龐雜的東西，它有陰影，它卻也有光明面，只要不是有意地戴起有色眼鏡來的人，是大不必粉飾現實或扭曲現實罷。」（《發刊辭》）這樣的態度庶幾也就是多元的趣味，所以它可以刊登列寧《作為俄國革命的鏡子的托爾斯泰》（周學普譯），也可以刊登研究莎翁那樣「超時代超階級」的悲劇作品，「它

雖不是普羅列塔里亞的作品，而共產黨的始祖馬克思和其實行者列寧也都酷愛它，蘇俄的狄克推多史大林最近在政務叢脞中尚讀莎士比亞的《李嘉德第二》，這就證明我的話不錯。」（《編後》）這分明有梁先生的影子麼。（梁在這個刊物上刊有《阿迪生論幽默》，此外老舍刊有《談巴金的〈電〉》）

也是在梁主任的「青大」圖書館裏，有一個如毛澤東當年在北大圖書館做職員一樣的「小人物」，並且還是一名旁聽生。（其同窗還有邵飄萍的長女邵乃賢，她是後來因與先父會回而來「青大」的，還有的，就是沈從文的妹妹沈岳萌。梁實秋先生的妹妹梁繡琴則是外文系高年級的正式學生了。）我從先父留下來的同學名冊中，可以看到她的大名（李雲鶴，諸城人，通訊位址是濟南按察司街75號），那時她剛剛掙脫了不如意的初婚的樊籠，從濟南逃到青島，來找她當年的恩師、原來山東省立實驗劇院院長的趙太侔夫婦。就在青島，在這個中國表演藝術家的搖籃（這裏誕生過許多電影、戲劇演員）裏，這位初嘗人生甘苦的活潑女子是那麼憧憬著未來，又那麼熱愛著戲劇和新興文化運動，她在那裏也開始成為大學生、也是學運領袖（中共青島支部宣傳委員）俞啟威的女友，並且雙雙參加了「左翼劇聯」下的戲劇活動：組織「海濱劇社」、上演抗日街頭劇《放下你的鞭子》，等等。最終，這一對可人的戀人在他們的花樣年華（俞21歲，李18歲），追慕新潮，宣佈他們實行同居了。又不久，在愛人的薰陶和激勵下，1933年初，李雲鶴在青島一個碼頭倉庫裏秘密地宣誓入黨了，而她的任務就是掩護愛人的工作。但不久，她的愛人被捕了，剛剛飲下幸福甘露的她這才領教了政治鬥爭的殘酷和變幻無常，那時，美麗的海濱城市青島以及中國的大地上並沒有什麼單純的兩人世界可供她培植愛情的花朵，她被「請」入濟南的監獄接受審訊了。當她走出監獄，她的心情一定是蒼涼的，又是在恩師趙、俞夫婦的幫助下，她去了上海——那個讓她最終成名、也讓她更加領會了生活含義的大上海。許多年後，也就是當她發跡以後，她對人談起這段往事，便不無誇張地說那時她已經綻露了她鮮明的個性和思想了，並且說她那時對文學、戲劇有著強烈的興致，以致在楊校長的課上她就寫出了她的處女作，而楊教授甚至是視之為與冰心作品不相上下的，此外，比如說她創作的劇本《誰之罪》是怎樣描寫了革命、聞

一多教授如何教她欣賞唐詩、沈從文教授教她如何寫小說等等（見《紅都女皇》等）。可惜梁實秋先生卻忘了她，不曾在回憶文章中提起她。先父後來與人聊起過這位彼時的「同窗」，不想被人揭發，成為他的諸多罪狀之一，而且他似乎在最痛苦的時候還「鋌而走險」，上書給這位「同窗」，以反映「文化大革命」的問題以及他個人的遭際，也許是深宮，或者是不屑的原因吧，總之，這封信並沒有結果，後來知情人開玩笑地說：幸好她沒有答覆你，否則——。這真讓人驚出一身冷汗。

　　提起先父在「青大」，不由還想說說青島的排球運動。在一次無意中，我在《青島市志》的「體育志」中發現了先父的名字，所謂雪泥鴻爪，這真是很有意思的了。其云：上世紀20年代，排球運動傳入青島，時稱「隊球」。最初是京滬來青旅遊者娛樂遊戲，三五相聚托球。而後，一些洋行和海關、銀行、鐵路的職工開始在浙江路青年會球場和信義會醫院懸網打球。1927年，青島市第一支排球隊——「錫安」排球隊成立，至1929年又有了青島市第一支中學排球隊。同時，青島大學教工部郭良才、閻效政、任樹棣、許振儒、徐連朋、牛星垣等成立了「青大」（「山大」）隊。這是排球（9人制）初興時最早的幾支隊伍。他們經常相約對練，舉行比賽。其中，以「山大」、「禮賢」最強，爭冠居多。1933年7月，華北第十七屆運動會在青舉行，青島高級和中級兩支男排、一支女排參賽。高級隊是選自「錫安」、「山大」、「膠濟」3隊的徐連朋、任樹棣、牛星垣、魏權、龔清浩、麥希曾、郭良才、許振儒、譚錫珊、沈恩森、郝永興、崔紹白；中級隊是趙賢亮、俞家沃、焦雲龍、鞠鴻儀、田濟昌、譚正鋒、嚴廣駿、於寶連、遲家盛、潘清甫、李永年、王汝舟；女隊是女校選拔的張慕霞、劉德民、卜慶葵、王桂榮、沈瑛、王佩德、郭美珍、丁素原、王美麗、徐慧敏、紀淑雲、高鄮、徐植婉、鄭本釵。他們是青島排壇創始時期的首批選手。

　　也曾是「青大」學生的徐中玉先生（1934年考入中文系，曾任「文學社」社長）後來回憶母校生活，曾有一篇《兩次在山大的回憶》的文章（「青大」、「山大」，原稱國立山東大學，後稱國立青島大學，皆指同一學校），內稱「山大」素有體育之風，如「任先生常和傅先生打網球，我們在房內觀看閒談，無不欽羨，引為山大之榮」，這「任先生」、

「傅先生」，就是當時在學校教書的物理系任之恭教授和化學系傅鷹教授。《青島市志》所提及的「山大」排球隊的名單，我大多已無從知曉，有的只能瞎猜，比如由「任樹棣」，突然想到了名氣極大的歷史學家何炳棣（浙江金華人，1938年清華大學畢業，1944年考取清華第6屆留美公費生，翌年赴美國哥倫比亞大學攻讀西洋史，1952年獲哥倫比亞大學英國史博士學位。1966年，當選臺灣中央研究院院士，1979年又當選為美國藝文及科學院院士。著有《讀史閱世六十年》等），他也曾於上世紀30年代初在「山大」修讀化學，不過「任樹棣」畢竟不是何炳棣了。其實，說到「山大」素有體育之風，完全可以信手拈來，當年中國體育界名流如郝更生（中國首次申請參加奧運會的發起人之一），劉長春的教練宋君復（體育部主任）都是在「山大」執教過。可能現在許多人不敢相信，就是當年「山大」的一些文科師生，他們的體育成績會讓你嚇一跳：比如中文系「四大台柱」之一的蕭滌非先生（杜甫研究專家），此前他在清華讀書時曾創下11秒1的百米紀錄（一直保持到新中國成立後），還是清華足球隊隊長（曾獲華北足球賽冠軍），他在「山大」中文系任講師時又是校足球隊的一員猛將（其時蕭滌非正當年，年近「不惑」之期，當年先父的同窗臧克家雖是他的學生，而年齡已比蕭滌非還大了幾歲），值得一說的，還有1935年學校的體育館落成（當年高校所僅見）等，這些都是個中的「典故」了。

其實，先父熱衷於體育運動，那還要從他到北京讀書時說起。一個鄉下人的小孩，在北京讀書，一般都會非常刻苦的。漸漸的，他在日記中寫道：「不知我的身體怎麼樣就害了病，身上非常柔弱，簡直是『弱不勝衣』的樣兒」，後來在學校的「體格檢查室」核查體格，「我的身體很不強健，校醫說我心老是這樣的跳，他說這時你平日不運動的功勞，你以後可要運動才好呢。」於是他在日記中發誓：「聽著：『你以後可要受點苦，強迫你的身體運動才好呢！』」這以後，他的日記經常就有了體育鍛煉的資訊：

「上午於課畢後即在操場打籃球，快樂得很，幾欲不再下場上課矣！」

「今天在操場打了好幾次球，覺得打完了球，身體實在舒服，腦神清爽，不似以前下完課後腦神就昏昏悶悶的了！」

「下午打了一氣對球，直至筋疲力衰，一點兒支持力量沒了，才停止了回家，這要算是開學已來運動盡興的第一天。」

「四天的假期如水似的過去了，今天又是上課的日子了，洗漱後即騎車到校，上午僅上兩堂，邀了五六位同學在雪花紛紛的操場裏玩足球之戲，下了滿頭的雪，登時滿頭雪水淋淋，然而仍是用力的攻守，好不快哉！快哉！」

「今天在雪地裏打了幾陣對球，好不痛快！」

「這一學期，我們幾個人一到下課，總得要打兩三個鐘頭的隊球，所以每每無意間和高三的同學在一塊打，學到了好些的技藝，進步的很快——就因為我們進步很快，所以我們的興頭越大，大有一日不打，一日就要悶壞的勢頭。今日下午我們當然是不能不打的，於是就召集了好多的同學，賽起來，在一年級時號稱善打隊球者，今日竟輸了好多，這真是我們意想不到的事。」

「燕大排球隊約附中校隊赴海甸作比賽，我方隊員初則聞訊雀跳，以為以燕大華北高級第一久霸平城，所約之隊也，繼則莫不擔心，以為將不知有怎樣丟人的成績呢！卻不料，乘洋車直抵海甸開賽後，我方戰鬥力與燕大竟不相上下，第一局以廿一比十九敗於燕京，第二局卻亦以廿一比十九勝了燕京，第二局之終已夜色沉沉，故未與賽第三局。這樣的戰績，真使我們快樂到極點了！來時以為將得兩場廿一比0，卻料不到這樣勇悍的得到了燕京，觀點者的讚語，所謂：『畢竟是附中』，而榮幸歸來，這一夥凱旋的小將軍們當他們乘汽車暗夜經野外歸來時，真有說不出的快樂呢！」

1931年，先父考入青島國立山東大學外國語言文學系，甫到青島，他在日記的第1頁就寫道：「呵！青島是太美麗了！青島是建築在一座山上，馬路四處高低蜿蜒，完全是油漆的，一點土味也沒有，在青島找不到一所中國房子，各式各樣美麗的洋樓佈置在街旁，隱沒在青草及樹林裏，幽雅琴聲時時從窗戶裏裏傳出來，市上刻刻拂蕩著些溫涼的海風，路經幾個街頭，街頭便是碧綠的大海，海邊便是仿效倫敦泰晤士河岸而建築起來的walking road，路上時有花園及椅子供遊人休憩。去海灘遊玩。呵！海，我今生才第一次看見你了！海是太好了！從海灣出來後即去繁盛的街市瞎

（逛）一陣。中山路最繁盛，在日本鋪子裏，很無可奈何的買了一件游泳衣，歸來休息片刻，即又去海灣，預備游泳，但結果沒有勇氣下去，順著walking road或高或低的亂走一陣，晚間從幽雅的街市上緩緩歸來，這來青的第一天便這樣過去了！第二天下午就去海濱，跑到，大海裏去，第一次嘗著海中的滋味，在海裏固然很有趣了，但從海裏出來跑上沙灘，躺著曝陽光時，那滋味更是難以形容得出了！」

顯然，他很快就被青島的美麗所征服，隨即就是海濱體育項目的游泳，以在學校的各項體育活動，這在他的日記中是不時可以看到的：

「早上打了半天籃球，下午又去海濱，舉行第二次的海水浴，並看游泳比賽。在沙灘上作長距離的跑步，並與（賈）性甫作三級跳。晚間睡下，覺得腿很痛，連日運動過度了！」

「來了青島的第二天即組織起一個『二名排球隊』，預備加入青市排球比賽，於是有功夫時便去打球，體格倒發達了，只是功課越拉越多了！來了這裏後，前後已經洗過五次海水浴，海裏的生活真痛快呵！只是有點冷得不好受罷了！」

「下午要去電報局球場，與青市霸隊錫安隊作錦標之比賽，我們的隊員都早摩拳擦掌，預備把大銀盾搬回來，且看我們的運氣吧！」

「大考了一禮拜，考完就參加青島市排球代表隊，向開封遠征了。我還沒有參加過華北運動會，這是第一次，坐了兩日兩夜的火車才到了汴梁故都，開封可憐的很，大概是華北都會中最不繁榮的一個了，雖也有些古跡，但是很難引人入勝，只有潘楊湖尚足供人徘徊垂吊乎。大會開了四天，各省市的選手雲集汴梁城，的確給這寂寞的故都加了一番新的棘激，我整天沒事，便看看運動或涉獵名勝，排球頭一場與山東賽，以八人上場竟能以三比零敗之，真出人意外，也頗足以自豪了！第二天與北平賽，北平很狡猾，他們不承認我們八人作賽，因之我們只好棄權了，但還與他們作了平個Friend Game，竟以十四比八敗之，青島真光榮呵！只可惜那些教育局的體委們太糟，弄得人數不足，以至於千里而來棄權了之！」

此後，在他的一生中，都和游泳分離不開了，為此他多次回到青島，重溫舊時生活。

關於綏遠和抗戰的遙遠的私人記憶

以前的綏遠，今天是叫內蒙古了；以前的歸綏，今天也是改稱「呼市」（即呼和浩特）了；而以先前曾風靡的「走西口」的小調來推斷，山西、綏遠兩地實在堪屬姻親吧。早些時，閻錫山反清起義也就連帶了兵進綏遠，其軍隊後來就叫做晉綏軍，商震、孔庚、徐永昌、李培基、李生達、趙守鈺、傅作義、王靖國、趙承綬、李服膺等常川駐綏，後來分治，閻在山西，傅作義便一統綏遠（先是由建設廳長的馮曦代閻監視），及至再後來的「第三種方式」（區別於天津的攻克和北平的和平改編）即聽任綏遠的內部生變而和平解放（董其武將軍主其事），則是人們已經熟知的故事了。

山、綏往事，說來話長，晉商之開發等等，早已在「晉商熱」中被人說盡矣，值得一說的，是其地的文事。所謂往昔昭君埋骨的地方，委實文化荒蕪良久，開闢草萊，應該是它第一家文藝刊物的《火炕》（《西北民報》副刊），以及後來「綏遠文藝界抗敵後援會」創辦的大型刊物《燕然》，兩個刊物的編輯，就有先父郭良才（大學畢業後來綏遠服務）參與其中。

1936年4月5日，霍世休（佩心）、楊令德、郭良才（郭根）、章葉頻、武佩瑩（武達平）等，「為打破沉悶，開拓塞外荒蕪的文藝園地」，在歸綏創辦《燕然》半月刊，這是一個純文藝的刊物，後來成為「綏遠文藝界抗敵協會」的會刊。至1937年歸綏淪陷前夕，被迫停刊。

此前的1935年，先父在青島畢業後，遠赴歸綏綏遠一中擔任英文教師，當時該校校長為霍世休（清華大學國學研究院畢業生），他是先父在北平時最要好的同伴。

可惜不及兩年，烽煙燒到了綏遠，先父在學校停辦後撤回故鄉，再輾轉南下，沿途的所見所聞，在他抵達上海後就創作了他的處女作，是謂《烽煙萬里——由塞北到孤島》。

《烽煙萬里——由塞北到孤島》一炮打響，它是當年上海灘上有著影響的一部來自前線見聞的作品，先是在報紙上連載，後又出版了單行本（大中出版社出版，美商好華圖書公司發行），奇怪的是，這本書居然曾被國民黨政府所查禁過，也許裏面有些批評政府的文字吧。

　　先父此書的落筆，是從戰前微妙狀態下的北平城開始的，即那個發生了白堅武之亂、冀東「獨立」、「地方長官靦腆要求為和平之城」的古都。當時平漢、北寧二線中斷交通，先父遂由平綏線開始了他的「第一步的流亡」，當時他來到了百靈廟大捷後的「濃郁抗戰芬味」的塞上。

　　彼時綏遠為眾所矚目的一方抗日熱土，「遠方嗅覺敏銳的青年紛紛聞香而來」，其中有「新安小學旅行團」，有藝術家呂驥，等等，而塞外抗日歌聲四起，大家「默默地深入民間做著無報酬的工作」，這一情形使先父不由想到：「不要忘了，那時華北各地方當局認為這種歌聲是犯罪的，一聲『打回老家去』就有帶上紅帽子的危險」，如「新安小學」的孩子，也「有人批評他們是（共產黨）派來的」。

　　就在先父在「綏遠民眾抗戰救亡會」開展工作之時，日本侵略軍開始進犯華北了。7月28日，29軍退出北平，先父隨人群聚集在「民眾教育館」前收聽戰況，「當傳來『佟、趙——以慰忠魂而勵來茲』的訊息時，報告員沉重的語調、悲痛的音色，在收音機旁黑壓壓的聽眾那個不是在睫毛邊滾出圓滴滴的淚珠，我怎麼也忘不了當廣播完畢，大家走上黑沉沉、靜寂寂的歸途時，一個青年學生突然啞聲地喊道：媽的！早不準備，把軍隊集中在營盤裏叫人家痛炸！」在悲愴的氛圍下，平綏路總指揮傅作義將軍領兵抗擊了，36軍和門炳岳部進攻商都，劉汝明部馳向張北，湯恩伯部開向南口，歸綏城裏則「大街小巷救亡壁報的跟前擠滿了一張張歡笑的容顏，救亡會的演講隊把火樣的字句烙在聽眾的心裏，女生隊在窮家寒舍從顫動的枯乾的手裏接受著幾個辛苦的錢，『拿去給傷兵用吧，可惜我們沒多的錢』！」先父為民眾的熱情所感染，除參加「救亡會」外，還與同事創辦了《燕然》的文藝刊物（以「綏遠文藝界抗敵後援會」名義出版，這份刊物後來被認為是綏遠自「五四」後新文化運動的「殿軍」）。不久，抗戰局面有了不和諧的聲音，「救亡會」被官方成立的「救國會」所取代，傅作義在前方率軍作戰，歸綏城內省府秘書長曾厚載則以「紹興師爺的本色」把幾位「救亡會」的領袖安排進「救國會」做空頭委員，此後前方一些部隊拱手讓出城池，「青年人的悲憤、老年人的憂慮，隨著從遠方沙漠中吹來的塞外秋風籠罩了整個張垣，景色是那樣淒涼。」終於，人們在失望和恐怖中湧出城外，綏遠一中也宣佈停辦了，先父向故鄉走去。

　　車過豐鎮、小孤山，在大同城外，先父看到一幅令人窒息的畫面：「遠望大同頭上像是粉蝶一般的飛機來往穿飛著，轟轟的爆炸聲震撼著每個人的毛孔。」在車抵岱岳時，又傳來大同失守的消息。

　　戰爭驟發，把晉綏軍推上了最前線，然而這支積弊叢生的隊伍很快讓人生厭，先父就曾在路途中親睹傷兵洗劫差徭局的一幕，而大同失守的內情也有所耳聞：李服膺由陽高退守大同，已經抱定「避免犧牲的精神」，當局的戰略是放棄雁北退守雁門，結果「一天工兵正在城外炸毀鐵路橋梁，這轟轟的爆炸聲便駭得城內防軍認為敵人已來，一陣鶴唳風聲大同就變成一座空城」。行至廣武，有了一番意外的比較：「想不到竟遇到紅軍的先頭部隊，他們全是步行，一身灰色的軍服，沒有領章符號，認不出誰是長官誰是士卒，只間或胸前佩紅星的，也許是指揮員，他們差不多全是二十歲上下的漢子，還有十三四歲的小兵，真不知怎樣能走了這樣長的路途。」紅軍的出現，一掃先父沿途所見的懊喪，他在雁門關李牧廟前馨香禱祝：「但使龍城飛將在，不教胡馬渡陰山。我心裏祈禱著，祈禱我們今日會有第二個李牧威鎮雁門關頭。」在代縣，他又看到「八路軍的宣傳人員正在沿途工作著，每入一鄉便可看見牆壁上竟是他們所寫的標語：『國共合作萬歲』，『聯合英美法蘇』，這兩個標語頂多，因為這兩句正可充分表示他們最近對內和對外的主張。」在崞縣，他「遇到一師八路軍向民眾散發中共救亡八項主張，我們也是第一次看到這個重要的宣言。」

　　那是國共第二次的合作了，這一局面的形成使得封閉已久的山西也形成一種「山西特色的抗戰政治」，先父用敏銳的目光捕捉並分析了這種頗具戲劇性的「山西抗戰」。他看到了一種「對立統一」：閻錫山「機會主義產物」的「犧盟會」與「公道團」，後者是1935年以反共為目的、以地方豪紳為骨幹而建立的，紅軍東征時，它以「消滅共禍」為由，濫殺無辜，「就以定襄而論，被殺者即不下數十人之多，裏面卻沒有一個是共產黨，只是些由公路上抓來的過路人而已，他們『通赤有證』的物證是些銅錢或是紅紙、小鏡等，然而縣長竟以鏟共有功由三等縣升為一等縣」，而先父返鄉時仍能看到：「可笑的是每一鄉村街壁上既有八路軍新塗的標語，卻也有舊日山西當局的佈告，什麼『凡活捉一共匪者賞洋一百元』等等，兩相對照令人涕笑皆非」，後來他去太原，還可以聽到這樣的笑話：

八路軍初入太原，司令部即設在半年前「剿匪司令部」的所在，甚至門口牌子還沒來得及撤去，院子裏也滿是「打倒共匪」一類的標語，有記者指著問彭德懷副總司令，「彭搖了搖頭，連說『要不得，要不得』。」

當日軍緊逼山西，南京也欲滲入山西而策劃所謂河東道獨立時，「西安事變後紅軍已得到合法存在，而且紅軍又是最堅決抗日的，閻主任更覺得有改變已往作風的必要」，閻錫山身邊的「紅人」也是定襄人的梁化之為之構想新策略，欲借助東風應付危機，於是便派郭挺一趕赴北平，請回剛出牢獄的定襄人薄一波等中共人員，以共策保晉大業，於是又有「犧盟會」組織的成立。之所以如此，是當時閻氏有「民族革命」的所謂四大口號：「無條件的守土抗戰」、「有條件的收復失地」、「抱定弱國的態度守土抗戰」、「踢破經常的範圍加緊自治」，這任務「要讓『公道團』擔負起來未免滑稽而且不倫不類，一定起不了任何作用，因為它的中堅分子只能用之於鎮壓鄉愚人，於是便想出了另外產生一個組織的計畫，這樣『犧盟』便應運而生，在『民族革命』的任務下從事『聯共抗日』的運動。」

不久，敵騎逼近，傳來朔縣、應縣大屠殺的驚聞：「敵人挑動蒙人仇恨漢人的心情，他們把八月十五殺韃子的傳說深深刺進蒙人的腦裏」，結果「蒙人攻入朔縣後便把所有的老百姓用繩子穿起來，一排排立著任憑他們刀砍或者槍殺」。敵人的兇殘，又雪上加霜有晉軍傷兵和散兵的劣跡，先父聽從繁峙逃出來的人說：逃難的路上都是散兵，他們「空手走著，手指上總有二三個發光的戒指，在他們每個人前面都是一頭騾，馱著一個少婦或少女，牽騾走著的是一個十三四歲的鄉下孩子，肩上還得捎著老總的步槍——這一切都是老總爺有勝利品」。先父止不住憤懣的心情控訴：「我不客氣地說在山西抗戰的初期，老百姓對於晉軍的恐怖實在倍勝於敵人，只要他們從前線上一『散』下來，便是無法無天為所欲為，而晉軍卻又是最善於『散』的。」

在忻縣目擊了散兵洗劫村莊後，先父到了太原，它是彼時華北抗戰的中心。先父說：太原「每日遭著有定時的轟炸，半個月來每天清晨七時起便要準備受炸」，滿城上空撕裂般鳴叫著的「警報聲比任何地方要響亮要淒慘，像是被宰殺著的牛的慘叫」。當時太原也在戰爭邊緣上發生著變

化：省幣狂跌，「平日多財善賈的山西軍人把所有積存的省幣不惜以任何價格拚命地換取法幣」，舊軍隊「現在還保衛不了山西」，「忻口前線、雁門關外的敵人後方已都是衛立煌將軍和朱德將軍所統率的健兒為國效命」，閻錫山為整肅軍紀，揮淚斬了李服膺，令晉軍所有高級將領如楊愛源等兩旁觀看，取殺一儆百之效。先父敏感到「山西的舊勢力是銷聲匿跡了」，而太原無疑是回黃轉綠的聚集點，它升騰著鼎沸的抗日熱潮：「滿眼是八路軍和中央軍的標語，周恩來、蕭克、彭德懷等人常常發現在人叢中作著公開的演講，以『保衛馬德里的精神保衛太原』的口號由他們吼起來，得到萬千太原市民狂熱的擁護。」此後忻口郝、劉兩將軍的死耗傳來，「更把太原市民抗敵的氣氛白熱化到極點，各處是游擊戰術的演講，八路軍中的參謀人材如彭雪楓等都是各處的主講，『犧盟會』也加倍的努力工作，目的是武裝群眾，小北門外的『國師』內成了青年的大本營」，「許多熱血青年都由動員委員會派入戰區，號稱游擊縣長」，如先父的小學老師胡仁奎有一個一天作過三個縣的縣長的「紀錄」，「因為戰區都滿布著敵人，敵人發現了他的蹤跡便趕著他一天走了三個縣。」

戰爭把山西的日曆掀到了一個「偉大的時代」，先父熱情禮贊這個偉大的時代，因為這「新時代是青年的」。

在太原失守前，先父與梁園東（時上海大夏大學教授）父子沿同蒲線隨逃難的人群南下，而太原已由曾誓言與城共存亡的閻錫山交由傅作義、曾延毅來防守。離開太原時，先父說：「我的一個逆友打算著必要時投效賀龍，把一張像片交給我，說『假如死了，寫一篇傳記紀念紀念。』」這真是一個悲壯的話別。

車至潼關，梁園東父子轉往上海，先父經鄭州轉平漢線南下。在鄭州車站前，他立在告示牌前，慨歎「這是北方民族大遷移的表徵，也是血寫就的偉大時代的文獻」。在沙，他又看到從何健到張治中不同時期的「三種姿態」，他也看到這個城市也在經歷著時代的蛻變。在武漢的戰時中心，他再次領略了國共合作和全民抗戰的熱潮：盛大的「五一」集會，周恩來、黃琪翔、郭沫若率領遊行隊伍，「當幾千萬的工人把強壯的臂膀高高伸起，同聲宣誓效忠祖國時，那景象是太感人了，旁觀的人們興奮地由眼眶濺出淚來」，他也「擺脫了陰鬱，停止了退縮，懷著一顆熱辣辣的心

重來武漢，把渺小的個人溶入抗戰的洪流」。當時他參加了行政院「非常時期服務團」第3隊，開赴戰區開展難民救濟的工作。

北上途中，車抵鄭州，因敵機轟炸所阻，轉往信陽，在這座被稱為前線保衛武漢第一重鎮的地方，先父「跑進民間的時候，才發覺了中原人民是出乎意外的鎮靜，而且頑強的堅決」。

「花園口事件」後，先父請假護送家眷往香港。在滯留香港的日子裏，他苦惱於不能迅速北上投身抗戰，後來，「不得不掙扎著病軀逃出天堂而遠走孤島」。在上海法租界，全家蟄居著。終於，一聲氣笛，先父完成了他的「烽煙萬里」的行蹤，他從風雨飄搖的北平為起點，結穴在「觸目皆是標著『丸』字型大小的輪船和軍艦」的「孤島」上的碼頭，「上面搖擺著一些矮胖的人形，拿起了望遠鏡對著我們的船窺視著，人們回轉頭相互示意，全船死一般的沉寂，只覺得有感慨，憤怒、悲哀、恐懼，這些字眼都不夠形容的情緒在每個人的眼裏流泛著。」他真正嘗到了亡國奴的苦澀和辛酸。不久，他不甘於「蟻附」在租界內偷生，終於又舉起手中的武器，以筆為戰，寫下他在「孤島」上的第一篇檄文。

這樣，一個新的報人和作家即將出場了。

桂林《大公報》和一個報人的誕生

《大公報》是中國晚近歷史上一家有報格的民間報紙，從它1902年誕生、再到1926年「新記大公報」如火中鳳凰再生，以迄民間報業歷史的「終結」，它走過一段近乎輝煌的歷史。比如說，發展到一家六地的「六條金花」（津、滬、漢、渝、港、桂各版）、被社會所共認的獨立自主的辦報風格、它正言讜論的「四不主義」的報格、中國知識份子「文人論政」傳統的承傳代表、遍佈全國乃至國外的通訊網、獨具特色的新聞報導、星河燦爛人才湧出的著名報館，等等，都是它的寫照。

《大公報》有幾位「大牌」的「大公」人物，比如被稱為「王大公」的王芸生以及《大公報》的「靈魂」張季鸞、胡政之等，還有一批著名的記者如范長江等。先父呢，算是「大公」人物之一了，當然只是一個「小

人物」，在「大公」舊人周雨先生的《大公報史》書末，有一個報館職員的名單，從中可以尋找到先父的名字。

多年以前，在先父的追悼會上，眾多挽聯中，有也曾是報人的姚青苗先生的撰寫的一首「五絕」：「不會青白眼，但學牛唱歌。尾焦琴不爛，且看西方紅。」這「不會青白眼」，既是先父的精神，也是《大公報》先前的作派，它的辦報方針是不是給提鳥籠的老爺們看的，因而它標榜「四不」（「不黨、不賣、不私、不盲」）為「主義」，許多「大公」人物的骨子裏都有這樣標高絕響的精神，他們是不屑看權貴們臉色的，所以它才能傳達出民間的呼聲，並在中國狹窄的政治舞臺上開闢出一塊輿論空間。當然，這也不獨一家《大公報》，昔日民間的幾家報紙，如《文匯報》、《新民報》等都有這樣類似的報格，所以後來先父離開《大公報》轉到《文匯報》，其實也並沒有什麼大的變化。然而曾幾何時，不說你根本不可能再去從事報業，你不會或不擅「青白眼」也倒了大霉，住「牛棚」，唱「牛歌」而已。「但學牛唱歌」，我本能地想起當年「老九」們在「牛棚」內被他們的學生煽耳光、當沙袋，女教師還要接受壞小子們從小說《紅岩》看來的「白公館」、「渣滓洞」針扎乳頭等的酷刑，而當「老牛」們胸上戴著「牛鬼蛇神」的牌子「招搖過市」、手上敲打著碗具（真是「杯具」），步履踉蹌排隊去食堂吃飯（彷彿老牛去吃草料）時，他們須先鵠立牆前，背誦最高領袖的《南京政府向何處去》。「尾焦琴不爛」，是說先父曾經的一個筆名是「焦尾琴」，最後呢，「尾」已「焦」而「琴」不爛，不是說知識份子容易翹尾巴麼，好，燒焦了它就是了。至於「琴」不爛，那是他的倔強，或者說是天真。至於所謂「西方紅」，這是一個「今典」，原來一次系裏開會，彷彿還是一個晚會，不知怎的，「不會青白眼」的先父幾乎不會唱什麼歌曲，後來總算會哼《東方紅》了，也是在這次晚會上，大概是有人邀請他「表演」節目，他居然用了《東方紅》的韻律去哼唱什麼「西方紅」——去調侃一位學生，自然那效果是可以想到的，而沒有料到的只是那唱歌的人！甚至，那個學生當時也堅決不接受他的道歉！接下來的事也是可以想見的。

很多往事，我都不想說。現在提到「懺悔」這個詞，據《南方週末》，也終於有人向當年「被侮辱和損害」的人「懺悔」了，當然，這是

出於自覺。而我所想的，只是一個當年出類拔萃的「大公」人物，何以淪
落到連一個學生都不顧師道、不能容忍他的並沒有惡意的小「惡作劇」？
為什麼他大半個生涯都是在檢討中度過的？在「武鬥」風波中，他因為出
於記者的習慣，居然去現場觀察，結果被人用鐵鏟劈了腦袋，幸而不死而
已，行兇的人呢，何曾有過「懺悔」；而他自己，又何以在臨終前尚耿耿
於最終沒有被接納進共產黨的黨組織？什麼「尾焦琴不爛」，早就「爛」
了，不僅是「大煉鋼鐵」的日子裏，也不僅是山西高校第一個被揪出來的
「牛鬼蛇神」（所謂「披著羊皮的狼」云云），此前此後，原來的那個報
人，和此時及此後的他，早已對不上號了。

　　且回到歷史場景之中。早在戰時的《大公報》分出了「左派」和「右
派」之時，如《徐鑄成回憶錄》提及桂館人員逃難抵渝館，先父在徐老主
持的《大公晚報》任要聞編輯，一日以主標題未符報館首腦的旨意，「立
以『不服從上級命令』之罪宣佈開除」。此前在《大公報》桂林版時，
「焦尾琴」已是先父常用的筆名（還有「焦桐」），語意是取自擅長文章
又擅長彈琴的東漢大文士蔡邕（其聞炊間木裂聲，知為梧桐木，是上佳琴
料，遂急從火中抽出，將之制為琴，果然音色絕倫，又因其有火燒痕跡，
故名「焦尾琴」），那時他的另一筆名是「木耳」，這個筆名用的時間比
較久，後來的《文匯報》等都可以見到它（王元化先生生前有一回憶，卻
將之訛記為宦鄉的筆名了）。接替先父《大公晚報》一職的，是徐盈先生
（他和彭子岡一對夫妻是《大公報》的「名筆」，然而他們也逃不掉「爛」
了的時候，他們都是「老右」。如今他們的傳人是徐城北先生，而「城北」
即「城北徐公」的典故就是當年徐盈的筆名），副刊編輯則是後來在香港辦
報的羅承勳先生，當年先父鎩羽離開陪都，羅先生以詩相贈：「桂林一木
耳，渝州成焦尾。珍重七弦琴，高山複流水。」一晃，這都是前塵往事了。

　　先父曾長期追隨過徐鑄成，對此徐老在他的《舊聞雜憶補篇－悼郭
根》（四川人民出版社1984年）一文中集中講述了他和先父的過從，茲抄
錄如下：

　　「……郭根是1940年在香港參加《大公報》的，是湯先生（即湯修
慧，邵飄萍夫人。筆者注）介紹給我的，中英文都有根蒂，當時助編要
聞。太平洋大戰爆發後，我化裝逃出魔窟，他是同行者之一。

在桂林《大公報》期間，他仍編要聞，不時以『木耳』的筆名，在《大公報晚刊》寫些雜文，很有文采和戰鬥力；我也偶以『銀絲』的筆名助陣。木耳、銀絲……，是可以炒一盤素雜錦的。

1944年桂林淪陷，職工分路逃往重慶。彷彿破家了的兄弟，去投靠兄長，滋味是不大好受的。重慶館特地創刊了《大公晚報》，安插我們。初創刊時，我還未到渝，暫由渝館的經理兼任主編，郭根編要聞版。有一天，他寫的一條題目被改了，他細細看看，有些文不對題，又『擅』自改了回來，這就被認為大逆不道。

以後，他去湘西某報主持編務，直到抗戰勝利。

1946年，我重回《文匯報》，把他邀來任總編輯，做了不久，忽向我要求，願調往北平當特派記者，我問他為什麼，他只呐呐說不出理由。去北平後，他寫了不少有關學生運動出色的報導。上海《文匯報》被封後，他去山西師範學院任教授。

熟識他的人都知道，他寫文章相當流暢，而說話卻艾艾難以達意；對人對事都誠懇負責，問他什麼，回答總是乾巴巴幾個字，有時還近於粗率。那時他已近四十歲，卻天真得象一個任性的小孩兒一樣。

靠了木訥，他僥幸逃過一場災禍。1956年《文匯報》復刊，我又『招降納叛』，把他邀回當了副總編。翌年，號召大鳴大放，曾一再動員他提意見，並邀他參加市的宣傳工作會議，他始終沒有說過一句話，真象沒嘴的葫蘆一樣，拿他沒有辦法，只能任他逃出了羅網。

但他畢竟太天真，到史無前例的『文化大革命』中，再也在劫難逃了。

這幾年，郭根仍在山西師院教育工作，他曾給我好幾封信，說他對新聞工作還有深厚興趣，要求代他介紹，最後還向我表示，懊恨沒有始終追隨我堅守新聞崗位。他天真得連我的處境，連我已無能為力的情況都不清楚。大概，他在閉眼前，還以為我對他的屢屢離去，耿耿於懷吧。願他在九泉原諒我。

天真，是報人的癌症，郭根也是個例子。」

西安《益世報》和上海、北平的《文匯報》以及《知識與生活》刊物

據說民國影響最大的報紙有四家：即上海的《申報》、《民國日報》和天津的《大公報》、《益世報》。

《益世報》是法國天主教會在華主辦的日報，創辦人是雷鳴遠（比利時籍天主教傳教士）。《益世報》的發展幾經波折，它雖為教會所辦，但宗教色彩並不濃厚，而且它曾經由羅隆基、錢端升等主持筆政，倡言抗戰，反對內戰，因而多次被迫停刊。抗戰期間，《益世報》先後在昆明、重慶出版，1945年抗戰勝利後，《益世報》的老總馬任天夫婦聘任先父為西安版的總編輯。

不久，先父「歸隊」，赴上海加入《文匯報》，並且擔任要職，以及再赴北平組建《文匯報》北平辦事處，期間的辦報經過和他的記者（特派員）生涯，在徐鑄成的回憶以及幾本《文匯報》的史料文集中（如《〈文匯報〉大事記》、《〈文匯報〉史略》《從風雨中走來——〈文匯報〉回憶錄》）都可以方便地尋找到他的蹤跡，在此從簡，可以一筆帶過。

另外一個《知識與生活》卻可以多說一些，因為那是幾乎無人提及的了。

當時抗戰後的第二戰區（山西）在北平有一駐北平辦事處，先父利用山西人的關係，與之合作，就在那裏創立了《文匯報》駐華北暨北平辦事處，作為交換的條件，他兼任了山西「正中通訊社」（社長杜彥興，後為最後一批釋放的國民黨「戰犯」之一），並主編《知識與生活》雜誌（同時任北平版《益世報》總編）。

關於《知識與生活》，記得從前讀《朱自清日記》，看到朱先生臨終前的書楊上就有一份名叫《知識與生活》的刊物，這正是這一刊物，它是當時山西在外埠創辦的刊物，也是「正中通訊社」附設的一個刊物。

「正中通訊社」原於抗戰勝利前後成立，社長是閻錫山的下屬、山西駐北平辦事處處長的杜彥興，由於業務開展得不順利，杜找到同鄉報人的先父幫助，恰好當時先父領命北上為《文匯報》開辦駐華北辦事處，而《文匯報》是國統區著名的進步報紙，一直受到國民黨當局的迫害和排

擠，它要在北方立足，可謂困難重重，現在《文匯報》辦事處設在「正中社」，可以利用有利條件，在北平站住腳，又可以使用「正中社」的通訊設備，可謂得宜。當時除了以上兩家新聞機構，先父還受任《益世報》北平版總編及《真理晚報》總編，這兩家報紙都暗中受到中共地下黨的領導，當時中共北平地下黨的「學委」就是以《益世報》的中共工作人員為主的，如張青季、劉時平等，而《文匯報》此時也是在宦鄉等中共人員影響下的。

　　1947年4月，《知識與生活》創刊，先父任主編，不久，這一刊物就成為北方民主人士的一個輿論平臺，與費青（費孝通之兄）所辦的《新建設》齊名，人稱是華北民主刊物之姊妹刊，並與南方儲安平的《觀察》等相呼應。依該刊主編即先父的想法，《知識與生活》半月刊是鑒於內戰導致了文化的「貧乏」而問世的，它要在「知識與生活的脫節」中、在「人們喪失了清明的理智，更喪失了是非的判斷力」的情況下有所作為的，因此，《知識與生活》邀請了北平許多素負盛名的教授和學者合作，「針對目前這個可怕的病態，盡我們應盡的微力」，也就是「要跳出當前一般公式化的言論漩渦之外，說我們衷心自願說的話」。

　　《知識與生活》於內戰正烈之際問世，撰文的北平學人有楊人楩、樓邦彥、沈從文、陳振漢、樊弘、費青、朱自清、向達、丁易、吳晗、吳恩裕、王鐵崖、雷潔瓊、王冶秋、費孝通、俞平伯、李廣田、胡寄窗等，可謂集一時之選，其所作的政論文章也基於公共知識份子的立場，針對國民黨實施的暴政，呼籲民主與自由，表示「政治的服從須是有理性的與有條件的，否則，人民可以實行『理性的不服從』」；同時表示支持和同情已是熱火朝天的學生運動，認為「人心，或是人民意識，制定了是非，學生只是最先把這個是非說出來，這個是非最後更決定了實際政治」。這些學人，此前大多是主張「中間道路」的，到了這個時節，有人便懷疑：「自由主義近年來已成了相當時髦的東西，至少是一件美觀而可活用的裝飾品，一方面可能有人因它而遭受迫害，一方面也將有人利用它來做獵官的工具」，等等。今天如要考察當年天地翻覆之際北平學人的思想動態、以及他們如何利用輿論平臺以批判的姿態介入實際政治，或者說這些公共知識份子是如何在公共領域言說的，《知識與生活》就是一份很好的參照。

　　《知識與生活》也是一份綜合性的刊物，時評外尚有文藝、歷史等，借古諷今的吳晗《朱元璋傳》、丁易《明代特務政治》、徐盈《舊史新譚》、王冶秋《五四時代的魯迅先生》以及沈從文的小說等，都是在該刊刊出的。在先父的像冊中，有幾張當年《知識與生活》與其所聯繫的北平學人的聚會照片，可惜我只認出朱自清、樊弘、丁易等。到了1948年11月，「秩序」和「正義」再也不能相容，當時《益世報》的副主編陸複初（中共地下黨員）通知先父，他的名字已經被排列在國民黨的秘密通緝令之上，不久，中共北平地下黨緊急安排他轉移出城，由專人護送至當時中共華北局的所在地——河北平山，於是，《知識與生活》遂在1948年11月出至第35期時宣告夭折。

　　《知識與生活》曾經圍繞知識份子等問題展開過熱烈的討論，如今讀來不禁讓人感慨萬千。如果再具體對應於那些討論中的人物，這感慨或許會來得濃烈。比如朱自清，他的晚年真可謂是他所曾稱道的「滿目夕陽」，也正如當年經常活躍於文壇的山西文化人常風先生在文章中所揆度的朱先生彼時的心態，是「朱先生說向青年學習，想來是由於自己體力的衰退，看見青年熱烈蓬勃的生命生出的一種歆羨。」這倒也並非是趕時髦和隨大流，誠如朱先生的哲嗣朱喬森所說：「作為一個正直的愛國知識份子，在走過了漫長的曲折道路之後，思想更加成熟，也更加鮮明地站到了人民這一邊的時候。」在當年朱先生所在的水木清華的學府，當眾學生綻放出「熱烈蓬勃的生命」，朱先生和他的同道們也一變學人的矜持和沉靜（記得朱先生也同學生們一同在廣場歡跳延安式的秧歌舞），師生們都成了時代洪流中被浪頭湧向巔際的浪花，那麼，隨著時代發展，臨終前的朱先生拿下架子去閱讀學生運動中的通俗讀物如《知識份子及其改造》等，也就絲毫不奇怪了。朱先生閱讀後說：「它的鮮明的論點給人以清新的感覺，知識份子的改造確實是很重要的。這本書詳細闡述了知識份子的個人主義和思想上的敏感性。」這裏，已經分明可以嗅出後來知識份子思想改造運動的氣息了，可以想見，設若朱先生不死，他是可以走得更遠的。

　　那個時節，在大時代令人眩目的演變下，知識界熱烈地在討論知識份子的問題，朱自清的最後歲月，其日記中就有參加《建設》半月刊討論「知識份子今天應該做些什麼」的記載。「做些什麼」，當然是「向青年

學習」，因為青年是時代的標誌，是未來的希望，而且可以說，大凡是與青年為敵的，必然要被時代拋棄的，這是歷歷不爽的。後來朱先生在日記中寫道：「在拒絕美援和美國麵粉的宣言上簽名。這意味著每月的生活費要減少六百萬法幣。」因為一個有良心的知識份子是「不應該逃避個人的責任」的，循此，他「在抗議槍殺東北學生的聲明上簽名」、參加聞一多遇害兩周年紀念會和整理聞一多的手稿等等，又以極度衰弱和體重只有70多斤的情況下迭次拒絕領取美國麵粉，乃至不起，「義不食美粟」，它感動著很多人，所謂「頑夫廉，懦夫有立志焉」，只是，這已是他人生最後的時刻了。

　　另一位經濟學家的樊弘先生當年也是學人中的左派，1948年他寫的《孫中山和馬克思》、《空想的社會主義和科學的社會主義》等，以及批評「第三條道路」而寫的《兩條路》和《只有兩條路》等，在當時都產生了很大的政治影響。其實，學人們當時的心態，完全是可以理解的，比如樊弘在為《兩條路》一書所寫的代序《苦悶與得救》，其中現身說法，認為自己「在精神生活的旅途中」碰到了無數次的「衝突與矛盾」，如信奉墨翟的利他主義而終於覺悟其不足以治世、信奉佛陀但終覺其空無所依，信仰孔孟，亦終無所得，最終還是接受了馬克思主義，那也就是說：學人的心理歷程，如果以救世的功效而論，所謂千劫百難，最後只合「給馬克思添上一個簡單明瞭的註腳」。民族主義、民粹主義、早已逾淮變枳的所謂自由主義等等，這些傳統的精神襲傳和大眾民主勝利的喧嘩已經使得他們不由自慚形穢，比如已經是共產黨人的樊弘，（據說當時楊獻珍曾致信中共中央組織部部長安子文，問道：「像樊弘這樣的資產階級知識份子，怎麼能加入共產黨？」）剛剛解放不久就寫文章代表知識份子們自責：「過去我們所談的那一套，都不是代表人民的呼聲，而是代表少數剝削者的呼聲。」他還說：「知識份子有工農化和接受無產階級領導的必要。」從此，再經過改造運動，中國知識份子整體上被收編，他們無論在職業上或是在志業上，都與先前不同了，漸漸地，他們成了附在「皮」上的「毛」。

早春時節的《文匯報》

　　一晃，1949年大江大海，滄桑鼎革。

　　《文匯報》復活了——這張報紙創刊於1938年1月的「孤島」上海，後被日軍逼迫，停刊於翌年5月；繼又復刊於抗戰「光復」後的1945年8月，1947年5月複又被國民黨勒令停刊；1949年6月，它再次在上海復刊，至「全盤蘇化」時的1955年10月改出周雙刊，效仿蘇聯的《教師報》，又至1956年4月「自動宣佈停刊」，並正式改為面向全國中小學教師的《教師報》，且由上海遷往北京，復又於這一年的10月恢復。

　　先父一生的巔峰時期，應該是在《文匯報》時期。他對這張報紙有著很深的情感。因為它在歷史上曾標榜「不偏不倚，無黨派色彩」，「以言論自由為最高原則，發表社論，力求大公無私，一方為民喉舌，以民間疾苦向當局呼籲，一方發揮輿論力量，啟迪民智，以促進憲政之實施」，無疑，這是自覺地擔當社會公共領域輿論平臺的作用，以淑世的關懷和權威體制異己者的姿態來介入歷史的創造和社會的演進，而歷史事實也一再說明：在沒有被權威體制整體上收編之前，中國近代報業史上曾經有過一段輝煌的眾聲喧嘩的花樣年華，曾經底氣十足的《文匯報》甚至還曾表示：它所具有的報格，是「過去如此，今後亦然，同人矢志保持『富貴不能淫，威武不能屈』的高尚報格」，（1945年9月6日的《復刊辭》）。在暮色蒼茫中，它飽經了風雨的摧殘和侵蝕，而在戰後的中國，《文匯報》不啻是一面旗幟，這面旗幟當然是標榜自己「民間」的屬性的，也就是說它是捍守自己作為市民社會和公共領域中言說的職守的，在它的大纛上，分明是保持異議、揭露謊言、批判和討伐無道等，正如該報的靈魂人物徐鑄成所說：「一張真正的民間報紙，立場應該是獨立的，有一定的主張，勇於發表，明是非，辨黑白，決不是站在黨派中間，看風色，探行情，隨時伸縮說話的尺度，以鄉愿的姿態，多方討好，僥倖圖存」，這種理念不僅是報社的上層人員所具有的，也傳達和深入到了它的「中堅幹部」中間，正是因為他們「都有這種共同的認識」，因此，「這就是促成《文匯報》起來的最重要的因素」。（郭根《記徐鑄成——我所知道的一位自由主義報人》）

這樣的報紙，其後來的命運是可以想見的了。徐鑄成的一紙《「陽謀」親歷記》，堪稱是難得的史料，提及當年的早春時節，「中宣部將《文匯報》復刊的消息通知我和浦熙修同志，原《文匯報》副總編輯有劉火子、唐海兩同志，柯靈同志在1938年即參加《文匯報》。郭根同志原在1946-1947年間任《文匯報》總編輯，那時他在山西任教，特函熙修同志表示希望『歸隊』，因此我上報的副總編輯有下列幾位：欽本立、柯靈（負責副刊）、浦熙修（兼北京辦事處主任）、劉火子、郭根、唐海。顯然把欽本立列為『第一副總編』的地位。」而此後種種，誠為匪夷所思。

還是早春氣象的時候，中共上海市委宣傳部長夏衍、副部長姚溱尚能「體諒老知識份子心態，遇事推心置腹，披瀝交談」，《文匯報》的老報人也都「心情舒暢」，所以，反映在這本集子中的照片上，可以看到他們都是朗朗的笑容。當然，照片上可以透露出的資訊是有限的，也是《文匯報》女記者的姚芳藻後來為《文匯報》元老之一的柯靈寫傳（《柯靈傳》，上海教育出版社2001年出版），書中就有一節《老經驗碰到新問題》，她說：其時「徐鑄成和柯靈辦報經驗豐富，曾經創出了一番事業，可以稱得上是辦報能手了吧，現在本應是他們大顯身手的時候，但是他們萬萬沒有想到，在自己追求的理想的新社會裏，辦報卻是如此的棘手，新聞軌道真是難於上青天。他們對自己的本行變得一籌莫展了。」為什麼會「一籌莫展」呢？原因就是「《文匯報》一向以自己是一張高興愛國民主大旗的民間報紙而自傲，可是這頂『民間報』的桂冠，一復刊，就被打落在地。」原來的「官方」和「民間」，在新社會裏就只有「公營」和「私營」的區別了（原來的名記者、時上海文管會副主任范長江對徐鑄成的說法），然而，「在公有制的社會裏，私營不就意味著改造和消亡嗎！」所以，「老經驗碰到新問題」，如《文匯報》的靈魂、老總徐鑄成，他的「社論素以尖銳、潑辣、構思深刻著稱，而現在坐在辦公室裏，面對舒展的稿紙，因為對政策法令並不理解，也就一個字也寫不出來。他萬般無奈，態度十分消極。」柯靈呢？畢竟已是報館裏的沒有公開的中共黨員了，「碰到新問題」，會自覺地轉型，他當時身兼副總主筆和總編輯，「天天上夜班，仔細審閱大樣，惟恐發生一點政治性錯誤。」而「有一次，幾乎使《文匯報》遭到滅頂之災。」姚芳藻筆下的這場所謂幸好消除

在萌芽狀態的「滅頂之災」，是「副總編郭某，秉性耿直，還停留在舊軌道上。某夜，報紙版面已拼，大樣已看過，正準備複印，郭某也已呼呼大睡。忽然上面傳來命令，某稿不得利用，柯靈得到這個指示，立即派人去叫郭某速來換稿。但郭某睡意正濃，聽了以後，認為該稿根本不成問題，不用不合情理，斷然回答三個字：『開天窗！』柯靈聽了十分吃驚，這個開天窗在舊社會是新聞界常用來反抗反動政府新聞檢查的手段，現在怎麼可以用這種手段對付自己的政府呢？郭某既然不肯前來改換稿件，柯靈只得自己動手，在已丟棄的稿件裏尋找合適的補上，解決了問題，才使《文匯報》避免了一場禍事。」這個「郭某」，正是曾經寫下《記徐鑄成——我所知道的一位自由主義報人》的先父，他居然在新社會還要延用先前報人的「殺手鐧」——「開天窗」，這真是頭腦仍然「停留在舊軌道上」的癡人。

到了1953年，《文匯報》改為公私合營的報紙，失去「產權」，說話也就沒有份量了，此後它彷彿全無了先前的光彩，在黨報的《解放日報》、經濟類的《新聞日報》和市民讀物的《新民晚報》之間，它似乎找不到了自己的位置。又到了1956年春天，它竟一度被迫停刊，變成了一張面目全非的《教師報》。又不久，在又一次的「早春天氣」中，《文匯報》再次復刊，當時徐鑄成還與鄧拓協商好了《文匯報》復刊後的人員安排，即擬讓已調至《人民日報》的欽本立、上海電影局劇本創作處的柯靈、山西師院的郭根等悉數「歸隊」，而在徐鑄成擬定的《文匯報》人員的名單中，徐自兼總編輯，副總編則是欽本立、柯靈、劉火子、郭根（負責要聞、國際）、浦熙修（主持「北辦」）、唐海等，「還決定黃裳等為編委。」其實，1956年《文匯報》的復刊是在一種特殊的語境中發生的，它是「鳴放」的產物，用鄧拓的話說，是：「你們《文匯報》歷來就取得知識份子的信任，你們首先要說服知識份子，拋開顧慮，想到什麼說什麼」，這就是「《文匯報》復刊後主要的編輯方針」。這在當時徐鑄成耳朵裏「真有『聽君一夕言，勝讀十年書』之感」，而且中央還「照準」了全部編輯方針和復刊計畫，並且強調：「要讓徐鑄成同志有職有權」，隨之，「招降納叛」的人員調動也如期完成。此後，「新復刊的《文匯報》，力求革新，企圖打破蘇聯式老框框，內容主要以貫徹雙百

方針為主，多姿多彩」，這就是後來徐鑄成念茲在茲的《文匯報》的兩個「黃金時期」——抗日戰爭後復活的《文匯報》和「早春天氣」中的《文匯報》，而後者於恢復不久就有了大手筆的動作，比如由范長江建議而翻譯刊登的安娜·路易士·斯特朗撰著的《史達林時代》、圍繞蘇共「二十大」提出「史達林問題」以及1955年「肅反」遺留問題的反思，還有「奇文共欣賞」的《電影的鑼鼓》等，以致於1957年3月的全國宣傳工作會議上，毛澤東還表揚了《文匯報》，他還說：他平常是看了《文匯報》才去看《人民日報》等等的報紙的。徐鑄成後來回憶說：曾經在兩個時期「復活」後的《文匯報》，「不論內容的充實、生氣勃勃，也不論是編輯部陣容的整齊，都是空前的，可惜都沒有好結果，留下令人難忘的回憶。」（《徐鑄成回憶錄》）柯靈也在他的晚年回憶其辦報生涯，不無感慨地說：「新聞工作是一種危險的工作。新聞新聞，必須廣見多聞，求銳求新，天天化新聞為舊聞，不斷推動社會前進。這種工作本身，就和歷史的惰性相矛盾。報紙依讀者為養命之源，讀者的愛惡，決定報紙的榮枯；但報紙另有一位萬能的上帝，操生殺予奪之權。一邊要你有千里眼、順風耳、廣長舌，有喜報喜，有憂報憂，不平則鳴；一邊卻要你當傳聲器，舌粲蓮花，鸚鵡能言。公要餛飩婆要面，兩大之間難為小，一張有個性有風格的報紙，就命定要在夾縫中求生存。報紙重客觀報導，但客觀事實，自有其客觀的是非標準，面對千萬讀者，眾目睽睽，既不便指鹿為馬，又不能非驢非馬，哼哼哈哈了事，睜著眼睛說謊話，就難免失信於讀者，早晚為讀者所棄。難，就難在這裏。」（《滄桑憶語》）

由這一話題，不由又想到《文匯報》的「浦二姐」——浦熙修。

記得先父晚年在醫院彌留之際，收到了北京浦熙修追悼會的邀請函，但是他已經不可能去參加了，那應該是無限觸悵的。此前還有一段往事，也讓我銘記不忘：「文革」末期的1972年或1973年，先父不顧自己的處境，竟自費帶著我上京，到大名鼎鼎的北大（彼時「梁效」何等威風）等高校去求索教學改革的經驗，見到了王瑤、林庚等先生，此外還拜訪了不少「舊雨」，當然，這其實是一番「訪舊半為鬼」的經歷，著實是「驚呼熱中腸」的。讓我最難忘的，就是在全國政協所在地不遠的地方——先父在《文匯報》的同人、摯友浦熙修的宅子前（原《文匯報》駐京辦事處也

在不遠之處）探問，探詢的結果卻是鄰人的一句：「她已經死了！」就在那一剎那，先父的眼睛忽然失神了，他連聲歎氣，可以看得出來，他是十分沮喪和悲哀的。

浦熙修死於1970年4月，她的追悼會是在1981年8月補開的。1981年10月，先父也去世了。大概在地下，他們是可以相見了。

先父和浦熙修相識於《文匯報》，他們對《文匯報》也有著共同的感情。浦熙修原先在南京《新民報》當記者（1936年加入）。她之所以成為一名有名的女記者，是她認定「一個記者的條件，除了基本的知識外，需要有熱情、良心、正義感，並且要有吃苦耐勞為社會服務的精神」，後來在戰後的政協會議期間她聲名鵲起，那時她寫了許多漂亮的人物訪談記，並被稱為是後方新聞界的「四大名旦」之一。所謂「四大名旦」，就是4位「女記」——合該是女中的「無冕之王」了，她們是彭子岡、浦熙修、楊剛、戈揚（前3人還曾被稱為是「三劍客」）。說記者是「無冕之王」（如浦熙修以為：「一個採訪記者的職責是監督社會走向進步方面去，所以對於社會的事件，壞的要暴露，好的要表揚，一切要以與人民生活有關與否為前提」，因此，「認定自己的目標，發揮自己的能力，使社會明真相、辨是非而保持正義、公道，這就算我們盡了幾分天職」），不是沒來由的自炫和誇大，當年浦熙修一紙揭發國民黨高層腐敗的報導，如黨國要人的眷屬帶著洋狗從香港飛渝的報導，讓標榜「三民主義」的國民黨大跌顏面，丟臉後的國民黨索性用拳頭去對付那些所謂的「無冕之王」，就在「下關事件」中，浦熙修被飽以老拳。當事人的雷潔瓊回憶說：當時「為了想保護我，她全身趴在我的身上」，結果她「受到打擊更大，幾乎暈過去了」。繼之，《新民報》也被查封了。但浦熙修卻有了一番新的認識：「這次挨打，提高了我的政治認識，我認識了共產黨不能放下武器的道理，我也認識了武裝革命的意義。」此後，徐鑄成在香港創辦《文匯報》，浦熙修開始作為南京特約記者為之撰稿，不想又被國民黨當局所逮捕，鋃鐺入獄。坐了整整70天監獄的浦熙修正如她被捕前所寫的文章的標題《南京政府的最後掙扎》，她的光榮入獄正是「最後掙扎」的一個節目。於是，當「掙扎」告盡，浦熙修在周恩來關懷下和羅隆基全力營救下光榮出獄，隨後，她出現在新中國的開國大典上，在周恩來介紹之後，毛

澤東親切地對她說：「你是坐過監獄的記者」，那無疑是最高的稱讚了，與她相識的人們則親切地稱她為「浦二姐」。

先父的「報齡」比浦熙修稍晚幾年。《文匯報》復刊後，浦熙修由中共黨員欽本立推薦，擔任了《文匯報》駐北京辦事處的記者，後來則是「北辦」的主任，此外，她還曾是全國政協委員、民盟中央委員、全國婦聯委員等。1956年春天，《文匯報》一度停刊，變成《教師報》，浦熙修喪氣地給先父寫信說：「文匯改教師報已確定，從地方報紙來到中央，註定是三日刊的命運」，「我現在不求什麼了，只想把文章能夠寫好。」不久，在「早春天氣」中，《文匯報》再次復刊，那是中宣部的張際春副部長首先宣佈給浦熙修聽的，此後浦熙修擔任《文匯報》副總編輯兼駐京辦事處主任，如徐鑄成所回憶：「郭根也寫信給熙修，表示願回《文匯報》。」那時先父早已不安心在山西工作了，在不停歇的政治運動中，他「茫然不知所措」，他急切地期待著回到他原先所熟悉的報館去工作，他甚至把《文匯報》稱作是「娘家」，他似乎還以為辦報是他的長處。浦熙修說：「關於你的歸隊問題，我已向徐老提出，徐、嚴（即嚴寶禮）等都表示歡迎。問題是在『百家爭鳴』之下，報紙要辦得生動活潑，徐老大有招回文匯老人之意。」不過，儘管浦熙修樂觀地勸慰家父：「一切在發展，一切在變得更美好，」其實她知道一切都不是從前了，甚至她還奇怪先父為何放著教授不當，「教授有研究的時間，有寒暑假，這不是比什麼都好嗎？」她還現身說法：「我要是你，我早就安心了。我實際上，也是自由主義者，解放初期，曾經那也不幹，這也不幹，但既然幹了文匯，我也就安下心來了。」不想留在高校，一根筋卻要去熬夜做報館的編輯，更何況，現在想去報館，還能那樣隨便嗎？她還不解先親何以會在不斷開展的政治運動中「茫然不知所措」，她勸道：「運動中對於我們這些政治警惕性不高的人，常常大吃一驚是有的，但『茫然不知所措』總還不至於吧？」她甚至樂觀地以為：「在這大發展的形勢之下，只有一切落後於實際的感覺，迎頭趕上是每一個人的最主要的問題。」

1955年年末，浦熙修來信說：「知識份子改造問題最近在京也提上了日程」，且周恩來在報告中提出了「六不」的問題，即對知識份子「估計不足，安排不當，信任不夠，使用不當，幫助不夠，待遇不足」等，她

問先父：「你們那裏有些什麼意見？」浦熙修為「早春」的溫暖氣候所激動和動容，她還為先父設想了種種可能，勸他安心，切不可再犯屢次調動而「無組織」的毛病，當然，如有機會，還是歡迎他「歸隊」的。終於，中央「照準」了《文匯報》的全部編輯方針和復刊計畫，並且強調「要讓徐鑄成同志有職有權」，隨之，「招降納叛」的人員調動也如期完成，而此前浦熙修已經告知先父：「在百家爭鳴的方針下，中央已決定要文匯恢復」，而「恢復文匯，必須召回舊人。我們已把你計算在內」；至於復刊後的《文匯報》，「主要的對象還是知識份子，要繼承老文匯（解放前）的傳統，配合今日百家爭鳴的方針，可以對國際上發言。」徐鑄成也在給浦熙修的一封信中提到先父：「至於他的政治上、能力上的問題，你和我都可以負責的。」於是，先父又一次回到「娘家」上任，並且是副總編之一。那就是新復刊的《文匯報》，它「力求革新，企圖打破蘇聯式老框框，內容主要以貫徹雙百方針為主，多姿多彩」。

忽如一夜「陽謀」的罡風，吹散了「早春」的氣候，自徐鑄成以降的《文匯報》是滿坑滿谷的「老右」，「其中『北辦』原有記者十餘人，除了三人倖免牽及外，幾乎一網打盡」，這當然就有身為主任的浦熙修。至於先父呢？儘管任副總編時他曾寫信給浦熙修抱怨「傳統勢力和包辦代替的作風在編輯部是相當嚴重的」，於是，他的才能被大打了折扣，但是事後他並沒有被打成「右派」（後來他被稱為是「漏網右派」了），原來「陽謀」中「號召大鳴大放，曾一再動員他提意見，並邀他參加市委宣傳工作會議，他始終沒有說一句話，真像沒嘴的葫蘆一樣，拿他沒有辦法，只能任他逃出了羅網。」因為木訥的性格，他居然沒事！然而，浦熙修卻因與羅隆基的關係終遭不測之禍。

時間到了1959年，浦熙修被摘去了「右派」的帽子，並由周總理安排參加了新成立的全國政協文史資料研究委員會的工作，參與《文史資料選輯》的編輯。對這種安排，她似乎自我解嘲地說：「新聞記者當不成，當了舊聞記者。」此後的浦熙修，她的女兒袁冬林回憶說：「開始她不願多見人，活動的圈子也小，甚至在政協開會，見到周總理也是躲著走。當時大多數朋友遭難，還常來往的朋友是費孝通伯伯（因同在中央社會主義學院學習過）、鄧季惺嬢嬢（四川人的叫法）、郭根（反右前任《文匯報》副總編輯）等。（見《縱橫》2000年第11期）她和先父還有通信。她在給

家父的信中說：「借此能夠初步學習一下也是好的」，她還不無調侃地對運動後的父親說：「大概從此你會安定下來了」。

在身歷了前所未有的劫難後，浦熙修暫時撫平了內心的創傷，埋頭於學習之中，同時還有了想寫作的念頭，在給先親的信中，她經常說起要「寫些什麼」，開始時「也只能從學校生活來著手了」。不時地，她請已經回到教授位置、且打算「隱姓埋名」下去的先親給予「指正」，甚至因為自己沒有成績，她在給友人寫信時竟「時常感覺有些慚愧」了。她「通讀了《毛澤東選集》四卷，並反覆閱讀《實踐論》、《矛盾論》、《在延安文藝座談會上的講話》等文章」，她還「為寫文化史打基礎而讀《史記》、《拿破崙第三政變記》及范文瀾的《中國通史簡編》等書；為了瞭解收集材料的辦法即調查研究的方法而讀《達爾文的生平及其書信集》」等，此外，原來浦熙修認為「當新聞記者就得學司馬遷，就得更好的學習魯迅」，此時「學司馬遷」是不行了，倒是魯迅的一些東西還可以學，她認為魯迅「那些閃爍著思想火花的雜文對自己的業務是必需的，因而經常閱讀《魯迅全集》」。最後，她終於悟出：「當時自己是一個新聞記者，東跑西跑，混在政治漩渦中，卻不懂得政治。」（袁冬林）不懂政治，或者不懂政治的遊戲規則，那就是天真，而天真正是許多老報人的天性，誠如徐鑄成所說：「天真，是報人的癌症，郭根也是個例子。」

徐鑄成還曾回憶說：性格開朗的浦熙修是在「破帽遮顏」的孤寂中染上絕症的，而所謂「憂鬱是癌症之父」。當時她自知將不久於人世，曾寫信給周總理告別，並懇請黨審查她的一生。至於浦熙修給先父的信，保留下來的最後一封就是她患癌症且惡化之後寫來的。那時她已住在北京醫院，沉痾難起，對老友，她無法再伸援手了。當時先父擬往北京調查和搜集邵飄萍的材料，浦熙修無力再相助，只能委託子岡和介紹王芸生了。

有本影集名叫《此生蒼茫無限》，說的就是浦熙修「無限蒼茫」的一生，真是如煙往事，往事並不如煙！

灰暗的晚年

　　徐鑄成所稱的先父的「天真」，部分反映在他根本不懂得吸取經驗和教訓的重要性，他的自由主義作風是根深蒂固的，於是在他的晚年，在我印象中，山西大學幾乎每一場政治運動都是首先拿他來開刀問祭的，比如我保存的一張《山西師院院刊》第1版的大字標題《中文系教學大辯論初獲戰果，鬥爭矛頭即將轉向教學上的修正主義》，內稱：「目前論戰的主要方向是清算資產階級的教學思想，徹底批判個人主義，郭根先生在這方面比較嚴重，他除了宣傳資產階級的『一本書主義』以外，還不分清紅皂白地講些右派的東西，如講到魯迅時引用馮雪峰的論點，介紹胡也頻時引用丁玲的言論，提到抗戰時期的戲劇時說吳祖光寫作很有天才，更嚴重的是說彭子岡成為右派只是由於寫了一些留戀故都風味的文章，說我們對右派的鬥爭太過火了，不夠實事求是等。」而他自己也在《我決心克服害己害人的個人主義》的檢討書中承認：由於「立場模糊」，「在反右鬥爭後，對那些在文學史上曾享過盛名的作家，雖然他們已墮落成右派了，但思想意識裏總不免對他們懷著惋惜的心情」，並「有意無意地以資產階級的人道主義對待一些右派，特別是對過去與自己所接近的一些所謂『老朋友』」，這當然是包括了浦熙修等等的。

　　當然，與他投契的人也不乏其人，比如廣西人朱蔭龍先生。先父於上世紀50年代返回家鄉並執教於「山大」之時，常客就有桂林朱蔭龍先生。原來先父抗戰從事新聞界時在桂林與之結識，此時又共於一處，算是天意，詎料後來「老九」黴運連連，朱先生蒙怨成為「右派」，先父幸「漏網」卻有時不在檢討中討生活，於是兩人愁腸百結，時不時以「杜康」解憂解愁，不幸一次過量，終釀成大禍，朱先生痛飲後騎鶴而去，先父命大，昏醉數日，方撿回一命。

　　卻說朱蔭龍是南明遺老，而大詩人柳亞子先生兼治史學，並且專注於南明史及太平天國史，柳先生曾甚贊南明靖江王17世裔孫的朱蔭龍是才學並美，曾上書「國史館」張繼館長准許其自辟僚友編寫南明史，並推許朱先生擔任編纂會總纂，然而抗戰中的國民黨無暇顧及此事，事竟不成。後來柳亞子又舉薦朱蔭龍和尹瘦石進入「通志館」，完成修纂南明史

的大業，惜亦無結果。1949年北平解放，柳亞子與「還看今朝」的「風流人物」把酒倡和，也沒有忘了朱蔭龍，一番打聽，囑其赴京參加新成立的「文史館」，然而柳詩人天真得可愛，稍不如意已經「杜陵窮巷，時吟逼仄之詩；馮長鋏，每動無車之歎」，結果受到毛澤東「牢騷過甚防腸斷」的善意勸導。當時柳詩人還是「民革」的成員，其意欲「網羅群雄」，將朱蔭龍與陳邇冬兩位廣西人「網羅」其中，並欲完成南明史編纂的宿願，囑此二人加以臂助，並以為人選即得，「陣容完整，壁壘儼然」，所謂「昔日中山先生曾謂經過惠州諸役始信革命可及身而見，弟今日亦有此想矣」，只是其時百廢等舉，柳亞子欲修明史等著實不是急務，後來也就沒有了下文，陳邇冬結果去了「北方革命大學」，朱蔭龍則到了山西大學，乃至不起，而《南明史》終成幻影，柳亞子曾說將來「他日寫柳亞子傳，除了朱琴可（朱蔭龍之字）就是陳邇冬」，畢竟化為一場春夢。

先父在「山大」中文系教授中國現代文學，一切乏善可陳。

猶記得，1969年12月，「山西省革命委員會」下達「戰備」疏散令，山西大學分四批起程，全體師生除老弱病殘乘車外，一律徒步行軍，經一週時間，2100餘人抵達昔陽縣，分駐於9個大隊，以迄翌年9月撤回太原。這大半年就是那些教授們繼「牛棚」後的「幹校」生活，我手頭有一幀〈教授挖渠圖〉的照片，其中有山西大學的四位教授，別看他們笑容滿面，儀態可掬，其實這大半年在「學大寨」的腹裏，有多少悲劇發生？中文系的支書跳了茅坑；先父糖尿病加劇，以致兩腿無力行走，往往步履踉蹌於田間，經常「掛彩」而歸，如這一幀他在大寨前的留影，削瘦的面容、發顫的雙腿、一根「司的克」，對照先前裸肩持釺、燦然一笑的開渠者，那還是同一個人嗎？

先父在世時，有一本《贈言冊》，除了他的友人，那上面還有許多他教過的學生畢業時所寫的「贈言」，從中可以得見不同時代的「師道」，以及時代的留痕。在他辭去《文匯報》的職務而北返時的60年代初，如1960年9月，有「感謝先生耐心的教導——中文系研究班首屆畢業生韓秉有」等等，此後這樣的詞句很多，其中不乏後來是他領導（包括進了省委的）的學生，顯然，那時還有崇尚知識、尊重教師的氣氛的，當然也都帶了時代的痕跡——以「又紅又專」、「紅專全能」等互勉的。如果說還帶了性情、彷彿舊

時程門立雪，甚而進了一步「吾與點也」的，即似乎還能讓人看到舊時「師道」的星花舊影的，是1963年忻縣中學馬銀生寫的一大段話：

「我是你的最早的學生。我尊敬你，敬佩你。從靈魂的深處，我敢擔保，你有一顆赤子之心。王國維說：閱世愈淺則性情愈真，你卻是閱世愈深則性情愈真。先生喜游，山光水色，鑄成此性。此性為人者所短，為文者所長也。我是你最早的學生，我尊敬你，欽佩你。你敢說敢怒敢言。在重慶，蔣介石抓你（這我沒聽說過。筆者注）；在今天的新中國，你的桃李滿天下。你受到黨的重視，得到同學們的愛戴，當然也有人誹謗你，但是他們的下場不是證明你的對嗎？我是你的學生，我跟你在晉祠遊過泳，我也打算過跟你去雲崗、五臺山；我跟你在後溝煉過鋼，也和你在北京通過信。分開時常想念，團聚一塊時彼此傾吐，你把我看成你的學生，也把我看成你的朋友，你沒有一點虛偽，沒有一絲架子，懂得就是懂得，不懂就老老實實告訴人，積極尋求解答。我說：郭先生，你真配得上：是群眾的學生，也是群眾的先生。我是你的學生，也跟你同事五年半，而今天離開了。生活本來如此，我又何必灑情抹淚呢？在離開的今天，我才真正感到『你不簡單』。家鄉的人把你說的神乎其神，說你怎樣有功於黨，怎樣文筆如何遒勁；你的學生說起你來，滔滔不絕，使沒有見過你的人想見你，只見過一面的人想深交。郭先生，我怎麼能不欽佩你，敬愛你呢？」

逾十年，如何？再照抄一段：

「郭根（開始直呼其名了。筆者注）：

必須更加抓緊對於自己的改造。作資產階級思想的叛逆者，否則就是俘虜。因為思想改造是長期的而有意無意地放鬆了對自己的改造，那是危險的。應當說，正是因為思想改造是長期的，所以必須無休止地、不間斷地、粗暴地向你衝鋒！要打主動仗，打硬仗，打白刃仗，用毛澤東思想去徹底摧毀舊社會遺留給你的那個『獨立王國』。愈是打得落花流水愈好。比如蓋房子，在原先的殘牆斷壁上絕然蓋不出好房子。殘牆，毀悼（掉）它，把疲（廢）墟也掃除乾淨，統統去他媽的！然後，重打根基，重新壘牆。……那將是一幢暫（嶄）新的房子。那時候，只在那時候，你的一技之長才是有用的。半年時間，天天『訓』你，此時又在『訓』你，想對你是有些好處的。往後還要『訓』你的，只要我認為有必要。當然如果你發

現我什麼地方『生瘡』了，甚至『化膿』了，也一樣可以『訓』一下，醫治醫治的。我，對你說這些！

1970年6月13日於學習班結業時，霍順旺於昔陽縣安坪公社安坪大隊」

顯然，十年後，不獨辭彙發生了變化，就是學生的文化水平也有違「進化論」而倒退了，至於「師道」等等，更是談不上了。當然，透過那一番「革命」的話語，我仍能在多少年之後從中讀出許多泯滅了師生界線的肺腑之言（故意調侃的戲謔），那反而是先前人們刻意尋求而尋求不到的了。

先父的晚年，漸漸已有老年癡呆症的症狀，可惜對這種陌生的疾病，家人和我都沒有現在人們才有的常識，也就沒有很好的照顧他。在他不起之前，或許他是意識到什麼，給我們留下了這樣的一些條幅（抄錄有蘇聯作家奧斯特洛夫斯基的名言以及劉白羽「當然，我們很多人不能親眼看到共產主義世界，但作為涓滴之水，我們必定流向那理想的明天」等的句子等），我真的不知道現在的人們看了它，會有怎樣的感想？或者，依然是那兩個「天真」的字？

評論自己的先人，不是一件好幹的事。古語：「子為父隱」，以及「子為父揚」（自編的），皆不適宜。於是就此打住。

很願意人們把先父當作一個從歷史長河中走過來的報人、文化人，以及一個凡人來看視，從中窺出歷史的滄桑。

散木

作於2010年歲末

史地傳記類　PC0154

一位中國報人眼中的大時代
──郭根文集

作　　者/郭　根
編　　注/散　木
主　　編/蔡登山
責任編輯/林千惠
圖文排版/黃莉珊
封面設計/陳佩蓉

發 行 人/宋政坤
法律顧問/毛國樑　律師
印製出版/秀威資訊科技股份有限公司
　　　　　114台北市內湖區瑞光路76巷65號1樓
　　　　　電話：+886-2-2796-3638　傳真：+886-2-2796-1377
　　　　　http://www.showwe.com.tw
劃撥帳號/19563868　戶名：秀威資訊科技股份有限公司
　　　　　讀者服務信箱：service@showwe.com.tw
展售門市/國家書店（松江門市）
　　　　　104台北市中山區松江路209號1樓
　　　　　電話：+886-2-2518-0207　傳真：+886-2-2518-0778
網路訂購/秀威網路書店：http://www.bodbooks.com.tw
　　　　　國家網路書店：http://www.govbooks.com.tw
圖書經銷/紅螞蟻圖書有限公司
　　　　　114台北市內湖區舊宗路二段121巷28、32號4樓
　　　　　電話：+886-2-2795-3656　傳真：+886-2-2795-4100

2011年6月BOD一版
定價：330元

國家圖書館出版品預行編目

一位中國報人眼中的大時代：郭根文集 / 郭根著
；散木編. -- 一版. -- 臺北市：秀威資訊科技，
2011.06
　　面；　公分. -- (史地傳記類；PC0154)
BOD版
ISBN 978-986-221-748-1(平裝)

857.85   100007698

讀者回函卡

感謝您購買本書，為提升服務品質，請填妥以下資料，將讀者回函卡直接寄回或傳真本公司，收到您的寶貴意見後，我們會收藏記錄及檢討，謝謝！
如您需要了解本公司最新出版書目、購書優惠或企劃活動，歡迎您上網查詢或下載相關資料：http:// www.showwe.com.tw

您購買的書名：＿＿＿＿＿＿＿＿＿＿＿＿＿＿＿＿＿＿＿＿＿＿＿＿＿

出生日期：＿＿＿＿＿年＿＿＿＿＿月＿＿＿＿＿日

學歷：□高中 (含) 以下　　□大專　　□研究所 (含) 以上

職業：□製造業　□金融業　□資訊業　□軍警　□傳播業　□自由業
　　　□服務業　□公務員　□教職　　□學生　□家管　　□其它＿＿＿

購書地點：□網路書店　□實體書店　□書展　□郵購　□贈閱　□其他

您從何得知本書的消息？

　　□網路書店　□實體書店　□網路搜尋　□電子報　□書訊　□雜誌
　　□傳播媒體　□親友推薦　□網站推薦　□部落格　□其他＿＿＿＿＿

您對本書的評價：（請填代號　1.非常滿意　2.滿意　3.尚可　4.再改進）

　　封面設計＿＿＿　版面編排＿＿＿　內容＿＿＿　文／譯筆＿＿＿　價格＿＿＿

讀完書後您覺得：

　　□很有收穫　□有收穫　□收穫不多　□沒收穫

對我們的建議：＿＿＿＿＿＿＿＿＿＿＿＿＿＿＿＿＿＿＿＿＿＿＿＿＿

＿＿＿＿＿＿＿＿＿＿＿＿＿＿＿＿＿＿＿＿＿＿＿＿＿＿＿＿＿＿＿＿＿

＿＿＿＿＿＿＿＿＿＿＿＿＿＿＿＿＿＿＿＿＿＿＿＿＿＿＿＿＿＿＿＿＿

＿＿＿＿＿＿＿＿＿＿＿＿＿＿＿＿＿＿＿＿＿＿＿＿＿＿＿＿＿＿＿＿＿

11466
台北市內湖區瑞光路 76 巷 65 號 1 樓

秀威資訊科技股份有限公司　　　收

BOD 數位出版事業部

⋯⋯⋯⋯⋯⋯⋯⋯⋯⋯⋯⋯⋯⋯⋯⋯⋯⋯⋯⋯⋯⋯⋯⋯⋯⋯⋯

（請沿線對折寄回，謝謝！）

姓　　名：＿＿＿＿＿＿＿＿　年齡：＿＿＿　性別：□女　□男

郵遞區號：□□□□□

地　　址：＿＿＿＿＿＿＿＿＿＿＿＿＿＿＿＿＿＿＿＿

聯絡電話：(日)＿＿＿＿＿＿＿＿＿　(夜)＿＿＿＿＿＿＿＿＿

E-mail：＿＿＿＿＿＿＿＿＿＿＿＿＿＿＿＿＿＿＿＿